孟宪明文集

节日之光

大宋侠童

②

中原出版传媒集团
中原传媒股份公司

大象出版社
·郑州·

图书在版编目（CIP）数据

大宋侠童. 2 / 孟宪明著. — 郑州 ：大象出版社，
2023. 4
（孟宪明文集. 节日之光）
ISBN 978-7-5711-1751-1

Ⅰ. ①大… Ⅱ. ①孟… Ⅲ. ①长篇小说-中国-当代
Ⅳ. ①I247. 5

中国国家版本馆 CIP 数据核字（2023）第 030977 号

孟宪明文集 节日之光

大宋侠童. 2

DASONG XIATONG ER

出 版 人 汪林中
策 划 汪林中 张桂枝
项目统筹 孟建华 丁子涵
责任编辑 高 莉
责任校对 耿新超
装帧设计 王莉娟
插 画 甘梓钰
责任印制 郭 锋

出版发行 大象出版社（郑州市郑东新区祥盛街 27 号 邮政编码 450016）
发行科 0371-63863551 总编室 0371-65597936
网 址 www. daxiang. cn
印 刷 河南新华印刷集团有限公司
经 销 各地新华书店经销
开 本 890 mm×1240 mm 1/32
印 张 9
字 数 167 千字
版 次 2023 年 4 月第 1 版 2023 年 4 月第 1 次印刷
定 价 32. 00 元
若发现印、装质量问题，影响阅读，请与承印厂联系调换。
印厂地址 郑州市经五路 12 号
邮政编码 450002 电话 0371-65957865

2

这是一个小镇。村头立矮矮一通石碑，上写着几个大字：高阳古镇。

“高阳？就是黄帝的孙子颛顼帝出生的那个高阳吗？”颛顼被封为北方大帝，掌管着天下之水。天上的妖怪们不服管束，齐下来兴妖作法，为害百姓，百丈高的浪头冲击高阳几个月，颛顼大帝降伏妖魔，阻断天地的通道，使天上的妖怪再也无法下凡作乱。王猴一问，刘黑子的姑姑回答得斩钉截铁：“可不就是颛顼爷嘛！大眼睛，长胡子，穿一身黑衣裳！”

“颛顼帝出生时的房子还有吗？”王猴又问。

“好像塌了还没有多少年呢！”刘黑子的姑姑扭脸问屋里的大厨，“多少年？”

屋里的大厨边炒着菜边大声应：“三百多年。”

“就是那个土岗子！”刘黑子的姑姑伸手一指。

王猴做个鬼脸儿，扭头就进了村子。他要看看高阳，看看颛顼帝留下来的那个高高的土岗子。

王猴在前边走，王狗在后边跟。王猴站下来：“你怎么老跟着我？”

“我怕少爷再遇上无赖……”

王猴指了指石碑：“高阳古镇，颛顼大帝的家乡，会有无赖？”

“少爷忘了，颛顼爷那时候就有无赖。”

王猴说：“是我怕无赖，还是无赖怕我？”

王狗笑了："当然是无赖怕少爷了！"

"那你还跟着我干什么？"

是啊！王狗就站下了，目送着少爷进了村子。

虽是古镇，却也很少能看到古时的样子。铺面很多，杂货铺，果品铺，典当铺，还有牛马和粮食的经纪行。一个老人坐在门口的槐荫下吃了饭，空碗在地，人却睡着了，三只鸡争抢碗里的残饭，老人的下巴勾着肚子，却一点儿没有觉察。院子里冲出来个光屁股男孩儿，轰走母鸡端起了碗，大声喊："爷，爷！"老人睁开眼睛，一串口水流下来。王猴走上前，他想打听颛顼帝家的老房子是瓦房还是草房。老人迷瞪了脸，慢慢抹一把嘴上的口水，问了一句："这人多大了？姓啥？"王猴知道问不出什么了，说声谢又往前走。

"抬炮，抬炮！"浓密的槐树下，几个光脊梁的男人正下象棋。王猴走上前。这是三英战吕布似的比赛，一方一人，另一方是一群人。一人一方的处在攻势，众人一方的处在守势。虽然人多的一方主意很多，但显然颓势难返。执棋的干老头儿凝眉苦思，一动不动。

王猴往里挤挤。

"走呗走呗！黑棋红老将，死了再摆上嘛！"优势方是个中年人，八字须，大脸膛，一件白色汉褂，摇一柄芭蕉叶扇子。

王猴伸头一看，"卧槽马"只差一步就起上作用了，禁不住就逞上能了："别理他，先抬炮进攻！"

"看来也只有这一招了。"干老头儿说着，抓起炮来沉了底，恶狠狠说了一句，"将！"

大脸膛赶紧"下相"。

“跳马再将！”王猴不失时机地又叫。

“你来呗小孩？”大脸膛不高兴了。

“哈哈哈哈……”人们笑了。

“真是看棋如保国，吃没趣面不改色！”有人取笑着。

正在兴头上的王猴，笑了笑，没有吭声。

干老头儿走了一步缓棋，被大脸膛抓住了机会，叭地一个“卧槽马”，也恨恨地喊了一句：“将！”

“歪将歪将。”有人小声说。干老头儿赶忙歪将。

“将！”大脸膛果然厉害，不容对方缓劲，车又拦了头。

“哎哟，哎哟……”一个长脸男人上气不接下气地跑过来，张嘴喘着：“高先生，高、先生，快快，俺娘、正吃面条哩，身子一歪，嘴也斜了，眼也瞪了，快、快给俺抓、抓副药吧！”说完又喘。

王猴抬头一看，身后是一家药店，“怡春堂”的木质招牌已经剥漆。

“别慌别慌！只差一步他就死了。下完这一盘吧！”大脸膛看来就是怡春堂药店的老板了。他显然还沉浸在棋中，头也没抬。“走走，走呗！”他催对方。

干老头儿自顾不暇，连忙把炮填在“士”脚里。

“望乡台上打转转，你不知是死了的鬼呀。”大脸膛咕哝着，又在“车”后架上了“炮”。

“高先生，高先生！您、您还是先给俺娘抓药吧，老人家急用哩！”那男人泪水都快出来了。

“哎呀，我说别慌别慌你没听见？他再有一步就死了！死了再给你抓。”说着又催对方，“紧先生慢郎中，谁不知道？……快走吧！”又催对方。

“高先生，你还是快给人家抓药吧，救人要紧！”王猴禁不住开了口。

高先生不满地看王猴一眼，厉声说：“我还不知道该不该抓药？胎毛没退的就听你支使……走吧走吧！不服输就再走。”

干老头儿终于醒过神来了，抬头看一眼焦急的汉子：“对不起，我去解个手，你先给人家抓药吧！”站起来就往外走。

高先生看他离去，颇为不满地瞪一眼他的背影。高先生站了起来，却没去药房，而是目不转睛地看着棋盘，又思考了一阵。这才转身往药房去。“药方呢？”高先生用不耐烦的口气问。

“药方？嗳，药方在哪里？”那男人手拿着方子，却在兜里乱掏着。

“你手里拿的是啥？”王猴看见他手里拿着一个东西，大声提醒。

“嗳嗳，咦！这就是药方！”那人忙把手里的药方递上来。

“这棋危险了！三步就可能完蛋。”门外的人们还在研究。

“我看没有事，挪一下老将就行了。”

正抓药的高先生在屋里高声接：“没事？一会儿你来，看有事没事！”

长脸男人心里急，一脸歉意地催他：“高先生，您快点儿吧！俺娘急用！”

高先生火了，说：“我不是在抓着吗？你嫌慢，到别人那儿去拿吧！真是！”把药方往外一推，不抓了。

这男人快哭出来了，连忙道歉：“高先生，我、我不是那意思，我……”

“哥，哥！”又一个长脸男人跑过来，只是年纪稍轻一些，这男人一脸泪痕。

取药的汉子往后一扭脸，紧张地问：“怎么啦老三？”

“哎哎哎哎，咱娘、咱娘老了！”老三哭出了声。

“哎呀我的娘啊——”弟兄俩一扭头，相携痛哭着走了。

“哎，哎哎，药，这药拿走呗！”高先生在后边大声喊。

“嗨！”王猴猛一跺脚，伸手指了指大脸膛。

“你嗨什么？人的命，由天定，治住的是病，治不住的是命！”高先生也不高兴，手指着柜台上的中药，“这都混到一块儿了，谁还能再用啊？”

“嗨嗨，嗨！就嗨！想嗨！”看着高先生，王猴大“嗨”几声，转身走了。

看着他的背影，一个男人讪笑着：“你看这孩儿，他气的！”

“没见过这孩子呀，谁家的客吧？”又一个男人问。

“好像是石磙他姨家的二孩！”有人接。

“来来，还来！”人们叫着，复又坐下去。

3

酒后话多。王猴一脸不快回到饭店的时候，王狗正给衙皂们学说少爷的故事：

“哎，小人不是想管他，我是怕少爷万一出点儿什么差错不是？要说管，别说是我们这些下人，就是老爷，也别想把他管住。三年大考，家里想让他去试试，谁想他能考中啊！他夸下海口，考进士有什么难，小菜一碟，吃炒豆样！你们知道，少爷好吃炒豆。老爷一听恼了，说他不谦虚光会吹牛，脱了鞋要打。嗳，不服不中，十岁个孩子，到那儿考了个‘探花’！说来吓死人了，万岁爷亲自考啊……”

“嗳嗳老王，”吴二斜子接上，“听说状元能娶万岁爷家的闺女，那探花能不能娶万岁爷家的闺女呀？”

“怎么不能娶呀？少爷不是小吗？不瞒众位说，少爷光贪玩儿，什么念书、做官、娶媳妇，他一概不想。就说这县太爷吧，他是赖了一天又一天就是不愿意上任。你说，皇帝老子的圣旨，谁敢不听？没法了，老爷一脱大鞋，在院子里撵起来了，他是让老爷用鞋底子打过来的！”

众人听了，禁不住哈哈大笑。

“我说，刚才打那个无赖时，我本来想找棍哩，老爷脱口就说‘用鞋底子！’”胡闹大声地说着，笑得更响。

“你知道少爷为什么不想让陪吗？”王狗喝了点儿酒，不觉地夸起嘴来。

“怕碍事！”胡闹说。

王狗摇头。

“怕人家看出来是大老爷？”吴二斜子问。

王狗又摇。

“你说怕啥？”李大个子急了。

“他是怕将来……”

“老王，又在这儿说嘴了？走走，快走！”王猴还没来到，就大声地嚷起来。

“走？往哪儿走？”老班长忙站起身迎接。

王猴径直走到轿边，一头钻进轿里，高喊一声：“回府！”

轿子上路刚走几步，王猴忽然嘿嘿地笑起来，禁不住嘟囔一句：“非得收拾收拾这个棋迷不行！”

王狗听见了，扒住轿窗小声问：“少爷，输给他了？”王猴不高兴了，“别瞎问了行不行？我会输给他吗？”“那是那是，少爷能会输！”王狗笑着。

“胡闹，唱段戏！”王猴大声说。

“老爷想听哪一出？文的武的？苦的甜的还是酸溜溜倒牙的？”胡闹很得意。

“生旦净末丑，老爷，胡闹的丑唱得最好。唱一段丑怎么样？”老班长扭过头来。

王猴说声“好”。胡闹便唱起来了：

刮大风往东走腿肚朝西，

真奇怪一个个眼高嘴低。

万岁爷面南坐鼻孔朝下，

肚在前背在后不住地出气……

胡闹唱了两段戏文，王猴的计划就完成了。一到县衙，立即给衙皂们布置了任务：

找三十二个大石磙，越大越好。

4

买石磨是为了破案，找石磙是为了什么呢？

刘理顺领了任务，一路上思考着。胡闹等三个衙皂也在想这个事，找石磙干什么？并且还有整有零“三十二个”，还“越大越好！”刘理顺走了几步，忽然想起，老爷只说找石磙，可怎么没要求具体时间呢？他想回去问问，在多长时间内找够。胡闹说，别问了，找就是了。十岁个孩子，说不定一会儿又忘了。老班长可不敢这样想，立即给大家分了数目，每人八个。谁完不成罚谁！

磨坊，粉坊，油坊，豆腐坊，这都是用石磙的地方。衙皂们挨着问了，又先后推着滚过大街，这就招来了市民的猜想：“又要审案了？”这是真诚的好奇。

“这次是审石磙！”有人把猜想的疑问句变成了期盼中的肯定句。

“审石磙？那得多少石磙呢？”

“听说找够三十二个，这案就破了！”

“三十二个？这三十二肯定是案子的关键！”

“找吧！”

“快找吧！”

热情的市民们很快自发地行动起来，一时大街上石磙乱跑，你滚一个红的，我滚一个青的，他滚一个白的，当晚霞把县衙后院那棵白果树梢涂成绯红的时候，衙门里的石磙已经有了整整二十八个。

第二天一早，满头是汗的老班长推着一个牙白色的石磙走进院子，正和甩泥蛋儿练准头的王猴走了个迎头。“老班长，够不够？”

老班长擦着头上汗：“二十九个了，离老爷的要求还差三个。”

“三十三十！”胡闹又推进来一个。

“那还差俩呢！”老班长说。

“还差俩就差俩吧，不用找了。就算我让他俩‘车’吧！”王猴又甩出个泥蛋儿。

“让‘车’？让谁‘车’呀？”老班长皱着眉头。“嘿嘿嘿嘿”，王猴笑了，猛喊一声，“老王，把灰盆端来！”

王狗是个精细的人，他没有用盆盛灰，而是用了个藤条编的小笸箩。王猴接过来，一手端着笸箩，一手抓着青灰，在县衙宽阔的前院里，很快撒出一个大大的方图案。

大个子和二斜子也进来了。“老爷在作什么画呀？”李大个子问老班长。

“画的房子吧！看，一格一格的，像房间。是不是老爷想让咱陪着他做‘买卖房’的游戏呀？”胡闹指着，“赢了，占人家一格；输了，给人家一格。”

二斜子摇摇头：“不是，房间能这么细长？”

“那你说是啥？”

“我怎么看着像个棋盘啊，你看，那不是‘河界’吗？楚河汉界。”老班长说。

“不是不是。画这么大的棋盘干什么？下棋练腿啊？”二斜子说过，自己先笑了。

王猴不理，在院子里一趟一趟地跑着：“灰不够了，再来点儿！”

“我问问老爷。”胡闹说过，就大声地叫道，“老爷，让小的替您画吧？”

王猴停下来，看着胡闹笑：“我画的什么你都不知道，怎么帮我画呀？”

“老爷您一说，小的不就知道了！”

“就是，老爷，您画的什么给小的们说说呗！”老班长也问。

“你不是说了吗？棋盘啊！”王猴直起了腰，一脸的顽皮。

“啊，我说是棋盘吧，斜子还抬杠！”老班长说。

“你这一说，我看着也像棋盘了！你看，那不是皇城吗？”二斜子故作聪明地说。

“老爷，您想下棋咱有的是棋盘，画这么大一个，怎么下呀？”胡闹又说。

“你说没法下？那我就叫你开开眼界，看本县今天怎样下棋。”一扭头看着后院喊一声，“老王！把纸墨拿来！”

王狗应着，把纸、墨、笔和白玉石镇子全都拿来了。

王猴把纸铺在一个石磙上，提了笔正要写，“嗳慢慢！”老班长喊，“大个，你和斜子抬张桌子去，怎么能叫老爷在石磙上写字！”

“不用了！”王猴一声止了他们，“就在石磙上，今天就只配在石磙上写！”说着，悬起腕来，端端正正大书一“将”。王狗伸手接了，又铺上一张纸。

王猴不写了，站直身子吩咐众人："老班长，你和胡闹先去弄一盆儿浆糊。回来就挪石磙，在每个该放子的地方，放个石磙。立起来放啊！大个子和二斜子，你们俩到昨天我们刚去过的高阳镇，请怡春堂药店里的老板高先生来，就说本县听说他棋道高明，要和他切磋两盘，请教请教！都记下了？"

"记下了！"四个衙皂齐应。

"高阳镇？怡春堂的高先生？"李大个子小声地咕哝着怕忘了。

秀玉过来了。王猴看见，连忙让出位置："姐，你写这边，我写那边。你这边写颜体，用绿纸；我那边写柳体，用红纸。怎么样？"

秀玉笑着，卷起袖子，伸手拿笔。

"老王，我和姐写，你去贴。我们写一个，你就贴一个啊！"

不到半个时辰，石磙棋子就都做好了。一边是红纸金字，大书着柳体的帅、仕、相、马、炮、兵；另一方是绿纸黑字，大书着颜体的将、士、象、车、马、炮、卒。满院子红红绿绿，王猴得意地看着，禁不住嘻嘻地笑。

"嗳嗳？老爷，还缺两个'车'呀！"老班长发现了问题。

"缺俩'车'就缺俩'车'吧，算是我让他的！"王猴笑着。

"让两个'车'啊！乖乖！真够水平的呀！"胡闹真诚地叹着。

5

怡春堂前的男人们还在下棋。七八个头围成个不规则的圆，仍是高先生一方，另一群人是一方。仍是高先生占上风，另一群人落下风。仍是粗粗细细的嗓子高声地争论。李大个子和吴二斜子在门前勒住马头：“请问，你们这儿谁是高先生，开药店的高先生？”

高先生兴致正高，头也不抬：“抓药的吧？先等等，他快死了！”

“呸！”二斜子往地上狠吐了一口，“晦气！谁快死了？”

高先生一抬头，见是两个公差，连忙站起来：“啊啊？小人姓高。请问两位官人找小人有事吗？”

两人跳下马来，用手扇着凉。二斜子嗓门大：“县令王茂昌老爷听说高先生棋下得好，特差我们来请高先生去府里下棋！”

“真的？”高先生张大嘴巴。

“没事光逗你玩儿了？收拾收拾，快跟我们走吧！”仍是二斜子。

周围的人也都是一派惊奇的神色：“哎呀！下棋能下到县太爷的府上，值啊！”“啧啧！一招鲜，吃遍天。看来这棋还真得好好下呢！”“他老婆还不愿意呢，看见高先生下棋，老是嘟嘟囔囔不高兴。看看，今天该高兴了吧！”一片的赞叹声。

“两位官人，请屋里喝茶！小人收拾一下，这就去！”高先生一边往院子里让客，一边大声喊，“有贵客！泡一壶菊花茶，杭菊啊！”

尽管天热，高先生还是换上了他的“见人”衣服毛蓝布衫，又穿了一条青色麻裤，捞捞裤边，扯扯衣角，唯恐衣裳不周展。老婆倪氏拿一把小笤帚在他身上来来回回扫了几遍。高先生走出屋门，正要出院，老婆又在后边追出来，说：“见老爷哩，把脸再洗洗吧！”说着，就去缸里舀水。

高先生再拐回去，弯下腰让老婆帮忙。“哎哟！以前也没注意，你这脖子咋这么脏呀！”老婆边洗边埋怨着。

“你快点吧，去晚了老爷还打哩！”高先生故作不满地催她。

“那也得洗净，见老爷哩！再说，是老爷请你哩，能说打就打？”老婆边洗边唠叨，“俗话说，见官三分灾，你也得小心着点儿。”

“他这菊花茶还挺地道呢！”吴二斜子放下茶碗，看见桌掌上挂个漂亮的绣花荷包，悄悄摘下来拴自己腰里。大个子看见了，也想拿东西，瞅了瞅没啥可手，正好高先生过来请，就要了一包甘草片，说是夜里老咳嗽。

高先生被县太爷请下棋的事不胫而走，一街两行的都出来了，纷纷走上前和他打招呼，高先生骑了一头毛驴，跟着两个衙皂的快马，又加上老是应酬，慢慢就落下来了。

“高先生，哪儿去啊！”不知道是真不知道还是装不知道。

“嗳，县里王老爷也不知道从哪里知道小的棋下得好，就差两个弟兄来请我，说是‘会会’。怎么是‘会’呀，不过是想教训教训小民罢了！”高先生不无谦虚地说。

“光荣啊！”有人叹。

“没想到，下棋也能下出点名堂！”又有人说。

“高仁啊！”一个在路边蹲着的长胡子老头猛地站起来，又使劲咳嗽了两声。

高先生一跳下了驴，慌着说：“三爷，您也知道了？”

“嗯。”三爷点一点头，嘱咐着，“你要记住，既不能赢了大老爷，也不能全都输给他……”

“不能赢也不能输？那怎么个下法呀？”高先生面现难色。

“赢了大老爷，那是不尊重。你敢不尊重大老爷，那是要挨打的。要是输了呢，又显你无能！你要是真无能了，那要遭耻笑的。究竟怎么个下法呢，我想应该这样：头一局，你不要赢，这叫礼让；二一局，你不要输，这叫能耐；最重要的是三一局，既不能赢也不能输……”

“既不能赢也不能输，那该怎么下呀？”高先生真有些懵了。

“嗳嗳，你给他拼子，车拼车，炮拼炮，和棋嘛！”老头儿嗓子眼儿痒了，又使劲咳嗽。

“三爷，您放心，怎么着您孙子也不会丢人！”高先生给三爷拱了拱手，上驴急追。

看着孙子的背影，老人点着头：“中中。不丢人我就放心了！”

“物以类聚，人以群分。哼，我看，县太爷也是个糊涂蛋，‘不问苍生问鬼神’。政理得啥样儿？几十里路找人下棋！”一个书生样的人愤慨地说。

老爷下棋用石磙，一下子轰动了整个县城。能走动的都来了，要看看这石磙棋子究竟怎么个下法。又听说跑了几十里，专门请来个下棋高手，想必也一定是武林高手，不然，那么大的石磙怎么弄得动。既是象棋高手又是武林高手，千载难逢不敢讲，百年一遇倒是当得起的！“快去看啊！”人们喊着，邀着，齐往衙门里跑。

6

李大个子和吴二斜子陪着高先生走进衙门。“来了来了，高手来了！”众人喊着，让开一条道。“禀告大老爷，高先生请到！”

王猴端坐在紫红的太师椅上，左边站着刘理顺，右边站着胡闹。高先生一见这阵势，紧走几步，来到跟前，叭地跪下来磕了个头：“小民高仁，给老爷请安！”

“嗯，叫什么？高仁？”王猴小声问。

“对，小民姓高名仁。高低的高，仁义的仁。”

“好名字！”王猴说。

“小民的爷是个秀才，小民的名字就是他老人家起的。”高仁解释着，又磕一个头。

“那——想必你也读过孔孟之书了？”王猴大声问。

“小民不敢。不过读些《三字经》《百家姓》《千字文》之类。”

“既读孔孟之书，想必懂孔孟之礼了？”王猴看着他说。

“哎呀大老爷，小民是野人，认几个字就是为了记个账抓个药什么的，不懂啥礼不懂啥礼！”高仁挺会说话。

“嗯。本县听说你酷爱下棋，特请你来会会棋艺。”

“谢大老爷栽培！”

“来人！给高仁搬个座，现在就开始！”王猴大声说。

胡闹忙给高仁搬了个凳子，跑到对面，放在地上，高声喊：“高仁，你来这边！”

高仁过来了，抬眼一看满院子就是个棋盘，红红绿绿的棋子巍巍峨峨地挺着。仔细一看，石碳啊！高仁正诧异，就听见大老爷发话了："高仁，你是本县我请来的，那就请你先走吧！"

"谢大老爷！"高仁高声喊着，走上前去。

王猴笑微微地看着他。

"你坐吧？"胡闹把凳子指给他，就去对面伺侯老爷了。

"不坐不坐。"看着地上一个一个的石碳，高仁倒吸一口冷气，下意识地擦擦脖子里的汗。

王猴诡谲地笑着。

高仁往对面看看。

"走吧！"王猴大声催。

"老爷，您是红方。红先黑后，还是老爷您先走！"

高仁记得不错。王猴一方是红纸金字，但少了俩"车"。

"本县让你了，走吧走吧！"王猴在那边又催。

高先生往四下里瞧瞧，四下的人都不作声，静静地看着他。

"老爷让小民先走小民就先走吧，小民出炮。"他嘟囔着，往四周围看看。他想着应该有人帮他挪石碳。"老爷，这石碳……"

"走吧走吧！你快走吧！"王猴看着他，一点儿通融的意思也没有。

高仁又看看四周。

四周的人也正看着他。

高仁就走上前，弯下腰，使劲去搬那个写有"炮"字的石碳。青石碳实在太重，费了很大的劲，终算把石碳扳倒了。

周围的人看了他那狼狈相，不禁哧哧地笑起来。"不是武林高手吗？”有人议论。

高仁使劲把青石磙推到位置上，又用尽平生力气，想把这石磙直起来。力小石磙重，任他无论如何，终是立不起来。

观棋的人笑起来。

高仁尴尬万状，汗水把衣服都湿透了。

观棋的人放肆地又笑。

高仁急了，猛一使劲，“炮”终于立了起来。

“当门炮，把马跳。老爷跳马！”胡闹禁不住在老爷耳边小声说。

“好，那就跳马。”王猴说过，向胡闹一努嘴，胡闹和老班长两人上前，把石磙一挪一挪地放到了位置上。

高仁看看王猴，又咕噜咕噜眼珠子。

“走吧高先生，又该你了！”王猴看着高仁，一脸顽皮。

“小民拱卒。”高仁说着，走上前去搬“卒”。他一边挪，一边思考今天这事。

“本县出兵！”王猴说。

老班长和胡闹上去，挪石磙出兵。

高仁似乎明白了老爷的用意，就紧走几步，双腿跪在了王猴面前，说：“大老爷，小民有错，请老爷教导！”

“高仁，你说你有错，那我问你，你有什么错？”王猴严肃起来。

“小民不知，小民想请老爷明示！”

“不知？那好，来人！”

“在！”

“先打高仁两个嘴巴，让他好好想想！”王猴厉声道。

胡闹走上前，啪啪，就是两巴掌。

“想起来没有？”王猴又问。

高仁忽然想起了昨天药房里连“嗨”数声那个孩子，哎哟，就是他了！怪不得他一进来就感觉眼熟，好像在哪儿见过。连忙认错：“老爷，小人有罪！小人不知道老爷观棋，让老爷受辱了！小人该死！小人该死！”说着又磕头。

“不对，再想！”王猴摇着头。

高仁又使劲儿想了一会儿：“老爷，小民真的想不起来了。”

“你要想起来了，我还不打你，因为你知道那是错！你说你想不起来了，那我就必须打你，说明你天天都那样，习惯了！来人！”

“在！”胡闹上前。

“再打他两个嘴巴！”

啪啪！又是两个。

高仁的嘴肿起来了。

“高仁，你身为大夫，却迷恋下棋，不思救死扶伤，耽误百姓性命。人家急病在身，儿子多次恳求，你却为那一步棋，不去抓药，终致不救！你不是草菅人命又是什么？”王猴义正词严，口若悬河。

“小人有罪，小人知罪了！可是大老爷，她那是急病，即使小民给她抓了药她也好不了。草菅人命，小民不敢当……”高仁大喊。

“你怎么知道有药她也好不了？即使病人真的好不了，有一分的活路，先生也要拿出百分的努力，哪像你，为了一步棋，关天的人命你都可以不急不管？”

“小民知罪了，小人以后再也不敢了！”

“真知罪了？真不敢了？”

“真知罪了！真不敢了！”

“大家都听着哩，高仁是高阳镇怡春堂药店的老板，他只顾下棋，误人性命。现在他说他知罪了，以后再也不敢了！大家给他记着，如果再有类似的事情出现，本县一定重责不饶！”

“小人再也不敢了，小人再也不敢了！”

“来人！”

“在！”

“打高仁十板子，叫他长个记性！”

“是！”众衙皂一片声地应着。

第二章　伸冤

—— * ——

今年雨水大
淹了葫芦架
小偷来偷瓢
看他偷个啥
——民谣

1

王猴想吃粽子哩！王猴来到定平，吃中了十字口东北棱上米家的粽子。米家的粽子用的是粳米，这粳米是用汴河的水一遍一遍浇出来的，香得宽厚，香得辽远。粽子入口能让你看见蓝天的高和泥地的淳。枣是新郑的小核胖枣，肉多瓤甜，它的甜不是那种粘住你不让走的薄甜，而是在你嘴里驻扎着、游走着的那种随时随地的甜，甜得舒服，甜得惬意，甜得让你经常想起，不忍忘怀。米家的粽子还包有三个花生豆。这花生是雍丘的花生，小小的，胖胖的，有点儿脆。米不挡牙，枣不挡牙，花生豆挡牙，这一甜一香，一软一脆，吃起来就既丰富又可口，王猴吃一次就喜欢上了。更有意思的是，包粽子用的苇叶是专门请人打过来的。苇叶子讲究得很，既不能用老的，老的包出来的粽子掉味。也不能用太嫩的，太嫩的叶子脆，包不紧，漏味。一根苇子数尺高，成串的叶子哪片最适于包粽子，米家的老板娘最知道。所以，她家的粽子是专雇的人打苇叶。

王猴说好吃，秀玉说好吃，王狗夫妇和虹彩也就都喜欢吃了。王狗一大早到街上买了一兜，提着，顺便又称了块豆腐，托着，快步往衙门里走。街上一拐到门口，就看见跪在地上的白发老人，头顶着一份状纸。王狗粗通文墨，停住脚小声默读：

冤枉

小民罗宾，本县城关人士，世代经商，状告马知府之侄马有礼……

老班长来上班，看见了跪在地上的罗宾："罗宾，看见换了新老爷，又心动了不是？"听老班长的口气，显然不喜欢罗宾。

这罗宾也不含糊，头都不抬就接话了："老班长是吧，实话跟你说吧，只要死不了，大小就是个告！就是我死了，还有儿子告，儿子死了，还有孙子告。老愚公子子孙孙去搬山，我罗宾，子子孙孙来告状。"

"这叫茅坑里的石头——又臭又硬！"胡闹也来了。

王狗回去一说，王猴粽子没吃完就要出来看。他还没见过头顶着状纸告状的呢！"为什么要头顶状纸呢？击鼓上堂不就行了吗？"王猴不理解。

王狗说，这叫制造声势，扩大影响。

为什么要制造声势，扩大影响？潘师爷一解释，王猴才知道，原来这案子三年前就结了，罗宾不服，再次上告，但又怕新来的老爷不理他，这才顶了状纸造声势。

王猴说，受理了不就是了。

师爷说，这案子麻烦，万一受理了判不明白，坏名声不说，弄不好还会惹一身臊气。顺水推舟、不予理睬最好。

王猴说，怎么个判不明白，我想听听！

罗宾就上堂了。

一头白发的罗宾病歪歪往堂上一跪，高喊了一声："大老爷，小人冤枉啊！"

潘文才趴王猴耳边，禁不住小声提醒："他因赖账，被前任老爷判了三年。又因病重，保外就医，才出来了，他现在还服着刑哩！依不才看，就不要理他。不然，没完没了的，麻烦多了！"

"你说不理？"王猴看着他。

"最好不理。"潘师爷点头。

"老爷，小人罗宾，蒙冤三年，闻听大老爷英明睿智，冒死再告。万望大老爷听小人细禀详情！"说过，伏在地上，不再起来。

"罗宾。"王猴喊。

"小人在。"

"上任县令不是给你结案了吗？三年大牢你都快坐完了，还告什么状啊？认了了了！"

罗宾一听，泪水就下来了："大老爷，小人冤枉啊！小人实在冤枉！"

王猴最见不得谁流泪。依他短短十岁的小小经验，只要流泪，就肯定委屈。王猴清楚地记得，六岁那年，那本刚买的《山海经》忘在花架下的竹榻上被雨打湿，爹一追问，娘说肯定是猴子。刚好被跑进屋的王猴听到，立时就泪流满面。事后证明是姐姐忘的。王猴从此明白，在这个世界上，泪水是最真实的。笑，可以有假笑、讪笑、皮笑肉不笑，从眼里流出来的泪水，难道会有假泪、讪泪、皮泪肉不泪吗？

王猴软了口气：“罗宾先别哭，擦擦泪我听你说中不中？麻烦事没人想管，更何况还得罪人呢！既然你来了，哭着说冤枉，本县今日正好无事，那就听听你述说冤情。说吧罗宾！”

“老爷，小的有状纸。”罗宾直起头，从兜里掏出来，举着。

老班长走上前接了，递给王猴。

王猴接过来，看一眼，丢在一边，说：“罗宾，本县明言在先，是我今日无事了，想听你说，不算理你的案子啊！说吧说吧！”

罗宾显然犹豫了一下，不过，他还是打起精神，说了起来：“大老爷，小人罗宾，是个生意人。四年前，因家中失火，借了北门马知府的侄子马有礼家二百两银子……”

“嗳，借的谁家？”王猴问。

“北门马有礼家。”

“马有礼家就是马有礼家，攀上马知府马大人干什么？你不能一告状就把自己说成弱势群体，博得大家同情是吧！王子犯法与民同罪，有理讲理啊！”王猴颇不满意。

“……借得马有礼家二百两银子，年息五分，写有字据，还有中人。后因年景不好，再也还不上他了。我怕利息太重，就把家中所有的银器，包括我娘的耳坠，我老婆的首饰，收拾收拾，都折成银子还他了。

“我和中人想着，按我们称的重量，连本带息也足足有余了。

可是马有礼说，银器有渣滓，除下二十两。我和中人刘老摸跟他争论了好久，想想没法，也就认了。说好，第二天，我再拿二十两给他，就可以拿回借据，两清了。那年天旱，家家钱紧，一下子等了八天，我才找够了二十两白银。我找了中人想一齐去给马有礼家送钱，一到刘老摸家，就听见一家人放声大哭，刘老摸得急症，死了！

“我当时也没有多想，烧了份纸儿，就赶紧去马有礼家送钱了。一到马家，看门的老头儿说，‘老爷出去会客了，刚走！’第二天我又去，家里人又说，‘老爷赶会去了！’第三天再去，管家开了半扇门，回答我，老爷出去了，上哪儿他也不知道。反正不在家。一连去五趟都不在家，我就有点儿急，第六趟我去，管家还说不在，‘有人请，老爷刚走’，啥时候回来说不清。让我下次再来！我说，今天我不走了，就坐在府上等吧，啥时候回来我啥时候见。他看我坐下死等，没办法了，才出来了。

“我把二十两银子送上，马有礼伸手就接过去了。我说，谢谢您了啊，帮了我的大忙！二十两，您再称称吧！马有礼虚让着，二十两还值当称吗？称后放在桌上，哈欠连连，一副无心陪客的样子。

“我说，‘马老兄，您是忙人，我就不打扰了。请把借据还我吧？’马有礼拿出借据，看了一眼，装出很不明白的样子，说，‘借据上写的可是二百两银子啊！你才还二十两银子就想拿走借据，恐怕不妥吧！罗宾兄弟，俗话说，亲是亲，财帛论得真！’我一听就急了，‘嗳！马兄，你不能这么说，上次我和中人刘老摸来，将物折价，不是连本带息还你一百八十五两五钱了吗？说好只剩下这最

后的二十两了！’马有礼装出一脸无可奈何的样子，‘笑话！我都不知道，你还给谁了？’

“我还以为是他事多，忘了，我提醒他，‘你忘了马老兄，里边还有我娘的耳坠儿鲤鱼跳龙门？两条鲤鱼往龙口里跃，摆头摇尾，连眼都咕噜、咕噜地动，你掂着抖了一下，说，比真的还真呢！我还给你说，这是陈年货，京城里赛神仙的手艺。你忘了？’马有礼不理睬我，只一个劲地说，‘笑话，真是笑话！’”

王猴拦住罗宾的话头：“罗宾，你说你娘的耳坠儿是‘鲤鱼跳龙门’，尾巴、眼珠儿都是活的，京城赛神仙的手艺？赛神仙我知道，那是京城里金银匠的代表人物，他做的银老鼠简直就能下崽。可他老人家一百年前就去世了，怎么又给你娘做了个耳坠儿？你娘才多大年纪？”

罗宾说：“大老爷，你是有所不知。我娘要在，今年也就是六十六岁，三年前她还在，她就是让小人这事给气死的。俺娘命苦，三岁上就死了父母，她是跟着她姥姥长大的。她姥姥家早先是京城的大户蔡家，到她姥姥那时候败落了。俺娘出嫁就是从她姥姥家上的轿。这耳坠儿其实是她姥姥娘家陪送她姥姥的，她姥姥又把它陪送给俺娘了。上边还镌着她姥姥娘家的姓哩！这是俺娘的念物，俺娘一辈子舍不得戴。俺娘看我还不起账作难，忍了几忍，才拿出来让儿还账了。俺娘还怕我心里过不去，说她老了，反正也不戴了……”罗宾摇了摇头，再次流下泪水，“我对娘说，娘，等有钱了，儿再给您赎回来！”

王猴点点头：“这么说，这个耳坠儿你还想要了？”

“要不是马有礼耍赖，我娘不会气死！我也早给她老人家赎回来了！”

“是你告了马家还是马家告了你？”王猴又问。

“当然是我告马家了！可县令杨凤才他是个昏官，他判，”罗宾背起来判词：“‘原告罗宾于去年借得被告马有礼银子二百两，立有文约。罗宾说还银空口无凭，不足为信。本官判明，罗宾借银不还，实属无赖行为。判打四十大板，押送狱中，待还完银子，再行发落。’三年大牢，把我的满头青丝变成了苍苍白发。”

“这么说罗宾，你是真冤枉了？”王猴看着他。

“大老爷，我听说孙芒种错判了八年的案子，大老爷明察秋毫，都给他翻过来了，小人想着，我也该见见天日了！大老爷，我坐了三年冤狱啊！小人的娘连气带吓得了病，也被这场官司折磨死了！大老爷明镜高悬，您一定要给小人作主啊！”喊过，罗宾就五体投地，再不起来。

“罗宾，你今年多大年纪了？”

“回老爷话，小人今年三十八了。”

三十八岁就已经满头白发，像个老人了。王猴看着罗宾问：“罗宾，你家又还马有礼家多少两银子？”

“老爷，小人的妻子情知受冤，眼看小人在狱中将死，就又借了一百两银子送给了马家，小人才得以保外就医。”

“这么说，你还欠马有礼家一百两银子了？”

“老爷，是他欠我的银子！”罗宾大叫着。

“嗯！话不能这么说！”王猴大声说，“罗宾，你的案子已经结了三年，你坐了三年监，现在也出来了，我看，我给马有礼家说说情，下欠的一百两银子免了算了。怎么样？”

罗宾一听，放声大哭：“大老爷啊大老爷，你也是欺软怕硬啊，只因那马有礼是陕西知府马大人的侄子，您才和稀泥、捏面团啊！”罗宾倒在堂上不动了。

王猴恼了：“罗宾，你真不知好歹，我好心帮你，你却恶言相加，要不是看你一身疾病，本县非打烂你的嘴不可！来人！”

“在！”

“把罗宾架出大堂。”

“是。”老班长应着，就和胡闹一起，把罗宾架到了堂外。

2

王老爷没理马有礼，马有礼倒来理王老爷了。马有礼拿了些时鲜果品，说是叔父马大人让他来替他老人家向王知县致意。马大人是陕西知府，历任知县都去他马家嘘寒问暖，哪有马家的人前来衙里替马知府问候知县。马有礼说，我叔说，他和令尊大人是同榜进士，年谊甚厚。王猴一听，马知府和父亲同辈，马有礼那就是兄长了！马有礼听了哈哈大笑，说那是那是。于是就从兜里掏出来一个玩具。那是怎样的一个玩具呀！黄豆大一只金猴，牙签粗一架金梯，那猴子上上下下沿金梯攀爬不已。马有礼一表演，王猴就喜欢上了。马有礼一说是送给知县老弟的，公务稍暇时可以放松放松。王猴说声谢就抢了过来。马有礼说，你虽然是小弟，但还是县太爷，是全县老百姓的父母官，初来乍到的，要是有啥不方便的地方，给愚兄言一声，出俩钱跑跑腿的还能胜任。

“好好好！”王猴应着，只想让他早走了自己好玩。没想到猛一翻转，梯子弯了。王猴一愣。马有礼笑了，他接过来轻轻一捏，梯子又直了。“纯金的，软！”马有礼笑着。

马有礼终于走了，王猴飞跑到屋里向姐姐显摆：“姐，姐，你瞧！”金梯竖起来，黄豆大的金猴便飞快地往下溜，快到梯底了，王猴猛一倒，金猴便又从那头翻向这头。这么细一架明晃晃的梯子，这么小一只亮闪闪的猴子，简直就是个鬼精灵了。秀玉一见，忙接过来。王猴则又拿了金拴送他的那架木梯玩。

秀玉哪玩过这种精致的，刚一翻转，梯子拧了个大弯。“怎么回事？怎么回事？快来看看呗弟弟！”秀玉有些紧张。

王猴笑了，拿过来捏捏理理，梯子又直了：“纯金的，软啊姐！”说着，把一木一金两架猴爬梯拿在两手，给姐姐表演。金的小，木的大，金猴下得快，木猴下得慢，像老态龙钟的猴爷爷带着调皮捣蛋的小孙子一样。“嘿嘿嘿嘿，嘿嘿嘿嘿。”王猴笑着，躺倒在自己床上。躺倒在床上他还举着两架梯子。

秀玉跟进屋来，问：“弟，这么贵重的东西是谁送的？”

“北门的马有礼。马有礼就是陕西知府马大人的侄子。他说让我公务稍暇时把玩。我现在不是‘公务稍暇’吗？”

“嗳，马家为什么把这么贵重的东西给你呀？”秀玉问。

“为什么？他说他叔马大人和我爹是同榜进士，他是我的愚兄。愚兄送小弟个玩意儿。不行吗？”王猴很得意。

“怎么不行？那个罗宾告的马家，是不是就是他马有礼家呀？”

“是倒是。可我没理他的官司啊！”

“古人怎么说，欲取之，先予之。这个金猴值多少钱呢？”秀玉继续分析着，“叫我看，门口那个罗宾说不定还真是个冤枉呢，要不然，马有礼为什么害怕？为什么要给老爷送金梯？你忘没有，咱刚来，南门刘家不是也要请你吃饭吗？你把他的管家打了一顿，又判了他个输钱还地，他还请你吃饭吗？孙芒种不会请你吃饭，也不会给你送礼。这个罗宾也不会！因为他冤枉！”

“嗯，有道理有道理！姐，我将来做了大官，一定要请你做我的谋士。”王猴真诚地说。

“我不做你的谋士，我只做你的姐姐就够了。姐姐只站在背后，永远提醒着你就行了。”

“那，这梯子怎么办？”王猴不玩了。

“还给他！”

“还给他？”王猴坐起来。

“对，立即还给他！”

“立即还给他？”王猴复又躺到床上，“慌什么，他让我玩玩儿我就玩玩儿，不想玩儿了再还不迟。反正他又不急着要！”

“那罗宾的案子呢？你接不接？”秀玉说。

“什么时候想接了我就接……”

3

这几天金拴没来，王猴没人玩，带的一兜子书都翻了一遍，是翻，不是读。这是王猴读书的特点，一目十行，一日数本。张冠李戴，不求甚解，翻一翻就放过去。不过这些书秀玉也读，女孩子读得细，经常有问题提出来，要不是秀玉老麻烦他，王猴早不愿意再看这些书了。没人玩，没书读，王猴就有些不快。

罗宾又来告状了。罗宾先在外边敲一通鼓，然后就径直跪在大堂上，有人没人他只管跪。他一跪，就有人观看。任你再问，他就是老一套，再无新证据，也无新进展。

没人玩。没书读。没新鲜事。王猴就在太师椅上拿大顶，罗宾只管跪，他只管不问。衙皂们立在大堂上只管打瞌睡。王猴玩烦了，就喊衙皂："把罗宾架出去。"

衙皂最喜欢架罗宾。因为一架出去罗宾，他们就可以坐下来休息，不用再在那儿棍子般立着。

罗宾不气馁，你架出去我敲鼓，敲完了还过来跪。招惹得全城的百姓都知道：

罗宾的案子新来的小爷管不了！

潘师爷给王猴出主意："他告只管告，你就不要理。慢慢地他就灰心了！上一任的老爷就使过这法！"

老班长给老爷出主意："写一个不准告状的文书给他，叫他以后再不准来告！"

胡闹给老爷建议："人善得人欺，马善得人骑。把这个无赖打他一顿，他就不在这儿败坏大老爷的名誉了！”

王猴谁的话也不听，不但不撵不打，还派王狗给罗宾送饭吃。

罗宾谁的账也不买，送饭就吃，吃了饭就敲鼓。跪堂。惹众人来观。

秀玉也很着急，接了案子就得理，不接案子天天跪。她把弟弟拉到屋里，问：“弟弟，有办法吗？”

“有办法！”王猴满脸是笑。

“什么办法你让我听听？”秀玉不放心。

一位传递公文的公人跑进院子，高声喊着：“老爷，王老爷！公文！”

王猴高兴了，高应一声：“快拿来！”自己倒跑出屋子接到院里。公人把一纸公文奉上，王猴接了，押上印章，正看见几个衙皂过来，他高声吩咐：“李大个，安排好饭菜啊！”

“嗯嗯老爷！”李大个应着，扭脸就走。

“慢慢！”王猴又喊，“多安排几个人的饭，今日大家一块儿吃！”

“好，老爷请客。”李大个子玩笑着，就和公人一起往外走。

王猴看两人出了院子，这才再派差事：“老班长，你和胡闹去喊北门里的马有礼，就说本县有事请他！”

“老爷，您不是说不理罗宾的案子吗？”老班长小心地问。

“你知道我要理罗宾的案子了？”王猴颇不高兴。

“我……”老班长一时语塞。

“快去快回啊！”王猴又说。

马有礼来了。马有礼一来就知道和罗宾告状有关。这冤家天天击鼓跪堂，全城人谁不知道啊！可是等衙皂们出了屋子，王老爷关上屋门，马有礼才知道比罗宾告状这事大到天边去了。王知县手举着一纸公文，语气严厉，问：

“马有礼，你也忒大胆了，怎么敢和叛匪有来往呢？”

马有礼一听当即傻了，翻身跪在地上，诚惶诚恐地回答：“贤弟大老爷，马家世受皇恩，哪能跟叛匪来往？”

“马有礼，你知道不知道，叛匪历来在十恶不赦之列，一经查实，那是俱家犯抄、诛灭九族的大罪呀！我告诉你，有人把你告下了！”王猴也不说让他起来，“要不是马大人和家父是同年（同榜进士），本县哪敢先把你喊来透信呢？立即就逮你了！”

马有礼嗵、嗵磕俩响头，说：“这一定是小人陷害！贤弟大老爷，您想，俺马家现在在外做官的就有两人，还有两人在候补，皇恩浩荡，泽及牛马，俺岂敢背主忘恩，反叛朝廷？贤弟大老爷，您一定要为小人做主啊！”他不停地磕着头。

“起来起来。我也想，马家多人居官，马大人做到知府，可算蒙恩已久，家人怎会生叛逆之心呢？我也不敢相信！”

“多谢贤弟大老爷！”马有礼爬起来，立在王猴面前，身子瑟瑟地抖着。

“你想想，你都跟谁家有仇呢？”王猴启发他。

“咝——”马有礼像害牙疼似的吸了一口气，说，“不瞒贤弟大老爷说，恨马家的人多了去了！陈家，因为三顷地打过官司；沪家，因为个女人，也闹得死了人……”

“死了什么人？”

“哎呀，当时愚兄一时昏头，看上了沪家沪小个子的女人，那女人，哎，实在是——后来让他男人知道了，一顿好打，上吊了……他告了愚兄……”

“还有呢？”

“还有孙家，齐家，周家，唉那多了，对，还有个罗宾……小的这会儿心里乱极了，一时也说不清……”马有礼看着劲大，其实胆小。王猴截了话头，说：

“一时想不起来，回去慢慢想。公文上说，有一件东西是叛贼的暗印，这上边有图。谁只要拿到它，谁就是首领，可以指挥所有的叛贼！告家说，那暗印，可是就在你家呀！”

“暗印？我是真不知道什么暗印啊！贤弟大老爷，您，能不能让我看看？”马有礼看着王猴。

王猴恼了：“什么？看看！我敢让你看吗？绝密呀！我要让你看了，那我就是你的同谋，一同杀头的知道吗？”

马有礼复又跪下：“贤弟大老爷，要不这样吧，您带着人到愚兄家里搜搜不就行了吗？要是搜出来了，绳捆索绑，杀头灭族，那我也不亏；要是搜不出来，也就还愚兄一个清白不行吗？”

王猴笑了笑，说：“看来，也只有这样了。今天晚上，我亲自带众衙皂到府上去搜，我知道也不会搜出什么来，但搜不出来也得搜！搜一搜，我好交差，还你清白。”

“好好，贤弟大老爷，最好一会儿就搜，免得夜长梦多，乱生是非。”

“嗯，不错。”王猴说完，对着外边一声喊，“老班长，都吃过没有？”

“吃过了，吃过了！”老班长说着，跑进屋来。

“今晚谁也别走，跟本县到马有礼家，查一样东西。”

4

听说半夜里要搜马家，秀玉很不放心，马知府家丁甚多，要是他们不配合惹出点儿什么，动刀子打架都是有可能的。她很快换了男装，也要跟去。王猴不让，拍胸脯保证万无一失。秀玉想了想，嘱咐王狗跟紧了少爷。

马有礼很配合，早早就打开大门，自己则站在门里静候老爷。同时命家里人泡上香茶，做好夜宵，点亮灯火，官府要看什么就叫他看什么。

王猴带众人来到，说声“不恭了”，就提出要看马家的银库。

马有礼喊着管家，打开了库房门，指着地上铮亮的陶缸：“老爷，这是家父给我留下来的。连整的带碎的，一共是三缸银子。”

衙皂们倾缸一倒，满地的银子白花花乱跑。

三缸看完了。马有礼又指着旁边的陶缸：“老爷您看，这里还有两缸哩！”

衙皂们倾缸又倒。

“这是一缸银子。”马有礼打开一个缸，“这是我历年来的收入，去年放租收入八百多两，地租收入一千多两，房租收入五百多两。”

“有没有银制品，本县要细看！”王猴说。

“有，有！”为了能洗清叛贼的嫌疑，马有礼唯恐配合得不好。“这、这些都是银器。”马有礼又打开一缸。

王猴看全是一串一串的银器，就对老班长说：“这个要细搜啊！”

衙皂们听说“要细搜”，哪敢怠慢，一件一件地掂起来，让王猴看。

“这是从哪儿来的？”王猴指着几个脖圈儿问。

“哪儿来的？”马有礼接过来，掂着看了一会儿，说，“这是三家佃户，该交租没有粮，就用孩子的银脖戗（圈）抵上了，一个是郑毛家，一个是吴圈儿家，一个是，这上边有名，我都记着哩。我怕人家到时候有钱了想赎哩，我记不住咋办？看，是刘熬家。‘熬’字我不会写，就空下来划个圆圈儿，嘿嘿，老爷见笑了。”

“这一个呢？”王猴又掂起来一件。

“这，俗话叫作银牌子，孩子帽子上的吉祥物。是——”马有礼说着，接过来，对着灯看，“是李二蛋家的。”

王猴忽然看见缸里有一个长耳坠儿，就伸手掂了起来，大声问：“马有礼，这个是谁的？”

“是、是……”马有礼有点儿碍口。

“哎哟，就是这个东西！瞧，公文上说，是一个大耳坠儿，上镌着‘鲤鱼跳龙门’的图案，鲤鱼是两只，一只大，一只小，因为叛贼姓李，所以，用‘鲤鱼跳龙门’来暗示着李家要得天下！老班长！”

“在。”

“把马有礼给我拿下！”王猴一声断喝。

马有礼一听，扑通跪了下来，大声喊："老爷，这个是罗宾家的。"

"胡说！在你家搜出来的，怎么能是罗宾家的？"王猴恼了。

"老爷，大老爷！真、真是罗宾家的！"马有礼一急，话都不连贯了。

"罗宾家的为什么在你家？"王猴仍是一副不依不饶的样子。

"大老爷、大老爷您是有所不知，三年前他借了我二百两银子，没钱还我，就还了我这许多银器。你看，这全是他家的！老爷要抓，您抓罗宾，他、他才是叛贼！"

老班长等人剑拔弩张地要绑马有礼，王猴一伸手，说："慢，马有礼，你说这都是罗宾家的，可这上边没有一处写有名字啊！你不是说，是谁家的银器，为了防止人家拿钱赎时找不着，你都写了名字吗？这个耳坠儿上，你怎么没写名啊！"

"没写名、没写名是因为……反正没写名也是罗宾家的！为什么呢？你看，都写名了，就他一家的没写。就他一家的没写就等于写了，所以，我记得清！"马有礼赌咒发誓的样子。

"那好，你写个证词吧，到时候追查起来，空口无凭，墨迹为证！"

"中中。"马有礼应着，就去桌上拿笔。

"老班长，把这一堆东西全包起来！"王猴又命令。

"是。"老班长应着，就把那些银器悉数包裹。

马有礼拿着一张写好的证词走来，递给王猴。

王猴不接，说："念念。"

马有礼拿正了纸，凑着蜡烛念道：

知县王茂昌老爷带人在小人家搜得之银耳坠儿“鲤鱼跳龙门”，原为三年前债人罗宾还债之物。罗宾曾借小人二百两银子，因无钱还，以物抵债，此物遂得来马家，实与小人无关。特写此言，以为墨证。

马有礼　俱

月　日

马有礼读过，又问：“老爷，可以吗？”

“可以。画个押！”

马有礼慌忙在自己的名字处按了一个指印。

“老爷？”马有礼按过，看着王猴。

“马有礼，麻烦你再跟我到衙门里走一趟，我得让罗宾认下来了你才能走！他要是不认，你还走不成呢！”

“好好。”马有礼点头应承着，又给王猴出主意，说，“老爷，您可不能说跟造反有关系，您就说、您就说有一串这个、这个……让他认。他一认下来，您再说有人造反……”

“行了行了，老爷知道该怎样审，非得听你的参谋啊！”王狗大声吵他。

“马有礼，在罗宾没有认下之前，你还得委屈一回，来人！”

“在。”

“把马有礼捆起来！”

“是。”

“哎，”王猴故意把声音低下来，对着老班长说，“手下留情，捆松一点儿。”

“知道。”老班长和李大个子上前，把马有礼松松地捆了起来。

吴二斜子趁此机会，抓一把碎银塞自己兜里。

“老爷，老爷！这能不能不捆……”马有礼嫌丢面子。

“马有礼，知足了吧！罗宾要是不认账，可就不是捆你的事了！”王猴严厉地说。

“小人明白，小人明白！”马有礼乖乖地说。

众人出门一看，马家的家丁各拿了兵器，站成了森严的两排。“老爷，老爷呀！”一个女人扑上前扯住马有礼，嘴里喊着，“黑更半夜，来家绑人，他们都是强盗。站着干什么，还不都给我动手！”

众家丁立即举起兵器，哗地包围了王猴和衙皂。

王猴站住脚，对马有礼摆一下头。

“干什么？都回去！”马有礼喝住众人，低下声对女人说，“我一会儿就回来了，睡去吧！”

家丁们放下武器，眼睁睁看着主人被王猴带走。

5

八支蜡烛照透了大堂，忽闪忽闪的亮光在明镜高悬的匾额上涂涂抹抹。几十只飞蛾子兴奋得很，围着蜡烛扑上扑下。王茂昌端坐在大堂之上，潘师爷提笔展纸，侧坐一边。马有礼长跪在大堂之下。两旁边张牙舞爪着四个衙皂。“传罗宾！”太师椅上的王猴高喊一声，抓住椅靠竖了个倒立。

衙门外的罗宾铺一个烂席片儿，正跪在上边自言自语："王茂昌，都说你明达睿智，我看你也是糊涂盆一个，哼哼，你雪孙芒种那个八年冤枉，说不定也是瞎猫撞上个死老鼠，巧了，哼哼……"

"罗宾！"老班长走过来，大声喊。

罗宾翻眼看看，不理他："你不理我的案子，我就天天在这儿恶心你……"

"罗宾，别嘟囔了，大老爷要理你的案哩！"老班长又喊一声。

罗宾又翻眼看看，说："老班长，你打过我多少回了！我知道，我要是再告你也不高兴，我要是把案翻过来了你脸上也无光是不是？你是当差的嘛！要说当差不自由，我也不怪你。可你也别太张狂了，狗眼看人低……"

"罗宾，你个王八蛋！老爷要理你的案，你究竟去还是不去？"老班长大声凶他。

"不去。"

"好，老爷不理你时你天天喊冤，老爷理你哩你又不去。你这个刁民，从今以后，你要是再到衙门里告状，我可要狠狠地打你不可！"老班长吓他。

"哼！"罗宾翻他一眼，干脆躺在地上不动了。

"嗯，怎么回事？带罗宾带罗宾！"王猴在椅子上坐正。

胡闹往外看一眼，咕哝着："罗宾就在门外呀？我去看看！"一转身向外走去。

罗宾睡在席上，一动不动。老班长用脚轻踢他："罗宾，起来！"罗宾仍不动。

“怎么回事，死了？”胡闹一来，便大声咋呼。

“这个王八蛋，大老爷理他案子了，他又不去了！”老班长大声说。

“不去能行？大老爷都发火了！”胡闹说着，上前一提，就把罗宾拉了起来，“走！”

老班长上前抓了他的另一条胳膊，两人架着，往衙门里走。

“你说是真审哩？”罗宾问。两人不理，架得他脚不连地。

“你说是晚上审哩？”罗宾又问。两人仍不理，架着只是走。

罗宾一扭头，对着街上一个灯明儿大喊起来：“富生，富生！”

“哎！”灯亮处，一个小伙子正卖瓜哩，应他，“干啥？爹！”

“别卖瓜了，老爷要理咱的案了！”

秀玉一身淡装，悄悄地来到堂下，和打着哈欠的虹彩一起坐听审案。

罗宾来到大堂，一看马有礼在堂下跪着，扑通一声也跪下了：“大老爷，小人冤枉！”

“哼哼，一会儿你就不冤枉了！”马有礼侧了头，恶狠狠说了一句。

“我就是冤枉！你凭什么说我没还你钱？我连我娘的耳坠儿都拿出来抵账了，你欺心啊马有礼！我娘也气死了啊！天理良心，不得好死！不得好死啊！”罗宾语无伦次地大叫着。

“罗宾，休得胡闹！”王猴大声喝住他。

罗宾不吭声了。

“罗宾。”王猴喊。

“小人在。”

“三年前你以物抵债还马有礼的银钱里边，是不是有个‘鲤鱼跳龙门’的耳坠儿啊？”

“有有。那还是俺娘出嫁时她姥娘送给她的。俺娘命苦，三岁上爹娘都死了，她是跟着她姥娘长大的。出嫁那年，她姥娘把自己出嫁时的‘鲤鱼跳龙门’耳坠儿又陪送给俺娘了。”

“耳坠儿什么样子？你要仔细说来。”王猴提醒他。

“那耳坠，上边有个龙口，下边是两条小鲤鱼，一大一小，争着往上跳，要过那龙门。鲤鱼的尾巴可以摆动，眼睛也是活的……”

“上边还有什么记号吗？”王猴又提醒。

罗宾翻眼看天，想了一会儿，忽然大声说：“上面镌的还有一个‘蔡’字，那是俺娘她姥爷家的姓。”

马有礼松了口气，脸上的神色轻松起来。

“还有吗？”王猴又问。

“没有了。”

“潘师爷，让罗宾画押！”

胡闹走上前来，端了供词让罗宾画。

王猴看他画完了，又问：“这东西现在何处？”

“这还用问，就在马有礼家！可是他昧着良心不认账！”

“你看，这是不是你娘的陪嫁物品啊？”王猴拿出来在手里晃着，问罗宾。

老班长接了，端到罗宾面前。

罗宾往前爬了爬，凑近灯光，大叫道：“大老爷，这正是小人的东西！娘啊，‘鲤鱼跳龙门’啊！”

马有礼看见罗宾承认下来了，一扭脸，暗暗地笑了。

“好，马有礼说这东西是罗宾的，罗宾也承认这是他的。本县本不欲再审三年前已经审结的案子，现在我不得不重新审理了！马有礼！”

“小人在。”

“你为了赖得罗宾所欠二百两银子，不顾天理良心，利用中人刘老摸死亡之机，诬说债人罗宾欠账未还，致使债人罗宾蒙受冤屈苦坐监牢达三年之久，身心俱毁，难见乡邻，全家饮泣，老娘屈死。马有礼，你想想，为了二百两银子，让你朝夕相见、世代友善的邻居蒙受这么大的苦难，你欺心不欺心？法网恢恢，疏而不漏！马有礼，你可知罪？”

“嗳嗳老爷，你不是说这是谋反大罪吗？”马有礼禁不住抬头说了一句。

“皇上要抓的罪在后，你这个罪可是在前啊！来人！”

“在。”

“把马有礼按倒在地，先打四十板子！”

“是。”众衙皂把马有礼撅翻在地，就是一阵好打。

马有礼被打得哭爹喊娘。

“打得好！打得好啊老爷！”罗宾在旁边大喊着。“打得好！打得好啊！”罗宾喊着喊着，忽然伏在地上大哭起来。

“回老爷，打完了！”老班长大声说。

“马有礼！”王猴大喝。

“小人在。”马有礼趴在地上应。

“打你亏不亏？”

“不亏不亏。”

“既然不亏，那，本县就判了。”

“嗯嗯。”

“马有礼，诬陷罗宾，罪大恶深，判罚纹银三百两：罗宾坐监三年，一年一百两。你还赖罗家一百两银子哩，是吗？”

“是是。”

“怎么办？”

“我退我退。”

“立即退！”

“立即退立即退。”

“正本清源，本县原欲严惩，判你三年大牢。但念你认罪态度尚好，将罪折银，再拿纹银五百两，和你送本县那一架金梯‘猴爬竿’一起，入库充公。”

“谢老爷！”马有礼往前爬爬，给王猴磕了个头。

“哈哈哈哈，大老爷！哈哈哈哈，青天大老爷！哈哈哈哈哈哈，我的冤伸了！哈哈哈哈哈哈，我三年的沉冤伸了。娘，您老人家……”罗宾又哭又笑，在大堂上打起滚来。

“爹，爹！”儿子福生上前拉他。

“老爷，大老爷，”马有礼艰难地往前爬爬，“那，那谋反大罪，可是与小人无碍了吧？”

王猴微笑着点头：“马有礼，你可以回家睡一个安稳觉了！”

“嘿嘿嘿嘿。”马有礼也笑了，他看着王猴高叫一声：“小人谢大老爷！”

“免谢免谢！”烛光闪闪中，王猴一个大顶竖在椅靠上。

“啪啪啪啪……”大堂下，秀玉一人使劲鼓掌。

“嗳？”站起来的马有礼复又跪下来，“罗宾他与叛匪来往，大老爷怎么不问了？”

“你怎么知道我不问？”

啪！王猴狠摔一声惊堂木，高喊了一声：“来人！”

“在！”

“把罗宾父子押起来，明日本县接着审问！”

“是！”

“马有礼还罗宾所有银两，暂充县府。待查清审明，再行发落！”

“是！”

6

三天后，王知县把罗宾父子请到后堂，发还全部银两，对之好声抚慰。

随后派老班长知会马有礼，叛匪一案已经查清，既与马府无关，也和罗宾无涉。

第三章　讨债

—*—

大牛不吃草
二牛不吃料
三牛不拉车
四牛不拉套
剩下五牛要不要
——民谣

1

王猴赢钱了。

王猴跟衙皂们赌猜“有没有”，猜对一次赢一个钱，猜错一次输一个钱。这玩法虽然简单，但很刺激，不拐弯，不斗嘴，伸手即见输赢。潘师爷当庄家，他紧握双拳，一只手里有钱，一只手里没钱，或者两只手里都有钱，或者两只手里都没钱。四个衙皂一个知县，每人兑十个铜钱。奇怪的是，王猴一次也没猜错，只要张嘴就有钱，简直就像自己猜自己的拳头一样。只一会儿工夫，五十个铜钱就全成他的了。

“还来不来？你们还来不来？”王猴没赢够，追着他们问。

衙皂们哪还敢来，一边叹着神奇，一边追问潘师爷是不是做了手脚。潘师爷连喊冤枉，非要胡闹做庄家再猜一回。胡闹也不服气，哪有一次不错、老是他赢的道理？就又兑了十个钱再猜。神奇的是，片刻工夫，五十个钱便又一个不拉地进到了王猴手里。大家于是又怀疑是不是胡闹做了手脚。胡闹的脸皱得像只苦瓜，跳着脚地喊冤枉。正在这时，街上传来卖西瓜的吆喝声：“红瓤透心甜，不甜不要钱。沙瓤满嘴酥，不沙不要钱……”

“老爷请客！”胡闹喊了一嗓子。

“请客请客！”众衙皂那是好吃亏的人？跟着嚷成了一片。

王猴就拿了刚赢的钱来买西瓜了。四个衙皂跟屁股追到街上。没承想，卖瓜老头儿一眼就认出了王猴：“哎哟，这不是老爷吗？”

王猴一笑，连忙否认：“我不是老爷，我是买瓜的！”

“嗳，小老儿我认识老爷。您刚来那天治那个李大歪嘴，我在街上见过的！”卖瓜的没听懂王猴的话。

王猴诡谲地笑了。

老汉挑了俩瓜，说：“大老爷来买瓜，小人不能要钱！”

“为什么不能要钱？您的西瓜难道是大风刮来的吗？”王猴笑着说。

“自己的土地，自己的力，让老爷您吃个瓜哪还能再要钱！”老人乐呵呵地说。

“老头儿，你这叫行贿知道不知道？行贿是要抓人的！”胡闹吓唬他。

“哈哈哈哈，我让老爷吃个瓜能该抓吗？”老人笑着说。

“来，我给你称。”大个子说着，抓秤就称，“八斤。”

“再拿一个，再拿一个！”二斜子说。

胡闹就又拿起一个让大个子称。

“七斤。”大个子说，“一共十五斤。”

王猴把刚赢的一把铜钱递上。

“不要不要！这算小老儿我送给老爷的！”老人后退着执意不收钱。

“你想让老爷落个受贿的名声呀？拿住！”胡闹玩笑着。

老人仍不要。

王猴把钱往老人瓜摊儿上扬胳膊一撒，喊一声：“快跑！”张牙舞爪地先跑了。

衙皂们看王猴跑，也抱了西瓜跟着跑。

“真是孩子！哎哟真是个孩子！”卖瓜老头儿下意识地追了两步，不觉嘿嘿地笑起来。

“快来看，快来看，老婆婆自己摔倒了！”王猴正跑着，看见前边有几个孩子围着个倒地的人喊叫，他好奇地跑过去：干瘦一个老婆儿，倒在地上抖动着，像是害冷的样子。这么热的天她怎么会冷？王猴禁不住抬头看了看天。

四个衙皂都过来了。王猴大声问：“老班长，这老太太是怎么回事？”

老班长上前一看：“哎呀，这不是那个要饭的老婆儿吗？热昏了吧？”

“不错，肯定是热坏了！你看她那脸儿，没一点儿血色儿！”大个子说。

王猴弯下腰仔细地看了，说：“大个子，你抬住头，二斜子，你抬住脚，胡闹，你抬住腰，瓜让老班长拿着。抬衙门口里边，那里凉快。来，咱们一块儿抬！”说着就抓老人的手。

老太太实在太脏了，不但衣衫破旧，手脸上都是灰，身上还有一股溲味。老班长挡住王猴：“老爷，这事您就别管了，小的们自有办法。”一扭脸对胡闹说，“快去找块儿门板！”

老太太被抬到衙门口的过道下，穿堂风飒然而来，一下凉爽了许多。老人轻声地呻吟起来。

老班长切了瓜，果然是红沙瓤子。“老爷，您请！”老班长示意。王猴拿起一块，快步走到老太太跟前，撮一块儿瓜瓤塞老人嘴里。

老人的嘴嚅动了几下。

“她吃了！”王猴惊喜地叫着，赶紧又撮了一块儿。

老爷不吃，四个衙皂自然也不敢吃，一个个举着手里的瓜，猴子似的直流口水。

王猴喂了几块儿，就要扶老太太。老班长看见，放下手里的瓜前来帮忙。

老人被扶直了，靠在墙上小声呻吟：“我、难受……”

“她说她难受！”王猴转脸转述了，又把脸扭过去，“哪儿难受？”

“我难受，我、我饥……”

“她说她饥！”王猴又一扭脸，“胡闹，你立即上街去，给老太太买几个粽子，她说她饥。米家的啊！”说着，从口袋里掏几个钱耍猴似的一扔。胡闹耍猴似的慌忙一跳，接了钱转身就跑。

老人慢慢地睁开眼睛，茫然地看着大伙儿。

“老人家，您醒了？”王猴给他笑。

“哎哟我的娘啊，好难受啊……”老人的泪出来了。

王猴想，老人一定有委屈。眼泪没有假的。

胡闹买了五个粽子，用一张大荷叶托着。

王猴抓起一个，剥了，递给老人。

老人正流泪，猛看见粽子，抢了就往嘴里塞，噎得直伸脖子。

“老人家，您慢点儿吃！”王猴说过，才大声吩咐众人，“吃瓜吧，该咱吃瓜了！”

大家抢了西瓜，吸溜呼嚓一片响声。

王猴拿两块瓜放在老太太面前，小声问她：“老人家，您这么大年纪了为什么还要饭啊？”

老人吃着，噎得答不上来。

“没地种？”王猴又问。

老人终于咽下去了，她伸了伸脖子，回答说：“有地。”

“有地？”王猴有些奇怪，“为什么不种地出来要饭啊？”

“儿子不让种！”老人又吃一口。

“好啊，儿子疼你，怕你年纪大了，受不了累？”王猴又问。

正吃瓜的衙皂们，哧哧地笑起来。

“唉，我一听，就知道你是个好孩子，遇事老往好处想。乖乖呀，您是不知道还有那坏孩子呀，沾事他都折磨你啊！我那儿，他是个坏孩子！”老人说到这儿，就大放悲声，哭起来了，“唉，唉唉唉，我的命好苦啊！我从二十八就守寡呀，他爹走那年，孩子才六岁。他爹临死时，拉着我的手说，宝他娘，我对不起你，让你年轻轻的就守寡。你、你要刚强呀，怎么着也不能让孩子受屈！孩子他、没爹啊！我说，他爹，既然是生死两条路，你、你就只管放心地走吧！别牵挂俺、俺娘俩。只要有一口吃的，怎么着也要把孩子、把你李家的骨肉，拉扯成人！初一、十五都给你烧纸送钱。谁、谁知道，千般难万般苦，好容易把孩子拉扯大，给他娶了媳妇，他、他、他两口子多嫌我啊……”

“老爷，你才来不认识她，她儿子不孝顺，来打过官司的！”老班长擦着嘴过来了。

“啊？不养活娘？”王猴问。

“嗯。”老班长点头。

“我想听听，究竟怎么个不养活法？老人家，你继续往下说！胡闹，给老人家端盆水，让她洗洗脸。”王猴又吩咐。

吃了五个粽子，又吃了三块西瓜，老太太身上就有了力气。又洗了洗手脸，拢了拢头发，看上去就整齐了很多。

“老人家您说！”王猴蹲在老太太对面，像是要听故事的样子。

大个子搬来把小凳子：“老爷，坐！”

“六月里冻死个老绵羊，说起来话长啊！”老太太擦擦眼睛。

“话长就话长吧，反正今儿个也没事，就听您老人家说说伤心事！”王猴坐直了，努力表现出自己的耐心。

衙皂们都不想听，或者说都听过，不新鲜了，一个个张嘴打哈欠的。

“去年春天，刚出了正月，就是二月二龙抬头那天，我感冒了咳嗽得止不住，不能帮他们的忙了，我那儿媳妇指着我的鼻子骂呀！”老太太揉揉眼，学着媳妇的口气：

“‘养只鸡，能下蛋。养头猪，能卖钱。喂几只蚕虫还能结茧呢！养活你，除了吃喝穿戴糟蹋东西，你说你还能干些啥？’

“我说，你怎么能这样说话呢？我二十八岁就守寡，拉扯大俺孩儿我容易吗？媳妇一听说，‘谁知道你是不是守寡呀？你二十八，俏着哩，俺小辈儿又不知道！’这时候俺孩儿娇宝出来了，我不是想让孩子给我做主吗？我说，孩儿呀，她骂你娘哩呀！她骂你娘不节呀！你说俺那儿怎么接：‘有拾金子拾银子的，哪有专门拾骂的呀！她说你不节你就不节呗，节不节怎么啦？’他叉着个腰，一脸的凶相。

“我哭了。我的命苦啊！我熬寡熬得不值啊！小老鸹四十五，还知道大报娘恩一百天哩呀，你们、你们骂娘糟蹋娘不要娘了！俺儿两手比画着：‘娘，你不能这样说，我们成家三年了，不是养活你三年吗？一年三百六十五天，三年是多少你知道吗？一千零九十五天啊！我们够孝顺了我们，你还不知足，咧个嘴一会儿一哭！’

“我好伤心啊！我说，孩儿，你知道你长这么大，娘作多少难吗？一岁你出痘，二岁你发痧，三岁你发烧三天不吃饭，娘夜夜睡不着，把眼熬得看不见天！感冒哩，拉肚哩，长疮哩，害眼哩，哪一年没有事啊孩儿啊！你是娘的心娘的命呀儿，歌上怎么唱的呀？吃娘的奶，抓娘的心，生个儿，给娘亲。你是我生的儿，怎么就不知道心疼娘呢？俺儿还没说话哩，他媳妇出来了，指着我吵：‘烦不烦，烦不烦？天天说这些！烦不烦？人家的娘都不管儿了？人家的儿都是从石头缝儿里蹦出来的吗？一张嘴就是出痘发痧，长疮害眼，咒人的不是？’俺孩儿也上来给我搞理：‘娘，你别光说这，你说你作为个娘为你儿做这些事应该不应该？’

“我哭着说，应该。娘养儿怎么不应该呢？他又问：‘做这些事你屈不屈？’我说不屈。娘疼儿哪有屈的呀！

“俺孩儿说：‘既然应该，既然不屈，你就别天天挂在嘴上，我养活了儿呀我养活了儿呀！谁没有养活儿？要都像你这样把我养活了儿天天挂在嘴上说，我看，见天谁也别想干什么事了，你见面：我养活了儿！他见面：我养活了儿！我养活了儿！我养活了儿！家家都有儿，儿都是爹娘养活的！’那一派歪理，气得我说不出一句话来，只剩下掉泪了。

“他媳妇扔过来个破竹篮子，说：‘你不是养活了儿抱屈吗？给，给你个篮子要饭去吧。我看那要饭的怪好，也不用养活谁。也不用抱怨谁。不做活有饭吃，也没有人天天吵！冬天里晒太阳，夏天里坐树荫。给吧！’我想着俺孩儿该出来吵她，谁知道，他个王八羔子给我拿过来个破碗，往那篮子里一丢，说：‘去吧，享福去吧！’

“我被他们撵出来的时候天正下雨。满眼里一片白烟。我一跐一滑走到门口，忍不住回头再看，家呀，我住了几十年的家，你也没有变小啊，怎么就容不下一个上了年纪的老人啊？我这一回头，正看见他两口子披着蓑衣站那儿看我走哩！‘我要饭，娘去要饭！娘去要饭呀——’我放声大哭着，走进了雨中。乡邻们气不过，就让我告他们两口子……”

“你告了吗？”王猴站起来，一脚把凳子踢倒。

“告了。你听我说。”老太太揠揠眼角：

“我把我那儿告到了县衙。我那儿一见我就恼了，剜我那一眼啊，恨不得掉一块肉。他有理得很，跪在那大堂上，还振振有词：‘娘养儿还不应该！她经常当经念，说养儿如何如何不易，她对我有如何如何的大恩，我就是割肉也还不了她！大老爷，您说，做娘还不该养儿吗？’”

“老爷怎么说的？”王猴问。

“大老爷说：‘娘该养儿，可儿子也该养娘！像你，你娘二十八岁就熬寡，你就更应该待老人家好！俗话说，儿不嫌母丑，狗不嫌家贫。生儿育女防备老！你娘老了，你却不养。还满嘴的歪理谬论。来人！打他二十个嘴巴！先让他长长见识，明明事理！’”

王猴笑了：“打了吗？”

“打了。”

“改了吗？”

“唉！改啥呀？回去好了几天，以后他两口子就更厉害了。他们不再吵你，也不再骂你，就是不管你，吃不叫你，喝不喊你，夏不问你热，冬不问你寒，天天也不给你说上一句话。背地里说我不贤，媳妇见人就说，‘哪有娘告儿哩？’‘还说亲她儿哩，就那个亲法！人家打他儿，她还说割他的肉也不亏！’我能那样说吗？儿再孬也是儿啊！我、我没成色，我对不起他爹呀！”老太太说着，又哭了。

“他去给他爹坟上烧纸送钱吗？”王猴又问。

“唉，活的他还不管哩，死的他更是不理！从他当家立事，清明节、七月十五、十月初一，逢年过节，他没有给他爹送过一次钱。我一说他，他说‘死就死了，为什么要给他送纸钱？他做爹哩，怎么不给咱送点儿钱呢？年轻轻的一伸腿走了，不负一点儿责任！’你说，他爹想死吗？唉，他那歪理呀，能把人气死！不说了，不说了。反正我也活不几天了，一伸腿啥都没了，狼拉狗吃吧，也不知道了。唉！”老人说过，拭了拭眼泪，就要站起来，“您都是好人，我一个要饭老婆子，也没什么谢您，我给您磕个头吧！”挣扎着跪了下去。

王猴一见，连忙拉起她，说：“老人家，我给你做主，你，再告他！”

“对，再告他！”老班长说。

“对，你再告他！这一回非得好好收拾他不行！”众衙皂也都气愤。

老人颤颤地站起来，摇摇头说：“不告了，不告了。这都是命！命中只有八合米，走遍天下不满升。命中该穷该受罪呀我！我还是要饭吃吧！”老人说着，往外走去。

“哎，这老人不告他儿，不是谁也没有办法吗？”大个子说。

“可不，民不告，官不究嘛。”老班长说。

“胡闹。”王猴唤。

“在。”

王猴压低声音：“你腿快，去，找一个算卦的给她算算，就说她时来运转，该有福享了。去吧！”

2

胡闹来到街角，找了个满腮白须的算卦先生，悄悄地咬了咬耳朵。算卦先生翻起无光的双目笑了笑，颇为自信地说：“放心胡官人，这我比你会说！”

胡闹拍了算卦先生的肩膀：“那就谢了，打官司了找我！”

算卦先生又翻翻眼，说：“屈死不告状，饿死不作贼。我这会儿渴了，麻烦官人端碗茶水吧！”

要饭老婆儿蹒蹒地走来。

胡闹小声说：“老婆儿来了！”急忙就走。

算卦先生高声地唱起来：“太阳西落月东升，时事纷扰如迷宫。吉凶祸福顷刻至，寿夭穷达问周公……哎，要饭的老婆儿，那要饭老婆儿！我怎么听着是要饭的那个老婆儿过来了呀？”

老太太停住脚：“先生啊，你没眼比那有眼的还明哩，可不就是那个要饭的老婆儿啊！”

“哎，眼睛是个无底洞，说看清了没看清。没眼比那有眼明，因为心中有眼睛。你过来你过来，过来一下！”算卦的对着虚空处招手。

老太太迟疑着。

“还站着干什么？过来吧，我有卦送给你！”

老太太苦笑一下，说：“穷人卦贫。我也没钱，不麻烦你了先生！”说着又走。

“嗳，嗳嗳嗳？你这老婆儿！咱都是穷人，只因我看到你该时来运转了，给你提个醒，我不要你的钱！”算卦的说着，伸手拿起马竿在地上敲了一下。

老太太站下来，又苦笑一下，说：“你也是个穷人，我不沾你的光。沾你的光，我心里不好受。”再走。

算卦先生瞪起无光的双眼：“你不信啊，我只说一句，要是不对，你再走不迟嘛！”

老太太复又站下。

“你今天有大灾，不过灾情已过。因有贵人相助，没有丢掉性命。”

老太太惊讶地看着他，说：“你、你真的会算？”

“看看，猪用嘴拱，鸡用爪挠。各有各的寻食本领。我穷，老天爷就给我个天眼，能洞察人间的祸福吉凶。”算卦的大言不惭，“运者，云也。随风成形，变化莫测，天眼灵光，如观洞火。要饭老婆儿，你的灾运已经过完，该过上好运了！你瞧，你印堂发亮！”

“哎哟我的娘呀，我一辈子没过上一天好日子。好运？好运就是像天上飞的麻雀一样多，也不会落到我这一头白发上！别拿我穷开心了先生，我印堂发亮，你一个瞎子看见了？”

“哈哈哈哈，我天眼嘛！”

“哪儿发亮也不中！”老人说着，又走。

“嗳，看你这老婆儿！我给你明说了吧，你有个儿子不孝顺，逼得你没法在家过，你这才出来了。今天一早你饿昏在地，天遣贵人搭救你。我再说一句，你的背运已经过完，你儿子今天就开始回心转意了。”

老婆儿停下来，一脸困惑地站着。二目双瞎的算卦先生却是一副胸有成竹、主宰一切的样子，看上去让人快乐。

“俗话说，儿是冤家女是仇，八辈子才修成个绝户头。还不都是说的儿女不孝、老人受气吗？你这儿子的回心转意，还得有一个助力，他才能幡然猛醒……”算卦先生用手做一个推的样子。

“你说，是老天爷叫他回心转意哩？”

“对。”

“那，我这些年受罪，也是老天爷叫我受罪哩？”

“对对。”

“那你说是我活该受罪？”

“对对对。”

“那既然是老天爷让我受罪，我还怪我儿子干什么呢？”

“对对对对。”算卦先生又翻了翻高远的天，“可是今天，你的罪受完了呀！”

“这就是受完了？”老婆儿伸开双手，“我差一点儿没饿死！”

“嗳，现在，我就是传达天意，让你时来运转、回家享福的。”

“我这样就回家享福了？你不要取笑一个可怜的孤老婆子了！”老婆儿环顾自身。

“我哪有空取笑你一个要饭老婆儿？”算卦的笑着，“哎，为了完成上天的旨意，我得帮助给你儿子一个助力！”

“助力？”

“对对，就像斜坡上停一辆车，人不推，车不动，你只要推，稍稍一用力，那车呼噜一声就下去了。”算卦先生翻起无珠的眼睛又比画。

“那，助力上哪儿找啊？”老婆儿茫然了。

“我给你说吧！”算卦的说过，又卖个关子，故意停一下，“有一个办法！”

“一个办法？”

“对，只有一个办法。切记切记！”

“你还没说，我切记什么？先生你快说吧！”老婆儿又催。

算卦的低了声音，面现神秘：“去大堂上告他！”

“还告状？”

“对。”

“就这一个法儿？”

“对对。”

“没别的办法了？”

“对对对。”

“我不去！”老婆儿说过又要走。

“老人家，我可告诉你，”算卦的大声喊住她，“你这可不是光为你做的呀，你也是在为你儿子、为你媳妇做的，为你的子孙后代做的。你这是在救你儿子、救你媳妇、救你的子孙后代啊！你想想，你不告他们，不给他们改过自新的机会，那他们就永远是不孝之子、是一对恶人啊！你的孙子就是恶人的后代，谁还敢再把闺女嫁到你家？你的孙子娶不上媳妇，你家这就断了血脉，你答应你丈夫的诺言也就无法兑现啊！你这一告，天意就得到了传达，你老人家有了幸福的晚年，他们也变成了懂事识礼的新人了……天意天意，切记切记！”

胡闹端个茶碗走过来，大声地感慨着：“那歌怎么唱的：瞎子看见了，聋子听见了……现在看来可都是真的呀！俺大睁着俩眼看不清玄机，你一个瞎子心里透亮！你算我这一次该挣笔钱，今天早上，喜鹊一叫，钱真来了！先生，我给你送碗茶喝！”说着奉上茶碗。

“你是……”算卦的佯装忘记的样子，皱了眉头想。

“哎哎，我是胡闹……”

“啊，啊啊？衙门里的胡大官人！那钱……”

“我不是前天来找的你吗？你说我财运转了，不出三天，定会有钱。我当时还不信，俗话说，算卦的口，无梁的斗，算福没有算祸有。嗳！看来你是真神！”胡闹掏出几个铜钱放在先生的竹筒里，故意弄出很响的声音。

老太太显然受了影响，大声地自语着：“老天爷，你说我还告他？”

“告，告吧。不告不成事！”算卦的大声说。

“天意天意！这天意怎么来这么晚呢？人叫人死死不了，天叫人死活不成。”老太太念叨着，往前走了几步，忽然又踅回来，把篮子里要的一段油馍头拿出来，“先生，我一个要饭老婆子，也没什么好东西谢你，你看，这是我刚要的油馍头儿，还没舍得吃，给你吧！”说着，就把那油馍拿出来，往算卦摊上放。

“哎哎哎，不能要，我不能要！”算卦先生坚决阻止。

“为什么呀？嫌我老婆子手脏？”

“天意！这是天意！我要是要了你的东西，老天爷要惩罚我的！”算卦先生神秘兮兮。

3

一听老太太受儿欺负，秀玉姑娘就哭了。她想起了自己的母亲。

王猴知道姐姐的心思，一看姐姐掉泪，连忙去盆架上拿来了手帕。

秀玉说：“我一岁多爹死，三岁时娘死，爹死时我小，一点儿不记得。娘死时我已经记事，娘害的是恶性痢疾，发高烧，打哆嗦。娘死后我老是做梦，小时候做梦是害痢疾，每次都把我吓醒，长大了做梦就是想娘，可我就是看不清娘的脸儿。有几回，我喊，娘，娘，你让我看看你！娘不理我只管走。梦里有时也很清醒。我想，是不是娘不想让我看她呀，我就改口喊，娘，你亲亲我吧，我是秀玉，是你的秀玉呀！我想娘来亲我时，我不就可以看清娘的脸了吗？可是，娘只在梦中看我，却从来没有亲过我！我一直想，只要让我见见娘，哪怕只见上一眼，就是上一千回刀山下一万回火海我也没怨言。”秀玉说着，满脸淌泪。

王猴红了眼睛，拿着手帕给姐姐擦。

姐姐接过来，自己擦着，说：“俗话说，儿是娘身上掉下来的肉。不孝顺娘已是罪不可恕，欺负娘就更是罪不容赦了……”

“姐，你别哭了，这个李娇宝——听听这名儿，可见他娘是如何疼他了——姐，我一定好好地收拾收拾他，让你出出气！”

“怎么收拾他？难道能让他还肉不成？”秀玉睁大泪眼看着王

猴。

“放心，就依着姐姐的话办！”王猴说着就跑。

“我可没说让他还肉！”秀玉追出来。

4

老太太在堂外徘徊了很久，她一直拿不定主意是不是该进去。“天意，天意，这天意咋这么难传达呢！”老婆儿念叨着，“孩子啊，你伤了娘的心，娘真是不想再救你了！唉，不看僧面看佛面，看在你死了多年的爹的面子，看在不懂事的孙子的面子，我就再救你一回吧！”老婆儿终于走进大堂。

众衙皂一见，个个兴奋，连忙站好了位置。

老太太快走几步，扑通跪在地上，大声喊：“大老爷，民妇李王氏要告状呀！”说过，泪水便顺脸而流。

“李王氏，你是哪里人氏，状告何人，快给本县说清楚。”王猴跑上大堂，看着她笑。

“民妇李王氏，是本县高岗村人，我告我那不孝的儿子李娇宝。”

“好好，本县准你的状了。”王猴迫不及待地说，“来人！”

“在！”衙皂走上前。

“你们去两个人，快去高岗村，把村民李娇宝给我速速押来！”

李大个子和吴二斜子来到高岗村头的时候，正看见一群人在树下乘凉。李大个子就向一位留着山羊胡子的老人打听：“老人家，向您打听个人？”

“只要是俺村的。”老人说。

“一个叫李娇宝的他住在哪儿？”大个又问。

“李娇宝，看见往这里正走的那几个人了吧？”老人说着用手一指。

大个子忙顺着他指的方向望过去。

“那个穿汗褂戴草帽的就是！”老人又说。

两人给老人致了谢礼，就大步迎着李娇宝走去。一群人越走越近，看看要擦肩而过了。二斜子忽然大喊一声：“李娇宝！”

“唉。”李娇宝不自觉地应了一声。

吴二斜子立即掏出一根绳子，猛地往李娇宝身上一套，大声说：“我们是县里的衙皂，有人把你告下了，说你该人家的账不还。老实点儿，跟我们走一趟吧！”

“该账？公家的还是私人的？我、我不该账啊！”李娇宝大声喊。

李娇宝的老婆也在其中，看见丈夫被抓，大哭着喊：“您说俺该人家的账，您总得说清是该谁家的吧！”说着，就扑上来夺人。

李大个子又掏出一根绳子，说：“你是不是也想一起走啊？”抖着绳子就要绑人。

“孩子他娘，你先回去照管孩子吧！我去看看咱究竟是该的谁家。”李娇宝喊。

李娇宝来到了大堂之上，满眼只看见县太爷的红官袍，膝盖一软跪下来：“大老爷，小人正在地里干活，忽被绳捆索绑押到县衙，小人不知道究竟犯了什么罪？”李娇宝一进来先喊了一声。

王猴看着他，笑了，说："你忘恩负义，欠债不还，犯的无赖罪！"

"小人一向奉公守法，克勤克俭，在路上我还在想，小人只知道天明了干活，天黑了睡觉，并不欠谁啥债啊！公债还是私债，请大老爷明示！"

"李娇宝，冤有头，债有主。你不用嘴硬！来人！"

"在！"

"带原告！"

"是。"

原告上来了，李娇宝一看，傻了，又是自己的娘。

老人一上大堂，就要往下跪。

"慢！"王猴大叫一声，"给这位老人搬把椅子。儿子不孝，她已经饱受了人间疾苦，不能再让老人家下跪了！"

老班长连忙给老人搬了一把椅子，让她坐上。

"李娇宝，你可认识这位老人？"

"认识。她是小人的娘。"

"本县查明，你天明了干活天黑了睡觉，谁的钱不欠就是欠你娘的账！"

"欠俺娘的账？"李娇宝小声说。

"对。你欠你娘的账！这账，不是钱财，也不是衣物，而是一笔肉账！"

"肉账？"李娇宝皱起眉头。

"你娘十月怀胎，把你生下，多则八九斤，少者五六斤，本县公平，不取多，不取少，咱取一个中间数，就算七斤吧，你欠了你娘七斤肉钱！”王猴大声说。

“大老爷，小人明白，小人愿还！”李娇宝抬起头来。

“真愿还？”

“真愿还。小人现在就去街上割七斤猪肉还娘！”

“放肆！来人！”

“在！”

“娘肉岂是猪肉，先打李娇宝十个嘴巴！”

胡闹和老班长上前，啪啪啪啪，就是一串脆响。

“李娇宝！”王猴又喊。

“小人在。”李娇宝的嘴歪了，说话就有些不便。

“你今年多大年纪了？”

“小人二十八岁。”

“二十八岁，好！咱这儿有两句俗话，一是‘血债还要血来还’，一是‘儿是娘身上掉下来的肉’。李娇宝，你娘生你时给你七斤肉，你也得还你娘七斤是不是？二十八年了，这利息就算是一年一两，二十八年，就是二十八两。一斤十六两，二十八两减十六两，还剩十二两。也就是再加上一斤一十二两，对吧？”

“啊。”李娇宝下意识地应着。

王猴正慢条斯理地说着，忽然一声断喝：“来人！”

“在！”衙皂们一齐上前。

“把李娇宝按倒在地，扒光衣服，连本带息，割肉八斤一十二两！从头到脚，细细地割他！”

“是！”胡闹们应着，手执亮闪闪的钢刀一拥上前，把李娇宝按倒，就扒衣服。

“大老爷！大老爷呀！我知错了，我改，我改呀！”李娇宝杀猪一般大叫着。

“不行！早还了账早清净！也让你尝尝掉肉的滋味！”王猴不依。

胡闹对着他的胳膊就要开刀。

“老爷，大老爷！不是我不孝顺，是我那媳妇她不叫我孝顺啊……”

“你媳妇是你媳妇，先割了你的再说！”胡闹叫着，把钢刀猛地往上一举。

“老爷！大老爷呀！您千万别割他的肉啊！”老太太大叫一声，离了椅子，扑通就跪在了地上，“我心疼，我心疼啊！”一歪，昏倒在地上。

“娘！娘！娘啊！”李娇宝大叫着。

“停！”王猴大叫一声。众衙皂住了手。

“哼，哼哼！”老人倒在地上呻吟着。

王猴说：“可怜天下父母心！本县一叫割肉，她可就受不住了。把老人先抬出去歇歇！”

“是！”衙皂们应着，七手八脚，就把老人抬了出去。

“李娇宝！”王猴又喊。

“小人在。”

“你说是你媳妇不让你孝顺？”

“小人是娘守寡养大的，能不想孝顺娘吗？小时候我跟着娘去河滩上割草，叫蛇吓着了，三天昏睡不醒，我娘夜夜抱着我，到第四天上我好了，我娘却病倒了。娘病倒了，发着高烧，还夜夜喊我的名字。我小时候，孤儿寡母的，人家光欺负俺，俺种的庄稼没有一年能收囫囵，我说，娘，等儿长大了，谁再欺负你，我跟他拼命。没想到，我长大了，不但不敢阻止我媳妇，我还跟着欺负娘。大老爷，小人怕老婆呀……”李娇宝说着哭了。

“大个子，二斜子！”王猴点将了。

“在！”

“速将李娇宝之妇捉拿归案！”

“是。”

5

李大个子和吴二斜子一到村中，立即就被人们认了出来。“两位官人，到家里吃饭吧？”留着山羊胡子的老人放下碗，站起来打招呼。

“谢了！谢了！”两人应着站住脚。

“娇宝的债还了？”老人又问。

吴二斜子斜了一眼，阴阴地说：“还？早呢！他说是他媳妇欠的……”

“不孝顺他娘的账，那只有割肉才能还……嗳，老人家，李娇宝家是在哪儿住？”李大个子问过，又提醒吴二斜子，“快点儿，别让她听说跑了，咱就不好交差了。”

“我领你们，我领你们！”两个孩子应了，在前边跑。

李娇宝媳妇正嘱咐一个年轻人：“你去县里打听打听，看看究竟是该谁家的账？啊！该花钱的地方你就只管花，只要不叫你姑夫挨打就中。”

“中中。”年轻人把钱袋挂在腰里，“姑，我要是打听不出来怎么办？”

“那你就速去速回。”

李大个子和吴二斜子走进家来，二斜子厉声说：“你就是李娇宝的老婆吧？”

李妻一看又是逮走她丈夫的俩人，吓得嘴就不听使唤了：“是是、不是，是……”

李大个子从腰里掏出绳子，说：“你男人说，他愿意还账，是你不让还。给，把绳子搭脖里，谅你也跑不了。跟我们走吧！”

“我、我……”那女人乖乖地把一根粗绳搭在自己的脖子里，由两个公人看押着，走过了由蔑视的目光和密集的鼻嗤声交织而成的村街。

李妻上了大堂，一看两边的衙皂们个个手执钢刀，一下子就吓瘫在地上。

王猴大喝一声：“大胆民妇，你丈夫李娇宝虐待老母，禽兽不如，多年来，不事赡养，致使五十多岁的老人流落在外，受尽苦楚。本县查明案情，判李娇宝即日偿还生身之债。娘生他七斤之躯，外加二十八年的利息一斤十二两，一共是八斤一十二两。本县正要割他的肉，他说是你从中作梗，不让偿还。想必你是个贤良媳妇，要替丈夫还债！来人！”

“在。”众衙皂迫不及待。

“夫债妻还，数加一倍。八斤一十二两，再加八斤一十二两，一共是一十七斤零八两。我算得可对？”王猴略一停。

“对对，一点儿不错！”潘文才应着，举起记录簿拍了拍。

“把民妇衣服扒光，从头到脚，给我细细地割来！一十七斤八两肉，肥瘦搭配，不可偏废！还站着干什么，给我立即动手！”王猴说得十分愤怒。

“是！”众衙皂一齐上前，就要扒她的衣服。

“大老爷大老爷，大老爷！民妇有罪，民妇再也不敢了！民妇以后再不孝顺，任杀任剐，全凭大老爷发落！”李妇抱紧上衣，杀猪般叫喊。

胡闹和吴二斜子，抓住她的衣服不放。

李妻抖成一团。

“停！”王猴又喊。

众衙皂停下来。

“让李王氏上来！”王猴又说。

老班长就把老人领了上来，仍然让她坐在椅子上。

老人家捂着胸口，一脸戚容。

“打你们是为了让你们改过。既然你夫妇二人愿意痛改前非，赡养老母，那本县就给你们一次改过自新的机会，暂且把这笔账记在本衙。”王猴说着，举起潘师爷的簿录，“若是再有变故，本县定要为老人做主，代为讨账。到那时，连本带息，加倍偿还，也就别怪本县无情了啊！”

“不敢了，不敢了，小人不敢了！”李娇宝喊着。

“谢大老爷！”李妻抖成一团，哭着说。

王猴一转脸，看着老人又说：“老人家，你也是心慈手软，菩萨心肠。本县一说割你儿子的肉，刀没到他身上，你可就疼昏了。俗话说，儿不嫌母丑，母不记儿过。这事就算过去了，回去好好过日子吧！若再有事，您不用来找，本县一听说，就找过去跟他要账了！”

“谢大老爷！”老人从椅子上慌忙下来，重重地给王猴磕了个头。

王猴笑了，说：“李娇宝，领你娘回去吧！”

“谢大老爷！”夫妻二人又磕头。

6

李娇宝雇了头驴，他把娘抱上驴背。雇主牵驴在前，李娇宝和媳妇一边一个，小心地扶着老人。轻快的驴蹄子敲打着石磨铺成的县街，扯直了一街两行高高低低的目光。

第四章　奖儿

—*—

羊，羊
跳花墙
抓把草
喂它娘
——民谣

1

“咚咚咚咚，咚咚咚咚！”

太阳刚上屋脊，衙门外的堂鼓忽然响起来。在小县城清亮的早晨，堂鼓的响声像舂米的石碓把县城砸出了一串深深浅浅的坑。鼓声响起的时候，王狗正在大街东北角的米家买粽子。两个粽子三个钱。十五个钱买了十个粽子，王狗拈一张青荷叶包了，托着急往衙门跑。

县城小，没有谁听不见这清晨里夸张的鼓声。四个衙皂丢下碗，踩着鼓点儿急跑。最狼狈的要数潘师爷了，眼不好使，还得快跑，深一脚浅一脚的，看上去像走夜路。

“老爷呢？”老班长来到堂上，小声问了一句。“就是，老爷呢？”胡闹也问。王狗托着粽子过来了。“老爷呢？”老班长又问了一声。

王狗比画着：“他不是好吃粽子吗？我去买粽子了。还在后院练功吧！”

“不用慌不用慌，催恭（解溲叫恭）不催食。怎么着也得让吃好饭！”老班长说着，就找地方坐。

“就是嘛，鼓响了人没来，慌什么慌！”吴二斜子也过来了。

“谁说人没来？来了！”大堂外传来一个男人的声音。四衙皂扭脸一看，是个微胖的老头儿，脸皮儿白净，胡子焦黄，土色布衫，老蓝长裤，既不像栉风沐雨的农人，也不像精明练达的商人，更不像读书识礼的学子。

“啊？告状的是你！”老班长看着他，不觉地就学起老爷的口气，“所告何事？状告何人呀？”

老头儿瞅了一圈儿。听人说县太爷是个小孩儿，聪明绝顶，光彩照人。眼跟前全是成人，肯定不是县太爷，他小声咕哝了一句：“等老爷来了再说呗！”靠着墙根儿就蹲下了。

“啊啊，来了？”胡闹一嗓子，众人全扭过头。

老头儿一听来了，连忙从地上站起来。看看还是成人，犹豫了一下，复又蹲下。

来到的是潘师爷，一头汗水，气喘吁吁。“告状的人呢？”问过，眯起眼睛，伸长脖子，像只准备战斗的公鸡。众人禁不住笑了。

2

鼓声响起的时候，王猴正和金拴、小妹在城隍庙的草地上捉虫子。他们刚掏了几只小麻雀，金拴吹牛，说他可以训练麻雀叼小旗儿，节日的时候表演给全城人看。

“猴哥，你还喂过啥？”小妹讨好地看着王猴。

“我喂的多了！斑鸠，鸽子，鹌鹑。你知道鹌鹑怎么叫唤吗？‘兑兑、兑兑’……”

小妹忽然一嗓子：“猴哥，又有人告状了！”

王猴也听见了鼓声，只是他的话没说完：“……送我鹌鹑的大老李说，他逮鹌鹑时还遇见过鬼呢！他吹着鹌鹑哨儿，兑兑，兑兑……鬼说，叫我吹吹，叫我吹吹。大老李说，你来吧！鬼说，我没嘴巴骨，我没嘴巴骨！”

“没有嘴巴骨怎么吹呀？”金拴比画了一下。

“吓死人了猴哥！”小妹哆嗦了一下，趴王猴耳边又喊，“有人告状了！”小妹对告状很感兴趣。她发现，只要是告状的事，就都不好明白，绕了很大的弯子，翻了很高的岗子，似乎才能走到。要是都像去姥姥家一样多好，过一个村庄，涉一条小河，就能看见姥姥家矮矮的茅舍和高高的白杨树。但她又喜欢看猴哥断案，那么多听不懂的话，那么多看不明的事，那么多一层又一层遮盖着迷障的人心，猴哥硬是给他们一个个都刨了出来。猴哥说，断案像猜谜。断案怎么能像猜谜呢？猜谜不打人。断案哪一场不打人！小妹对打人很纠结。她想让打人，因为打的全是坏人。她又不想让打人，因为一打就有人喊疼。她见过爹打哥哥，打一下，哥哥就咧一下嘴。她也被爹打过。挨打真不是好滋味！娘做了不好吃的饭，哥不想吃，娘就说，吃吧，比挨打好多了！可见，娘也一定挨过打。

“走，猜谜了！”王猴喊着，站起来就跑。

3

王猴坐上大堂，众衙皂立即都站上了各自的位置。

告状老头见是一个孩子，又没有穿官袍，站了两站，又靠在了墙上。

王狗跑过来了，端了一盘粽子："少爷，先把粽子吃了。吃了饭再审不迟！"

王猴抢过来一个，揭了皮咬一口："嗯好吃，米家的吧？"

"米家的。"王狗端盘子站在旁边，小了声音又说，"回去吃吧！"

王猴不回，鼓着嘴巴喊："谁告状的？升堂升堂！"

县城里闲人多，听见鼓声响，就知道又有好戏看了。吃饭早的和吃饭晚的全都来了。有的人家懒，干脆把馍筐子也端来，边吃边看。

秀玉知道叫不回去，索性把官袍抱来，走上前给王猴穿。王猴一伸头钻进去，一直头钻出来，这袍子就算穿好了。

"所跪何人，报上姓名！"王猴噎住了，连伸了几回脖子。

"小人是本县高岗村人……"

"又是高岗村。"王猴小声咕哝一句。

"给给，水！"虹彩也来了。

王猴接过来喝了一口，又伸了伸脖子："往下说！"

"姓李，叫李爱银。小人十年前丧妻，膝下有一子，叫李狗屎儿，今年二十四了，终日在外瞎逛，不思孝养父亲。昨日大老爷重判不孝子李娇宝夫妇，要割他们的肉，真是人心大快！他娘生他算七斤，我是他爹哩，至少也占三斤半吧！大老爷您真是一方青凌凌的天，连一丝儿云彩也没有。小人今天就是想请青天大老爷，也教训教训我那不孝的儿子李狗屎儿！”

“李爱银，你今年多大年纪？”

“回大老爷，小人今年刚刚五十。”

“好，本县我准了你的状，你儿子现在何处？”

“他在毛岗村给富户毛大头家扛活哩！你一问都知道。”

“来人！”

“在。”衙皂们应。

“快去毛岗村毛大头家，把李狗屎儿给我速速拿来！”

4

天已半晌，升空的太阳炙烤着大地。毛大头领着李大个子和吴二斜子来到地头，手搭凉棚往里一看，扯高了嗓子：“狗屎儿，出来！”

狗屎儿正和几个长工锄高粱。高粱已经半人高，人站在里边，像矮了半截。听见东家喊，就停下手，抬头看着。

“东家，喊我有事？”狗屎儿到了地头，从一棵弯腰柳树上抓起他的小汗褂，甩手搭在肩膀头。

“衙门里喊你哩，你爹把你告下了，说你是忤逆之子，不孝顺。你跟这两位官人去一趟吧！明天要是不回来，我就派人去看你。”东家说过，又对李大个子两人作个揖，“拜托两位官人，可别为难狗屎儿，他可是个苦人呢，十四岁就出来扛活了！”

“走吧走吧！”大个子看他老实，也就没有绑他。

“狗屎儿，把汗褂穿上，见大老爷哩！”东家小声提醒狗屎儿。

狗屎儿忙把汗褂穿身上，说：“东家，你把这锄头给我扛走吧，擦擦土，挂到屋檐下边，别让雨淋了生锈！”

5

李爱银正在茶摊边喝茶，抬头看见两个衙皂押着儿子过来了，他忙站起，端起茶杯对着儿子的脚猛一泼。儿子吓了一跳，本能地躲着泼来的水，一看是爹，顺口叫了一声：

“爹。”

李爱银冷笑一声，恶狠狠地骂一句：“我不是你爹，毛大头家的老叫驴才是你爹！”

儿子气得出一口粗气，扭脸不再理他。

“走吧走吧，一会儿就升堂了！”李大个子咋呼着。

李狗屎儿被带上大堂，赶紧跪了下去。

王猴坐在太师椅上。金拴和小妹也不喂麻雀了，跑到堂下看热闹。

王猴尖着嗓子喊了一声：“带原告！”

老班长带着李爱银上来。

“李爱银。”

“小人在。”

“你状告何人，所告何事，细细讲来！”

李爱银抬起头来，大声地说：“大老爷，小人状告我这不肖之子！”他用手一指李狗屎儿，“大老爷，十年前，他娘病死，我一个人拉扯着他过日子，真是又当爹又当娘，那个难啊，你是咋想也想不出来！可是他长大后，不孝顺我，整天在外不进家，啥时候也没喝他口汤吃他个馍，平时也不给我个钱花花，也从没给我做件子衣服。你说说，这样的儿子该不该打？”李爱银咬牙切齿地说完，深叹了一口气。

“李狗屎儿，你爹告你的可是实情？”王猴大声问。

“是实情。”李狗屎儿趴在地上，大声回答。

“你天天不进家，在外都干的啥事？”王猴大声问。

“大老爷，小人今年二十四了，十年前，俺娘死后，我就去毛岗村给毛大头扛活了。那时候我小，给他家喂过猪，放过羊，抱过小孩，掂过尿罐，提茶担水啥活都干。到年节时，放我三天假，给我一串钱。我咋能回家照顾俺爹哩？”

“你那一串钱都花到哪儿去了？”王猴又问。

“一回到家，我就把那一串钱都给俺爹了，俺爹还嫌我给他的少，说我昧下钱背地里乱花了。”

“现在你一年的工钱是多少？”王猴又问。

“我在毛大头家干了十年了。五年前，毛大头把我的工钱长到了六串，我每年给俺爹四串，我留下两串。大老爷，你是不知道，东家老苛苦俺们这些下人，吃个饺子吧，他给你舀一碗汤子，里边只漂几个饺子。有一回，大伙儿实在忍不下去了，俩领活的商量商量就假装吵起架来，一个说是他先回来把饺子吃了，另一个说是他先回来把饺子吃了。两人都骂‘哪鳖孙把饺子吃了！’其实还不是想刁骂骂东家出出气吗？把东家的碗也摔了。你想想老爷，我不留两串钱中不中？大了，不定哪儿要用钱，像同伙的兄弟要结婚，你不给人家买条手巾？你看看大老爷，我这件汗褂，还是俺娘死前给我做的。那时候，俺娘说，正长个哩，做大点儿吧。到后来，我越长越高，包不住人了，我就央人又在下边接了一截儿。”狗屎儿说着，就侧了身让大老爷看：

一条白汗褂，在下摆处接了三寸多长一节儿毛蓝布。

“嗯。”王猴轻应一声，看看李父：李爱银吃得面白体肥，全不像吃苦受累之人。

王猴又看看李狗屎儿：二十四岁的青年，个头儿是不低，但又黑又瘦。要不然，十四岁的衣裳现在怎么还穿得上！

王猴看着李父问：“李爱银，你家可有耕地？”

“小人有五亩沙碱薄地。只因小人有病，一干活就浑身酸疼，我就把那五亩地租出去了。”

“李爱银，地租出去了，平日在家，你都干些什么事啊？”

“也不干什么事。小人还有三间草屋哩，我就在那三间房里开了个牌场，我从中有个抽头。也抽不了啥，总比没有强些吧！”李爱银皱着眉头，像是受了很大的苦。

王猴瞅瞅四周，停了一下，然后大声说：“天到中午，退堂休息吧。李狗屎儿！”

“小人在。”

“你可有钱？”王猴问。

“回老爷话，小人来时，匆匆忙忙，没有带钱。”

“老班长，给李狗屎儿拿一百个钱，让他去街上吃饭。”

“嗳老爷老爷，我不要！我自己上街要点饭算了。”李狗屎儿急了。

“你五尺高一个汉子，要饭谁会给你？不吃饭打官司，是不是想让人家背后里说我不关心百姓呢！拿着！”王猴说。

老班长拿出一百个钱给了李狗屎儿。

“谢大老爷，给我几个钱就够了。”狗屎儿感激地说。

“拿着吧拿着吧，压不坏你！”王猴不耐烦地说。

王猴看着李爱银，又问：“李爱银。”

“小人在。”

“你有钱吗？”

老头看儿子得了钱，连忙说：“没有没有。我来时本想拿钱哩，一气，忘了。”

“老班长，也给李爱银拿一百个钱！吃了饭再接着说官司。退堂！”

众人一走，王猴立即给衙皂们派活：“老班长！”

“在。”

“你在后头悄悄跟着那个李爱银，看他吃啥喝啥，都给我记下来！”

“是。”老班长应。

“胡闹。你在后边悄悄跟着李狗屎儿，看他吃啥喝啥，也给我记下来！”

“是。”

“去吧！”

两人脱下衙皂官服，急忙就往外走。

6

李狗屎儿拿着一百个钱，出了县衙就犯了难，在手里提着，不好看。可想放又没有地方。汗褂上连个兜兜也没有。他看看四周，发现并没有谁注意他，犹豫了一下，就脱下了汗褂，把钱包了，往胳肢窝里一夹。他感到舒服多了。

李狗屎儿光着脊梁，在一个卖饺子的旁边站下来，问：“饺子多少钱一碗？”

卖饺子的抬起头来看他一眼，说：“里边坐吧老大，十个钱一碗。”“十个钱？”李狗屎儿犹豫一下，悄悄地走过去。

李狗屎儿又来到一个卖捞面的摊前，宽面条，窄面条，肉丝儿卤，鸡蛋卤，蒜汁儿，香醋……吃捞面的人很多，扑啦扑啦，响成一片。狗屎儿走上前：“掌柜的，捞面几个钱一碗？”

“里边坐，吃了再说钱！”卖捞面的挺热情。

“嗳，究竟多少钱一碗，你得说个实价。”李狗屎儿坚持着。

“肉酱捞面，添汤随便。六个钱一碗啊！坐吧坐吧客官儿！”卖捞面的喊着，算是作了回答。

李狗屎儿站了一会儿，看见不远处有家打烧饼的。急走两步，来到了烧饼摊前。一只铁锅反扣着，下边的炭火不动声色，硬逼着李狗屎儿不敢上前。卖烧饼的一抬头，李狗屎儿连忙给他笑。那人也就笑了，说：“买烧饼？”

“哎，哎哎，多少钱一个？”李狗屎儿笑着问。

“俩钱一个。你，要几个？”

“俩钱一个？那——我要两个吧。”

“两个？够你吃？”卖烧饼的看着他又笑。

“够够。”李狗屎儿说着，忙从兜里掏出那一百个钱，从上边抽下来四个递上去。

那人接了，忙给他拿烧饼。李狗屎儿接过来，吧唧就是一口，禁不住连声赞叹，“嗯嗯，好吃啊老板！”

李爱银可没这么干。一出衙门，他就从腰里掏出了钱褡儿。钱褡儿是用布缝成的，绣着富贵不断头的装饰。两头俩兜，每兜可装铜钱数十枚。李爱银熟练地数了钱装好，对头一折，挂在腰带上，又习惯地在外拍了拍，这才信步上街找饭馆。他在一个无名饭馆前停下脚。“客人来了，里边请——”一个小伙子喊了一声。李爱银伸头一看，一间门面四张小桌，犹豫了一下，扭脸离开。

李爱银来到了“美貂蝉”。大大一个招牌，下边是一个美女图。李爱银不识字，但他喜欢这张画。正要往里走，忽听见对面有人喊：“卢学士来了，里边请啊——”李爱银一回头，正看见几个鲜衣公子走过来。一人指着饭店的横匾，大声对伙伴们讲：“‘客上天然居’。倒过来亦是好名头：‘居然天上客’！”“啊啊，好名字！”几个人连声附和。李爱银听人说过这饭店，客上天然居。居然天上客。今天有缘，焉何不进！扭脸走进去，选一个干净的桌子坐下来。跑堂的伙计小跑着过来，“客官儿，请用茶！”一杯香茗奉上，又问："您老人家，看吃点儿啥饭？"

李爱银呷了一口茶品了品，朗朗地说："两荤两素四个菜，再上一壶杜康老酒。"

"主食呢？主食吃啥？"

"一盘肉包。一碗蛋花汤，要大碗的啊！"

7

"李狗屎儿，中午吃的什么饭？"王猴漫不经心地问。

"回老爷话，小人吃了两个烧饼，还喝了一碗香茶。"说着，就举起手里的钱大声说："大老爷，我一共花去您五个钱，还有这九十五个，先还您吧。下剩那五个钱，我回去了，再拿钱还您！"

"好吧，把钱收回来。"王猴随便地说。

老班长走上来收了钱。

"李爱银，你中午吃点儿什么？"

"回大老爷话，小人也没吃啥，我有个毛病，爱喝两杯热酒，加个小菜儿。就要了一壶老酒，外加了四碟子小菜儿。没吃饱，又要一盘儿肉包子，一碗蛋花汤。"

"花了几个钱？"王猴又轻声问。

"回大老爷话，一共花了九十五个钱。一出门，刚好碰上个朋友，吃了几块西瓜，正好把钱花完。"李爱银平静地说着。

王猴听完，不禁勃然大怒："李爱银，你这个好吃懒做的无赖，一顿饭吃掉一百个钱，不以为耻反以为荣，你这个挥霍法，别说你是长工的爹，就是我爹，我也养活不起你！”

“大老爷，大老爷……”李爱银磕着头，还想辩解。

“李爱银，你儿子二十四岁了还没娶上个媳妇，你、你为他想过没有？”王猴厉声责问。

“大老爷，我、我也没有娶上个媳妇啊……”李爱银抬起头来，一脸苦相。

“你这个老不要脸的无赖，不思给儿子娶妻成家，却处处为自己打小算盘，聚众赌博，不务正业，还诬告善良勤劳的儿子，知羞不知羞？”王猴痛快淋漓地骂了几句，转脸又喊：

“李狗屎儿。”

“小人在。”李狗屎儿抬起头来。

“你都听见了吧？以后，你每年的六吊钱，给你爹两吊以尽父子之情，下余的四吊自己留着，买身衣裳穿吧！你们都听见本县的话了吗？”

“大老爷，四吊钱小人还不够花哩，两吊太少了！大老爷，还让他按四吊给吧！”李爱银大声叫着。

“嘿嘿，”王猴笑了，说：“鸡犬尚且爱子，李爱银反倒不爱，可见是酒喝多了！来人！”

“在！”

“先打李爱银四个嘴巴，让他醒醒酒！”

“是。”早有老班长和胡闹走上前来，抓了李爱银的头发就要打。

“大老爷！大老爷！”李狗屎儿大叫着往前爬，“大老爷！俺爹年纪大了，身体有病，您让他们打我吧，我年轻不怕打。打我吧大老爷！我替俺爹，我年轻！”喊着，就把脸伸过来。

老班长和胡闹一时愣下，不知打还是不打。

王猴看了，说声：“停！”

老班长和胡闹就停下来，看着大老爷。

“李爱银，看看你儿多好！你告他，羞不羞？愧不愧？有脸没脸？看在你儿孝心孝行的面子上，这四个嘴巴暂且免了！”

“谢大老爷！”李爱银连连磕头。

“来人！”王猴又喊。

“在。”

“把李爱银给我轰出去！再来胡缠，定打不饶！”

“是！”众衙皂一齐上前，连推带搡，就把李爱银轰了出去。

“老班长。”

“在。”

“再拿五吊钱赏给李狗屎儿，以褒扬他的孝心孝行！”

“大老爷，小人不要！”李狗屎儿大叫着。

“为何不要？”王猴又问。

“小人做得不好。”

老班长拿来五吊钱，双手递给李狗屎儿。

李狗屎儿犹豫着。

“大老爷的奖赏还不快接住！”老班长凶他。

李狗屎儿双手接了：“谢大老爷！”磕下头去。

“退堂！”王猴大喊一声。

李狗屎儿趴在地上没动，他在数钱。

“你咋还不走？”老班长走上前看。

李狗屎儿猛一抬头，双手托着五枚铜钱，大声说：“老爷，这是俺的饭钱！”又举起一百个铜钱对着刘理顺，“老班长，这是俺爹的饭钱！”

第五章　打赌

—*—

叫往东
偏往西
叫打狗
偏撵鸡
——民谣

1

五黄六月天气，三天一小雨，五天一大雨，必是丰收景象。可自王猴来到定平，两个来月只下了一场雨，旱象渐渐地显露了出来。热气扑面，庄稼打蔫，乡下的土路上都变成面面儿了，一脚踏上，像踩进了面罐子。金拴说，他姥姥家那村都准备求雨了。

王猴只见过嵩山一带的求雨，光脊梁的会首们，带着几乎半裸的男人们，或中岳庙，或少林寺，焚香烧纸，鼓舞唱经，日以继夜，夜以继日，直到天降甘霖，众人才撤。定平是平原，千里不见片石，该是何等的求法呢？他只一问，金拴就鼓动王猴去他姥姥家看平原上的求雨盛典。

王猴不坐轿，他要和金拴一起跑。四个衙皂抬一顶凉轿跟在后边，轿里没空，坐的是秀玉和小妹。两个女孩子玩着开绞的游戏，倒也不嫌路远。王狗跟着轿子跑，不时地擦着汗水。

王猴不喜欢轿子跟着，他嫌扎眼。“我们俩到前边看看，你们先歇会儿吧！”王猴指着村头一棵粗大的黑槐树。

王狗知道他的想法，大声问：“在哪儿等您？”

“就这儿！”王猴应一声，飞快进了村子。

村子不大，但有个十字街口。东北角一所出厦的瓦房，歪歪扭扭地写了个横额：镇春秋抬扛铺。门口的对联很是鲜艳，一看就知道是刚刚贴的。十几个男人正围着嚷嚷。

“咦！好，好！看这字写得、嗯——多黑！”一个谢了顶的老头儿大声称赞着。

“黑，也值得夸奖？”王猴走上前看着，直想笑。

“这对联的意思也写得好啊！”接话的是一个光头小伙儿，他皱着眉，做出很用力气的样子大声地读着：

孔夫子进来啥啥啥啥

李啥啥出去啥啥啥啥

“啥啥啥啥，是啥意思呀？”谢顶老头儿问。

光头小伙儿又仔细看了一会儿，说：“我还真不明白。哎，你们谁认的，给批讲批讲呗！”

王猴听见，大声地读了出来：

孔夫子进来面红耳赤

李铁拐出去垂头丧气

“这是啥意思啊？”金拴听罢，大声问王猴。

“就是，啥意思啊？给讲讲呗小孩儿，你会念能不会讲？”谢顶老头儿也说。

“会念就会讲了！”一个三十来岁的男人从屋子里走出来，朗声接上。

“老板，老板！你是老板哩，你一定知道是啥意思，快给讲讲呗！”谢顶老头儿求知欲很强，满脸堆满了笑。

那人笑一笑，向众人抱拳拱了拱手，大声说：“这都是典故，一般人那是很难弄懂的！”

“就是就是。你看这孩子会念不是，可他就不懂。”谢顶老头儿指着王猴说，一扭头又对老板说，“你给大伙儿一讲，俺不就都知道了？讲讲吧讲讲吧！”

老板笑了，得意地往四下里扫一眼，算是都照顾到了。他这一扫，就看见一老一少正走过来。街坊邻居，三里五庄，几乎谁都认识，这两个人他却面生得很。老的五十来岁，白麻绸短衫，藏青布裤子。少年细高，正是拔节抽条的时候，一看就知道十岁往上，青缎上衣，浅色肥裤，两眼里充满着兴奋和好奇。如果光这两个人，倒也引不起太大的注意，因为后边还跟着三个壮汉，牵了五匹快马。马背上驮着的大小箱子，让人联想起侠客义士或者行商大贾。

众人看老板扭脸，也都跟着扭过头去。

一老一少在众人面前停住脚。老者拢起双手，对众人拱了拱：“打扰了！”

“歇歇吧！歇歇吧客官！”众人嚷嚷着，连忙回礼。

“‘镇、春、秋、抬、杠、铺’，先生，这‘抬杠’是什么意思？”美少年扬脸看了，小声问师傅。

“讲吧，你们接着讲！”老者显然听见了刚才的嚷嚷，说过，他压低声音对美少年解释，“抬杠是这里的方言，就是专门找别扭辩论的意思。公孙龙‘白马者，非马也’的诡辩，要用这一带的话语说，就是抬杠了。‘白马不是马’嘛！听听他怎么说。”老先生循循善诱。

“就是，还接着讲吧老板！”谢顶老头儿也说。

“好吧，既然大家想听，那我就露丑了。诸位包涵！”这人向大家又拱手：

“咱这抬杠铺子的铺面不大，可名声却是不小！想当年，孔老夫子陈蔡绝粮被饿了七天七夜，正走到咱这儿，抬头一看，哎哟，‘镇春秋’抬扛铺！你想孔夫子何许人也，一肚子学问，放个屁那都像吟诗一样！”

“那是那是，圣人嘛！圣人的屁，文理文气。”谢顶老头儿很会接腔。

“孔夫子想，我已经绝粮七日了，何不来此抬上一杠，换他几两银子，也好解解燃眉之急。他就走了过来，说：我来抬上一杠。店铺老祖一看，这不是孔夫子吗？正是。您老人家来此何干？我想抬上一杠，换俩银子，弟子们七天没有吃上东西了。店铺老祖想，不让他抬吧，好像是咱铺子里怕他的学问。让他抬吧，他不一定有钱。就说，我给您十两银子拿去花吧！孔夫子也够人物哩，人家不要，说，抬杠铺子抬杠铺子就是要抬杠才是。我不抬杠就要您十两银子，是我赢哩呀还是你们怕我赢了丢你们的面子呀？”

“嗯，也对。孔夫子想的有理！”谢顶老头儿说。

“要不怎么是夫子哩！店铺老祖看他一定要抬，就说了，孔夫子您祖居何处呀？山东曲阜。您现在出来干啥哩呀？我周游列国哩。出来多长时间了？整整三年。《论语》可是您老人家写的呀？可不正是。那你怎么光说人话不做人事啊？哎，你怎么这样说话呀！你说‘父母在，不远游’，可你一气儿外出三年，不是光说人话不做人事是啥？孔老夫子一听，面红耳赤，扭脸便走。这就是上联的意思！”

“啊，‘孔夫子进来面红耳赤’。对对！那下联呢？”谢顶老头儿又问。

“孔夫子出门正走，迎面碰上了李铁拐。”

“啊！李铁拐我认识，那可是八仙之一呀！”谢顶老头儿应着。

“说得对！李铁拐又名铁拐李，一看孔圣人面红耳赤，就问，圣人为何满面羞红啊？我刚才到抬杠铺子里抬杠，输了。接着，如此这般地学说了一遍。铁拐李，那可是八仙之首呀！一听，立即恼了。大胆！敢羞辱孔老圣人，看我去跟他抬，定要把圣人输的这十两银子再赢过来！铁拐李气势汹汹可来了。店铺老祖何等样聪明啊，一看铁拐李后边跟着孔圣人哩，就知道是搬来了救兵。老祖就先问开了。这不是大仙李铁拐吗？可不正是啊！您老人家今天怎么闲了？听说你设了个抬杠铺，我也来凑个热闹。中啊。老祖就问他，大仙啊，你这背后背的是啥呀？百病都治的药葫芦啊！百病都治？百病都治！你那腿天天瘸着，怎么不治治啊？这一问，铁拐李就败了，十两银子往这儿一撂，垂头丧气地出去了。”

“啊，‘李铁拐出去垂头丧气’！”

“对。今天就有河北的来咱铺子里专门抬杠哩，要有兴趣，大家可以去看！”

“今天就有？”金拴让他讲得很兴奋，不由得大声地问。

“对，咱贴这大红对联，就是为迎接今天的抬杠比赛哩！看去吧，村东头，台子都搭起来了！”那人得意地说着。

“嗳嗳？”美少年禁不住上前，高声问他，“孔夫子周游列国时，他父母都已经不在了，店铺老祖靠那句‘父母在，不远游’就能胜了孔子吗？”

谢顶老头儿笑了，说：“今天有戏看，抬上杠了！”

美少年不理，看着老板继续问：“还有，《论语》那是孔子死后他的弟子们整理老师的话编成的书，店铺老祖怎么能把还没有编成的书拿出来说呢？”

老板一听哈哈地笑起来：“小孩儿，你念了几本书，也配来这儿聒噪？有兴趣，跟去村东头，也抬一杠试试！”

“试试就试试！哼！”美少年大声回他。

王猴本来想教训一下这个不知道天高地厚的村夫，现在听美少年一派问话，立即就打消了这个念头。他扭脸看了看美少年的队伍，一少一老，跟了三个壮汉。整整齐齐五匹马，虽然驮着些箱子行李，但不太像过往的商旅。尤其是美少年一派话语，句句都有见地，绝非商贾之辈张嘴就是价钱。他小声对金拴说：“喊他们过来，一起去看！”

2

村东是一个土场，刚打过麦子，一个一个的麦秸垛静静地站在场边。南有水塘，西有水沟，土场的地势就显出高来。土场正中，四辆大车竖起丈把高一个木架，架上厚厚地棚了一层木板，这就成了高高的擂台。擂台上啥也没放，对着脸摆了两把罗圈椅子。

听说远路的客人要来抬杠，高凳子、低杌子，村民们一窝蜂地跑过来，虽说天气炎热，众人还是齐聚空空的土场上，摇着扇子看热闹。一会儿工夫，就来了百十口子。

金拴带着众人也来了，胡闹大声地咋呼着："人见稀罕事，必然寿限长！"

美少年说到做到，真和他的队伍跟了过来。

一个身穿长衫的男子来到台下，三下两下，攀到台顶，对着台下深致一揖，高声向大家介绍："诸位，诸位安静！今天，由'镇春秋'抬杠铺子的老板老枣木和河北大名府的抬杠状元李扭筋在这里抬杠打擂，赌银二十两。钱不在多少，争名不争礼嘛！敝人不才，滥竽充数，这次，就充任这场比赛的主持。还请各位乡邻多多捧场啊！"说过，向着众人连连作揖。

"捧场捧场！"众人应着。

"老枣木，这就是他的名？"王猴小声说。

金拴连忙解释："枣木杠子结实嘛！这肯定是外号。说明他厉害，结实得像枣木，谁也抬不住他。"

"李扭筋呢？啥意思？"王猴又问。

“扭嘛，叫往东，偏往西；叫撵狗，偏撵鸡。肯定也是外号。你刚来不知道，我们这儿的人差不多都有外号！”金拴又说。

“现在，欢迎我们的杠头老枣木上台！”长衫主持高喊。

随着他的喊声，老枣木爬上了台子。

王猴一看，原来就是在抬杠铺子门前讲话的那人。

老枣木爬上来，对着大家笑笑。他笑得很矜持，甚至可以说是很傲慢。

“老枣木——”树下的人们喊叫着鼓掌。

主持示意他椅子。老枣木又对他傲慢地笑笑，就挺直身子坐下来。

太阳很毒，火辣辣地晒着。人们全都挺着头，等待着比赛对手的到来。

“牛娃，牛娃！”一个老婆儿在人群里喊着。

“叫啥呢！”一个小伙子很不情愿地应了一声。

“咱地里那红薯都快旱死了，你不去挑几担水浇浇，在这儿看啥抬杠啊！”老婆儿吵着。

“你先回去吧，看完了再浇！”儿子不走。

“看抬杠是顶吃啊还是顶喝？五黄六月，又收又种哩，净耽误活！”老人不依，往里走几步，想把儿子拉走。

儿子不走，绕着圈儿躲她：“你回去呗，你先回去呗！”

“谁家的羊，不好好管，跑到俺地里吃庄稼！”一个汉子走过来，手里牵着一只老绵羊。

“面孩儿，你家的羊！”光头孩子对身边留着茶壶盖儿发型的孩子说。那孩子正伸了脖子看台子，猛听伙伴喊，吓了一跳，忙接上：“俺的，俺的大叔！”

那汉子走过来，黑虎着脸子说：“再不管好羊，看我给恁打死！天旱得不行，好容易长个苗儿，羊能进去吃吗？管好啊！”茶壶盖儿嗯嗯着：“一看抬杠，我忘了羊了叔。”

忽然人们一阵骚乱。

三匹马拉一辆高轮车子疾速驶来：“让开道，让开道！”

人们连忙躲闪。

马拉轿车驰到擂台下，“吁——”车夫一声长呼，十二只马蹄全都停下了。

一个男人挺胸昂首地走下车子。竹编凉帽，精麻快鞋。土黄色汗衫，暗花蓝缎长裤。

主持和老枣木走下擂台，大步上前迎接。主持对来人深深鞠躬：“欢迎，欢迎！想必是大名府的贵客李扭筋先生吧？”

“正是敝人。”那人说着，也忙回礼。

“这是擂主老枣木！”主持忙给客人介绍。

“久仰久仰！”李扭筋对着老枣木鞠躬。

“彼此彼此！”老枣木也忙回礼。

“客人请——”主持弯腰伸手对李扭筋往台子上一指。

“擂主请！”李扭筋伸手让老枣木。

“你是客人，您先请！”老枣木不走。

“你是主人，你先请！”李扭筋扭上了。

“你是客人，客不先行我为失礼！”老枣木说。

“你是主人，主不先行我为失敬！”李扭筋说。

“你不走我岂敢先走！”李扭筋挺挺地立着，不动。

“我先行我岂不失礼？”老枣木也立着，不动。

“已经开始了？”谢顶老头儿高声问主持。

“没有没有还没有！”主持说过，擦了擦头上的汗，他看看老枣木，又看看李扭筋，忽然小声说：“你们二人一齐走咋样？我喊‘一’，你们同时走一步；我喊‘二’，你们再走。这样一直走到台上，如何？”

二人你看看我，我看看你，就同时点了头。

“一——”主持喊。

二人同时往前走了一步。

“二——”

二人又往前走了一步。

“三——”

二人又走。

“爬台子了。”主持再喊，“一！”

王猴紧皱着眉头，看得一脸不快。

“是不是抬杠的都兴这样啊？别别扭扭的！”金拴说。

“打他们几板子，他们就快了！”老班长颇气愤。

“牛娃，牛娃！”老婆儿又喊儿子，“这有啥看呢，净耽误活！”牛娃就在王猴身边，他往下缩缩身子，不理娘。

老枣木和李扭筋终于上了擂台。

“先客后主，请坐——”主持把椅子指给他们。

李扭筋不坐。

主持忽感不妥，咳嗽一声又喊：“两位先生，请同时入座！”

两个人这才一齐坐了下去。

“诸位乡党，诸位乡党！”主持扭脸面向大家，“大家安静一下，抬杠比赛现在开始！按照抬杠比赛规矩，擂主让攻擂的客人先攻三次，攻不破，再由擂主反攻。现在，大家看好，由河北大名府的李先生李扭筋先行攻擂。现在开始！”

李扭筋站起来，喀喀地干咳了两声，又双手抱拳向老枣木致礼，老枣木点头，也忙抱拳还礼。李扭筋高声攻擂：

“公鸡会下蛋！”说过，扭脸看着远天上的一块云朵。

主持大声地重复着攻擂者的话，以便所有人都能听见：“攻擂人李扭筋先生说，‘公鸡会下蛋’。”

大家齐看着老枣木如何回答。

老枣木不慌不忙地接上：

“我亲眼见。”

主持又大声重复擂主的话：“擂主说，‘我亲眼见’……第一个回合过了！”他大声宣布。

场上的人轰轰地笑起来。“不是说抬杠吗？为啥他不抬呀？”年轻人小声问旁边的谢顶老头儿。

“这就是他的高明处了。他先让过去，等对方三攻过后，他再攻对方。”谢顶老头儿解释着。

李扭筋看也不看老枣木，又说了第一句：

“杨树梢上能打麦场！”

主持再重复："攻擂人李扭筋先生说，'杨树梢上能打麦场'。"

老枣木笑笑，说：

"风大好扬！"

"擂主说，'风大好扬'！"主持又重复，"第二个回合，又过了！"

台下的人们笑得更响。

"这不是信口胡说吗？有什么好看的！"秀玉说。

"老爷，这能抬成扛吗？"大个子小声地问王猴。

"抬杠我也会……"小妹小声说。

"别说话别说话，注意再听！"金拴阻止她。

李扭筋看一眼老枣木，坐在椅子上的屁股动了动，又发起了第三次进攻：

"蚯蚓有眼，啥都能看见！"

"攻擂人李扭筋先生说，'蚯蚓有眼，啥都能看见'。"

老枣木真是老辣，马上就答：

"大眼双眼皮儿，忽闪忽闪。"

主持再重复："擂主说，'大眼双眼皮儿，忽闪忽闪'。第三个回合，又过了！"

轰，台下的人们再笑，特别是这个大眼双眼皮儿的蚯蚓，把人们逗得直流眼泪。

美少年笑过，禁不住小声问旁边的老者："先生，您不是说，抬扛就是'白马非马'似的争辩吗？他们为什么不辩论呀？"

老者皱起眉头，说："陋习！这种抬扛方式，只能让乡民们学成无赖！”

“这杠怪好抬哩，我看，我也可以抬一杠！”胡闹在下边跟王狗说。

“那你就试试！”王狗看着他说。

“试试就试试，我要说‘你的头有八斤半’，我看他怎么说！”

“怎么说，‘没有’！”王狗说着，就充当了抬杠的角色。

“没有？拿刀，割下来称称！”胡闹就做一个拿刀杀人的样子。

“诸位乡党，诸位乡党！攻擂的客人连攻三次而不破。”台上的主持又说话了，“现在，由擂主老枣木开始反攻，大家注意看了啊！老枣木，可以开始了！”

台下的人们正捉对儿抬杠，听见主持人喊，就停止争吵，一起举头看着台上。

老枣木站了起来，双手抱拳对着李扭筋郑重致礼。李扭筋有些不快，看都没看地回了一礼。老枣木傲慢地笑了笑，看一眼李扭筋。

李扭筋把头歪向一边，气哼哼不看老枣木。显然，他对老枣木这样的抬杠甚为不满。

老枣木站起身来，围着李扭筋转了一圈儿。

李扭筋转脸向外，仍不看他。

老枣木围着李扭筋又转一圈儿。

李扭筋仍然不看。

老枣木看着李扭筋，忽然大叫一声：“李扭筋！”

“嗯！”李扭筋把头转了回来。

只见老枣木对着李扭筋的脸，啪的就是一个耳光。这个耳光太重了，它是老枣木转了三圈儿，运了三次气才打出去的。

李扭筋一闪身子倒在地上，他被这一掌打晕了，努力几次才站起来，还晃晃地直想转圈儿。主持怕他掉下去，连忙扶住他。

“怎么打人？抬杠还兴打人吗？”美少年大声喊。

李扭筋清醒过来，他攥紧拳头，大叫着：“老枣木，你为什么打人？”说着，伸了手，就想还手。

“哈哈哈哈。”老枣木身子一仰，大笑起来，说，“李先生，不要误会。这就是小弟我抬杠的话题。请问李先生，是我的手打了你的脸响呢，还是你的脸碰了我的手响？”说过，一脸自豪地看着李扭筋。

李扭筋脸上一阵红一阵青，脖子里的筋蹦了大高，就是没法回答。

“嗯？是我的手打了你的脸响哩还是你的脸碰了我的手响的呢！”老枣木得意非凡一脸傲气地看着李扭筋。

“是……是……”李扭筋下意识地摸着自己肿起来的脸，怎么也回答不上来。

“李先生，”主持看着他说：“你看，还能继续下去吗？”

李扭筋的脸红成了猴屁股，嗫嚅着：“佩服佩服！敝人输了。”抖抖地从腰包里掏出一袋银子，双手奉给主持。

台下的人们哗地鼓起掌来。

“乖乖，赢二十两银子这么容易啊！”牛娃由衷地叹道。

“那是，输二十两银子也怪容易！”谢顶老头儿说。

“哎，要是河北大名府这李扭筋赢了，你说，他能不能把银子拿走？”牛娃问。

“我看难！强龙不压地头蛇。老枣木会让他拿走，怪了！”谢顶老头儿说。

“是他的手打了他的脸响还是他的脸碰了他的手响？”小妹重复着，“哥，哥，你说这该如何回答？”她看着金拴。

金拴不吭。

“猴哥，猴哥，你说该怎么回答？”小妹又问王猴。

主持站直身子，大声宣布：

“乡党们，诸位乡党！河北大名府的客人李扭筋先生不远百里，前来以杠会友，虽然没能攻下擂台，但气宇轩昂，豪爽不群，可谓‘真名士也’！我宣布，这次抬杠比赛现在结束！”

3

这场比赛，气坏了美少年，他禁不住往前走了几步，就想抬杠。老者伸手拉住他：“你忘了来时的承诺，‘只带眼睛！’”

台上，老枣木伸手拉住李扭筋的手，既得意又亲热地准备下场了。

刚才想着抬杠的结果，场上的人们并没有想到天气的炎热，现在一结束，才感觉热得受不了了，一个个拔腿就往场边的大杨树下跑。

“慢！”台下忽然一声童音，“老枣木，你赢了我师傅，还没有赢我呢！我要和你再赌一场！”王猴喊着，故意迈着方步来到台下。

正走的百姓们看了，又一齐停住脚步，满脸惊讶地看着王猴。

秀玉跟着走了几步，看着弟弟，嘻嘻地笑了。

美少年飞跑过来，大声地对王猴喊着："好好抬，我支持你！"

"少爷，少爷！"众随从喊着，齐往美少年身边跑。

忽看见站出来个孩子，老枣木就停下了，看一眼李扭筋，问："李兄，你来时还带了一个徒弟？"

李扭筋手捂着半拉肿脸，支支吾吾地应着："嗯嗯嗯嗯。"

老枣木看着台下的王猴，蓝色宽裤，绣花白绸短褂，脸红得像扑了胭脂，真真是个俊小子，嘿嘿地笑了两声，说："孩子啊，既然你要赌，那就上来吧！先说好，可是二十两银子啊！小子你有吗？"

"不就是二十两银子吗？没问题！"王猴大喊。

"好吧，既然你要输这二十两银子，我不收那就是无礼了。小子，就请上来吧！"老枣木在台上又催。

"上去我嫌麻烦！反正我只说三个字，你就得下来！"王猴站在台下手指着他。

台下的人看小孩说得轻巧，颇含戏弄，都笑起来。

"你说啥？你只说三个字我就得下来？"老枣木一脸不快。

"那是，我只说三个字，决不会说四个！"

"我要是不下去呢？"老枣木得意起来。

"你不下来那就是我输了！"王猴在台下摇晃着脑袋。

主持听到此处，忽然就高声叫了："诸位乡党听着，李扭筋的徒弟，嗯，嗯嗯，叫啥名字呀？”他扭头看着李扭筋问。

王猴在台下听得真切，大声接上：“小扭筋！”

“对，李扭筋的徒弟小扭筋尚有不服，要求再赌一次。本主持宣布，第二轮抬杠现在开始！”说过，低下头来，看着王猴大声问，“小扭筋，你说你只说三个字，老枣木他就得下来？”

“对。”王猴在下边脆生生地答。

“老枣木他要是不下来，那你就算输了？”

“对。”王猴又答。

“小孩嗯小、小扭筋，我可要丑话说到前头，输了可是要拿二十两银子的呀？”主持看着王猴，一脸的不信任。

“快赌吧，你就别啰唆了！”王猴在下边不耐烦地喊。

“好，抬杠开始！”主持大叫一声。

全场人的目光唰一下全都转向王猴。

老枣木在台子上傲慢地看一眼王猴，大声说：“我说小扭筋，你小孩子家嘴上没毛，办事不牢。我堂堂七尺英雄汉，要是赢了你跟你要钱，又怕你到时候哭鼻子耍赖。你要是想反悔，现在还来得及！”

“我说老枣木，羊的胡子长，驴的个子高，可它们不都得听小小放牛娃的吆喝？”王猴颇得意。

“既然小扭筋说出这等话来，那我也就不好客气了。好吧，你说是哪三个字吧！”老枣木说。

“哪三个字？就是‘一、二、三’。我只要说出‘一、二、三’这三个字，你就得下来！”王猴在台下摇晃着脑袋。

看客们交头接耳，纷纷议论。

“猴哥，猴哥！你别跟他赌！他要不下来怎么办？”小妹在旁边拉他的衣服。

“你别管！王猴既然要跟他赌，那就自有办法。”金拴拉住小妹，小声劝她。

美少年一脸笑意，对着王猴伸一下大拇指。

“就这，你就跟我赌二十两银子？”老枣木撇撇嘴。

“就这，我就跟你赌二十两银子！”王猴扭扭脖子。

“那好，你现在就说吧，看我老枣木怎么样下去！”老枣木一脸胜券在握的得意相。

“我可说了！”王猴比他还要得意。

“猴哥，猴哥！”小妹小声叫着，又跑到他身边，用手牵了他的衣角。金拴看见，忙过来拉他妹妹。

“少爷也真是，你再能，说‘一、二、三’他会下来？”王狗小声地咕哝着。

“我说也是，他只管不下来，你不是啥法没有？”胡闹也不闹了，关切地说。

“说吧说吧，快说！”老枣木得意地催着。

“小、小扭筋，既然你要抬杠，那就请快点儿说吧。这天老热不是！”主持人也催了。

“一——”王猴大喊。

“不下不下！”老枣木也学着小孩的口气尖了嗓子叫着。

“二——”王猴又喊。

“还是不下还是不下！”老枣木在上边又喊，这次他喊的音调更怪。

王猴喊过“二”后，得意地笑着转过身来，伸手拉了秀玉和小妹，高声说：“天太热。走，咱们洗澡去！”说完就跑。

“嗳？你还没说‘三’哩！”李大个子在旁边提醒。

“等一会儿再说不迟！”秀玉笑着说。

王猴做个鬼脸儿，哈哈地笑着，和秀玉、金拴、小妹一溜烟儿向场边的水塘跑去。

“嗳嗳？小孩儿，小扭筋，你怎么不说‘三’跑着玩儿去了？”老枣木在上边大声喊。

“就是，这孩子怎么跑了？”主持也莫名其妙，说，“等等，等等再看。说不定他是去拉屎撒尿了。小孩儿！”

“就是，李兄的徒弟还怪懂礼的，拉屎撒尿还知道找地方！”老枣木也取笑地看李扭筋一眼。

王猴和金拴、小妹卷起裤腿儿跳进场西边的水沟里。沟不深，水清见底，几十条柳叶大的青头白条儿鱼在水里蹿来蹿去。“金拴，你去那头截，我在这头堵。小妹，你在水边撵啊！这样，别管鱼跑到哪头，我们都能抓住它！姐姐，你帮我们看着点儿！”王猴故意使劲儿喊叫。

“好咧！好咧！”伙伴们应着，就往自己的位置跑。

美少年跟来了，显然他也想下沟摸鱼，鞋都脱掉了，被旁边的先生拉了一把，就止住了。“这边，跑这边了！”美少年虽然下不了沟，但站在岸边看鱼跑，仍然十分兴奋。

“嗯，这小东西跑哪儿去了？屙一泡屎撒一泡尿能用恁长时间？”擂台上的老枣木擦着头上的汗，颇感奇怪。

“就是。我喊喊！”主持说过，就大叫起来，“小孩儿，那小孩儿！小扭筋！回来，快回来！你在哪儿小扭筋？”

王猴的裤子都蹚湿了，金拴干脆跳进了水里。小妹喊着，故意在水沟边跌一跤，一下子湿了白色的长裙。水被蹚浑，鱼儿都浮起来了。李大个子忍耐不住，也高卷裤管下去了。王狗、胡闹都进去了。水沟里一时热火朝天。

场里的人们在烈日下，早都等不下去了，一个个走往水塘边浓密的树荫下。“这擂台不打了？”谢顶老头儿看着抓鱼正酣的孩子们。

“小孩儿！小孩儿！”老枣木大叫着。

李扭筋一看小孩儿走了，就一声不响，悄悄下台了。

“嗳嗳，你怎么走了？是不是喊你的徒弟啊？”老枣木喊着。

李扭筋不应，只管走了下去。

“擂主，你别急！”主持劝他。

“不急？我怎么不急！你看这天，下火一样，叫你你不急！”老枣木说着，往天上指指。

“知道，知道，我去看看，把他喊回来！”主持说着，就自己走了下去。

土场上一时空无一人，只剩下高高的擂台和擂台上的擂主老枣木。太阳越来越毒，老枣木不停地走动，用大巴掌扇着凉。

主持走过来，看见王猴，便大声地叫他：“嗳，嗳嗳？你这小孩儿，小扭筋，正抬着杠，你怎么跑这儿抓起鱼来了？”

王猴抬起头，看着他说："这儿凉快呀！那地方热得受不住，我有病呀我非得站那儿？"

"你站在下边还说热哩，那他站在台子上，上边晒，下边蒸，热不热呀？走，快去抬杠吧！"说着，就来拉王猴。

王猴对着他一甩手。

一团泥巴刚好砸主持脸上。

人们笑起来。

"哎哎哎哎，"主持连忙往后退，"你这小孩儿，这么不懂礼！"

"嘻嘻嘻嘻。"王猴笑着，走出来，跟着他往场里走去。

白花花的太阳晃得人睁不开眼。每走一步，似乎都有晕眩的感觉。谢顶老头儿看看天，禁不住感叹："送子奶奶搬了个弹花箔——晒孩子的天！"送子奶奶就是女娲娘娘，据说人都是她用泥捏好，放在箔上晒干的。

王猴跟着主持走进场边的树荫下，就停了脚步。

"走走，走呗！"主持喊他。

王猴笑着："太热，我不去了。"

"你不去怎么能抬赢那二十两银子啊！"主持劝他。

"我不用去，站在这儿就能赢他二十两银子！"王猴说啥也不往里去了。

"也好，只要你说'三'就行。"主持咕哝着走到台边，"哎哟！"他一摸台子，叫了一声，"这台子直烫手！"

"他怎么不来？"老枣木有些气短。

"他说他不用来。"主持爬上来了，用手指着场边树下。

“不用来也行。你叫他说‘三’吧！这天儿，敢停大会儿？能把人晒死！”红头涨脸的老枣木以手作扇，使劲儿地扇着。

“谁说不是哩！”主持说过，就大声地喊王猴，“小扭筋，快说‘三’吧！”

王狗递过来一把扇子，王猴接了，一下一下地扇起来。他扇得很夸张。

“快说呗！”老枣木也喊。

“不说不说，这会儿太热，热得我说不出来。等凉快了我再说！”王猴叫着。

人们渐渐地明白了王猴捉弄他们的意思了，一个个悄悄地发笑。

“他在捉弄他！小扭筋在捉弄老枣木！”美少年也看明白了，拊掌大笑，“这孩子真聪明！”他说过，忽然有所醒悟，禁不住喊一声，“嗳？是不是王茂昌啊？”

老枣木在台子上转着圈儿，天实在太热了，开始他脸上还有汗，现在，想出汗汗也没有了。“你说不说？不说我就下去了啊！”他威胁着。

“天太热，我得凉快凉快，等不热了再说！”王猴扇着扇子，得意地笑着。

“那我下去了！”老枣木说着，做一个要下的姿势。

所有的人都在树下，连一个在太阳下的也没有了。

主持也热得受不住了，“咋办？咋办？”他不停地问。

老枣木头都有些晕了，眼前老是出现一片一片飞动的暗影：“我、我们叫这小子捉弄了！我、我受不住了！”老枣木说着就要下。

“等一会儿，再等一会儿！”主持喊他。

“半会儿我也不等了！”老枣木应着，就攀着车掌，一级一级地往下走。

“猴哥，猴哥，他下了！”小妹看见他在下，大声提醒。

“看着他的脚！”秀玉提醒。

人们来了精神，全伸着脖子看着老枣木。

老枣木走到接近地面的最后一级，停下来了，说：“小扭筋，老子不给你赌了！”

王猴一见，就跑了上去，用戏弄的口吻说：“你不赌可以，但必须承认你输了！”

“我没有输！”

“你输了！”

“你为啥不喊‘三’？”

“我还没到喊的时候！”

“那你啥时候喊‘三’？”老枣木已经知道了王猴的意图，他极力想引诱他喊出‘三’字。

王猴就是不喊，说：“什么时候想喊什么时候喊！”

老枣木眼前的黑影又飞起来了，他一松手，下来了。

“三！”就在他脚落地的同时，王猴喊了。

众人轰地笑起来。

“我赢了！”王猴大喊。

“我们赢了！”金拴和小妹也跟着喊。

“高！”美少年跑到王猴跟前，对着他晃动大拇指。

老枣木站在地上，恶狠狠地说：“不算！不给！”

“为什么不给？”王猴上前拦住他。

他朝着王猴飞起一脚：“老子就不给！”

王猴轻巧地往后一跳，躲开。

旁边，又有两个大汉上来要打王猴。

王狗和众衙皂一起上前。

“哎呀，反了你们！”两个打手挥拳伸脚要打众衙皂。

“全抓起来！”随着王猴一声断喝，四个衙皂和王狗便和他们战在了一起。

两个打手哪是衙皂对手，很快被按倒在地上。

“你们是干啥的？”两个打手软了声音问。

“干啥的？专治你们这帮地痞无赖的！”胡闹用脚踩着那汉子，大声问王猴，“老爷，怎么办？”

老枣木一听“老爷”俩字，知道遇见县太爷了，连忙下跪，说：“小人早听说大老爷英名，只是没有亲见。小人有眼不识泰山，冲撞了大老爷，还请大老爷高抬贵手，不见小人之怪！”

“老枣木。”王猴高喊。

“小人在。”

“把人家那二十两银子退了！”

“是是。”

“李扭筋！”王猴又喊。

李扭筋肿了半个脸，正用手捂着，低头坐在树下，听见喊他，连忙走过来，扑通一声跪在王猴跟前。

“李扭筋！”

“小民在。”老扭筋低着头。

“你也几十岁的人了，跑几百里来这儿抬杠，赔钱挨打又丢人，你究竟图个什么？你以为赢了你就能拿走银子吗？”王猴大声斥责他。

“小民错了。小民再也不抬杠了。”老扭筋捂着脸红了眼睛。

“老枣木，你的‘镇春秋’抬杠铺子网罗地痞，制造事端，任意诬蔑圣贤，污染淳朴世风，从今日起，关了！”王猴厉声说。

“是是大老爷，关了关了！”老枣木不住地磕头。

“以后再无事生非，看我不打烂你那个破嘴！”

“是是大老爷，小人不敢了小人不敢了！”

“是是不敢了不敢了！”两个打手也不住地磕头。

王猴一扭脸，看着百姓大声说：“五黄六月，天干地旱，大家应该想办法抗旱保苗才对，怎么能跟着这帮地痞无赖闹闹哄哄？”

人们一听，纷纷点头。

“大老爷说得真对！”牛娃娘正找牛娃哩，高声地赞扬着。

“去吧，都下地里干活吧！”王猴说过，对着众衙皂一招手，“快去抬轿，我们还上路！”

美少年想上前和王猴攀扯，被老者悄悄地伸手拉住。

美少年有些遗憾，但他马上给老者要求：“先生，我们还跟着看，如何？”

老者点了点头，面露出赞许的神色。

第六章 装神

—*—

爷爷是个大泥胎
奶奶装的是麦糠
爷爷不跟奶奶睡
他嫌奶奶扎得慌
——民谣

1

当王猴一行来到金拴姥姥家的村庄圪垯店时，天色已近中午。平原地势缓，下雨容易淹，一个一个的土岗高地就成了建宅立村的好选择，圪垯店就建立在一片圪瘩之上。圪垯店树多，远处看见的是高大的杨树、榆树，走近跟前，才发现围岗而长的枣树和刺槐，密匝匝绿不透风。金拴领着王猴来到村东头的大庙前，两扇朱红的庙门紧紧闭着，一扇门上大书一“忠”，一扇门上大书一“义”。天长日久，门有些走样，“忠”“义”二字就对得不怎么整齐，看上去有些小小的滑稽。十几个高高低低的男孩子头戴着柳条帽，扒着门缝儿往里看，孩子多，门缝儿小，高的站着，低的弯着，再低的跪着、趴着，若从对面看这条门缝儿，一定是一道奇妙的风景，因为上下一溜儿都是晶亮亮神态各异的眼睛。

“起来起来，让我们看看！”跟着王猴玩了这一段儿，金拴感觉自信了许多。

趴在门缝儿上的孩子有的扭过头来，一看也是个孩子，就又扭过脸去继续看，谁也不给他们让地方。

“哎，让我们看看呗！”金拴的口气软和了。

“你是谁呀非得让你看！”最上边的眼睛转过来了，很不客气地回答他一句，“哎哎哎哎，金拴啊？”说着就把位置让了出来。原来他是金拴舅家的小表兄。

“王猴，你看！”金拴一挥手，很有成就感的样子。

王猴趴门缝儿看了一眼，禁不住抬起头来：“你们在看什么？”

“看商量啊！”金拴的小表兄是一个愣愣的家伙，说话很冲。

“看商量？”王猴更迷糊了，“商量，还能看？”

“他是——”小表兄看着金拴，“外边来的吧？”

“啊啊，”金拴连忙回答，他本想说是大老爷来看民情，一看王猴给他使眼色，就改口说成了这样一句，“他是，我的朋友。好朋友！”

“啊，怪不得呢！那我就给你说道说道。”小表兄笑了笑，神情就有些显摆，“我们这儿要求雨了，大人们都在商量请哪个爷哩！看商量，就是看他们商量的结果，究竟要请哪个爷。”

“你们这儿有多少爷啊？”王猴还真不知道。

“这你都不知道！”小表兄真有些瞧不起王猴了，“爷多了去了！有协天大帝关云长关老爷，留长须，穿红袍；有齐天大圣孙悟空孙老爷，头戴野鸡翎，腰系虎皮裙。还有刘爷、马爷、土地爷……反正我也说不太清。不过都特别灵，请来谁了谁下雨！”

“我们能进去看看吗？”王猴又问。

“你们？连我们本村的都不让进。老爷烦小孩！知道吗？要是得罪了他老人家，一滴雨不下，看不把人都干死！谁都能得罪，就老爷们得罪不起！”小表兄说过，扭脸问小伙伴，“商量好没有？”

“好像还没有。”一个孩子回答。

“我看看！”小表兄说过，扭脸又趴上门缝儿。

秀玉和小妹跑过来了，不远处，美少年一行也往这里走。

“你们求雨，掏钱不掏钱？”王猴拍着小表兄的肩膀又问。

“掏啊！我们每家都兑小麦，今年是一家五十斤。籽好粒圆，糠的秕的全不要！”小表兄回过头。

“小麦都谁吃啊？”王猴又问。

“唉，你真是孤陋寡闻！”那孩子又轻蔑又自豪地跟王猴又说，“当然是谁请来老爷谁吃了！人家有本事啊，能请来下雨的老爷！再说，那么大的铡刀能用牙咬住，也确实需要大力气！”小表兄说过，就又趴上门缝儿看。

院墙外有棵弯枣树，虽然离墙较远，但树枝弯到了墙边。王猴拉拉金拴，悄悄说了两句，金拴就使劲儿地点头。两人来到树下，“姐姐，”看着跟过来的秀玉和小妹，“我们进去看看，你们在外边等着。”

“嗯嗯。你们一有声音，我就去喊老班长他们。”小妹抢着说。

金拴爬到树上，沿着弯枝往墙边挪。“王猴，王猴快上吧！”

王猴才不爬树呢，只见他紧了紧腰带，一个旱地拔葱跃上墙头，伸手去接金拴。

“真棒！猴哥你真棒！”小妹看见，使劲儿地拍手。

王猴和金拴从墙上跳进院里，顺着墙边儿往里走。

庙院不大，前院有一片开阔地，芫荽、菠菜、小白菜，宽宽窄窄地种了几畦。三只蝴蝶搔首弄姿地飞在上边，两只蚂蚱禅修似的伏在叶底。一定是受了两个孩子的惊扰，一时都显得有些慌乱。飞檐挑角一栋瓦屋，房檐上的瓦松一身灰白，无言地诉说着乡村少雨。门阶外偌大的香炉里燃两炷高香，寸许长的香灰挺挺直立，默默地告诉你当下无风。“这就是关老爷的大殿！”金拴擦一把头上的汗。

庙堂正中是关老爷夜读《春秋》的塑像，书很夸张，像半扇门板，关老爷读书的样子也很夸张，二目圆睁，像是从书中看见了仇人。两边有联：

忠心感天成五彩朝霞晚霞

义气动地铸千仁英魂雄魂

一黑脸一白脸两个壮汉站在关老爷身边。

“哎哎，王猴，这两个衙皂怎么不穿衙皂的衣服啊？”金拴手指着两尊泥塑问。

“嘻嘻嘻嘻。”王猴一听便笑了。

“你笑啥？关老爷那时候不兴穿现在这衙皂衣服？”金拴禁不住又问。

王猴强压住笑，小声对金拴说：“他们不是衙皂，他俩是关平和周仓，关平是关云长的义子，周仓是他的爱将。”

“啊，怪不得！”这下轮到金拴嘻嘻地笑了。

两人在屋内转了一圈，发现堂后还有一个门，虽然关着，但门烂了一块儿，他们刚好可以趴上，看后边的动静。

庙后是一个小院，桌椅摆在树下，几个男人正开会。“白胡子的那个是会首。”金拴给王猴介绍。

“嗯嗯。”王猴止住金拴，“注意听！”

白胡子会首说：“天都快晌午了，总得有人下马子呀！大家再说说，看谁下最合适？”他说过，殷切地看着大家。

人们抱了长长的烟杆，使劲儿吸着，到处是一片呼噜呼噜的烟锅的响声。

“大胖，你再下一次吧？我看咱这里，没有谁比您更合适了。那铡刀俺不是不想咬，是真没有那个本事！”背对庙堂的男人挥舞着长长的竹烟杆声音朗朗地说。

靠树站着的汉子正用手折着一个小枝条玩，听见这话，就说：“前年求雨就是我下的马子，今年怎么着也不该再轮到我呀！”他就是大胖了，他猛地把那枝条折断掷在地上，又补充一句，“你以为关老爷是好做哩！”

大家一时又都没话。

金拴禁不住又说了：“这个是我大胖舅。”

“你亲舅吗？”王猴小声问。

“我二姥娘家的大舅。不亲，也不远。他可有劲了，有一次，他家的房子叫雨淋坏了，他用肩扛住屋梁，那房硬是塌不下来！”金拴又说。

“这样吧，你今年再下一次。你看，二炮有病，三郎又不在家。”会首用商量的口气说。

“既然会首说了，你就再下一次吧！”又一个人说。

“到时候给大胖再多分一百斤小麦！”还是那个背对庙堂的人。

“不在多分少分，我总想不该我下。”大胖说。

“那是，那是！”会首理解地点着头。

王猴看着金拴说：“下不下雨是天象，如果几个人商量商量就能决定雨下不下，那就不会有自然灾害了。神会听他们的？真会骗人！”

“骗人？他们有时候真能把雨求下来呢！你，不想叫下雨？”金拴不解地看着王猴。

“我太想叫下雨了。我只是不想让他们骗人！”

“骗人不行！”金拴拍拍王猴，“你想个办法治治他们。哎，别叫他们知道就行了，要不然，我舅一定会揍我。”

2

很快，村中走出来一群赤脊梁汉子，一律光着脚丫，披散头发。白胡子会首怀抱着盛满清水的灰瓦罐走在最前，紧随其后的是一架用青皮柳棍和八仙桌子绑成的神辇。紫红的八仙桌上坐一把黄色的圈椅，空荡荡地走在众人头顶。

村里的男人们全出动了。参加求雨的、不参加求雨的和看热闹的，蜂拥在不宽的村街之上。在这支纷扰的队伍里，可以清楚地判定人们的身份：光头跣足的都是求雨的。头戴柳条帽的都是看热闹的。光头跣足，暴晒于烈日之下，为的是让老天爷可怜以降甘霖。

头戴柳条帽的，都是些怕晒的观众。天旱求雨，人们都知道该作何准备，所以，男人们一进庙，性急的人们就开始编织自己的柳帽了。王猴和金拴是客人，热情的小表兄立即爬树扯了很多柳条，他们戴了柳帽，追着求雨的队伍就往外走。

女人们也想看，但她们不敢出来，只能等男人们走远了，才敢踮着脚一睹后尘。

求雨的男人们来到村外的土场上。会首停下来，求雨的队伍都停下了。会首从瓦罐里捞了些泉水，猛地向四下撒了两把。“啊——”一声长吼，似乎要长到永远。“啊——”又是一声。这一声在结束的时候猛地一升，似乎要高到碧空。

“要唱了！”金拴拍一下王猴，兴奋起来。

会首吼起了祈雨长调：

会首唱：一架神辇抬得圆，

众人齐和：抬得圆抬得圆神辇抬得圆。

会首唱：关帝老爷坐上边。

众人齐和：坐上边坐上边关爷坐上边。

会首唱：三天里头下大雨，

众人齐和：三天下大雨。

会首唱：打下秫秫吃杂面。

众人齐和：吃杂面吃杂面百姓都吃杂面。

会首唱：一架神辇抬得圆，

众人齐和：抬得圆抬得圆神辇抬得圆。

会首唱：关帝老爷坐上边。

众人齐和：坐上边坐上边关爷坐上边。

会首唱：三天里头下大雨，

众人齐和：三天下大雨。

会首唱：打下黍子吃黏黏。

众人齐和：吃黏黏吃黏黏百姓都吃黏黏。

会首边唱，边带着队伍绕场转圈，他们正转了三圈，折过头，又倒着转了三圈。只是倒转时的祈雨长调忽然变了味道，如果正转时表现的含颂扬之意，那么倒转时就有了胁迫的感觉：

会首唱：一架神辇抬得圆，

众人齐和：抬得圆抬得圆神辇抬得圆。

会首唱：关帝老爷坐上边。

众人齐和：坐上边坐上边关爷坐上边。

会首唱：三天里头不大雨，

众人齐和：三天不大雨。

会首唱：全村老小去讨饭。

众人齐和：去讨饭去讨饭百姓都去讨饭。

会首唱：一架神辇抬得圆，

众人齐和：抬得圆抬得圆神辇抬得圆。

会首唱：关帝老爷坐上边。

众人齐和：坐上边坐上边关爷坐上边。

会首唱：三天里头不大雨，

众人齐和：三天不大雨。

会首唱：断你的香火一千年。

众人齐和：一千年一千年断你的香火一千年……

六圈转完，所有的人都已经大汗淋漓。会首忽然停在土场正中，双腿一软跪倒在灼热的地上。众汉子毫不犹豫，也都一排排地软了膝盖，跪倒在土场中央。悲天抢地的长调戛然而止，土场上再不闻一丝声响，只有泼火似的太阳炙烤着众汉子赤裸的脊背，发出汗涌时细小的吱吱声。无数条小溪纵横着男人们宽阔的脊梁，又不约而同地齐汇入正中的洼地，奔流而下，猛砸着脚下干渴的土地。渐渐地，汉子们脊背上的溪流不再流淌，而是凝成了一片晶亮，晃晃地闪着刺眼的光。

戴着柳条帽的男孩子们，没一人敢走到土场上。但他们又十分好奇，于是就围了土场一圈儿一圈儿地跟着看。小表兄带着王猴和金拴，不时地小声讲解着。秀玉和小妹也跑来了，秀玉习惯于公子打扮，十三岁的年纪，看上去像个秀气的少年，外人根本看不出来。为了不让人发现小妹的女孩儿身影，特地编了个大柳帽，参差披拂的枝条垂下来，装饰得像棵会跑的柳树。“猴哥，猴哥！”她紧紧地拉着王猴的手，兴奋得小脸儿通红。

美少年也跟来了。他想加入王猴的队伍，跟了两圈儿，就被晒得满面通红，张口喘气。两个壮汉走上前，一边一个，把美少年架走了。

土场上，死死跪着的汉子们赌气似的一声不响，任由泼火似的太阳炙烤。扑通一声，一个男人昏倒在地，紧接着，又是一声扑通。

跪在最前排的白胡子会首头顶着瓦罐摇摇晃晃地站了起来，他在长跪的汉子们中间走了几步，然后摘下头上的瓦罐，低头喝一口，仰起脸对着白花花的阳光猛地一喷：

噗——

晒蔫的男人骤然遇上薄雾似的凉水，便不禁一个个打出寒噤。

噗——又是一口。

“快快，快去看！”树荫下的小表兄大叫着，“快下马子了！快下马子了！”扯着王猴和金拴就往场里跑。其他孩子看见，也都跟着急跑。

会首来到了大胖跟前，对着大胖低垂的头猛地一喷，“噗——”一片水雾罩住大胖的头顶。

大胖忽然就抖起来。

众人看见，不由得高声大喊：“关老爷下来了！关老爷下来了！”

会首啪一声摔烂水罐，对着大胖跪下来。

众人也忙转向，齐朝着大胖跪下。

大胖学着戏剧舞台上的关云长形象拿一个姿势，“啊——呀呀呀——”一声长号，然后，眯了眼大声道白：

“关某人正在空中行走，忽听见下面号呼连天，众黎庶，你们却是为何？”

会首抬起头来，也用道白的声调大声奏禀：

“关老爷呀！三年不雨，天下大旱，树梢失火，井底无泉。请关老爷下阵清风细雨，搭救黎民得安！”

显然，会首对关老爷撒了谎，两月无雨，怎么就成了三年。王猴不由得微微地笑了。

“嗯——你们可有虔心？”关老爷仍不睁眼。

“有虔心！”众人齐声大应。

“有诚意？”

“有诚意！”

“嗯——”关老爷憋足劲又一声长哼，同时把手伸出来。

“关老爷要刀哩！”小表兄不失时机地解释着。

“拿刀来！”关老爷一声吼。

“在！”众人齐应。

“快快，把关老爷的青龙偃月刀拿来！”会首大喊。

“来了！”两个光脊梁的壮小伙子把土场边早已备好的铡刀抬来，小心地奉给关老爷。

关老爷不接，“呀——”地再叫一声，张开大嘴，露出钢钉似的两排白牙。

两个小伙儿配合默契，连忙把那铡刀放到关老爷张开的嘴中。

关老爷咬紧那铡，“嗯——”从鼻子里又哼一声。

俩小伙儿连忙躲开。

关老爷咬了那口铡刀，定定地立着。

众人立即跪地俯首，一片声地大叫：“关老爷！关老爷！关老爷！关老爷！”

人们喊着，便涕泪交零了。

关老爷又哼一声，咬着那铡刀在场上走动。左腿一划，走半步；

右腿一划，又走半步。关老爷把土场当成了他扬威的疆场。

王猴看着，禁不住赞了一声："真好功夫！"

"还有呢！"金拴瞪大眼睛。

关老爷忽然站定，鼻孔里又是一哼。

"关老爷！关老爷！关老爷……"人们更有力地喊着。

关老爷猛一甩头，那口银色长铡便从他头上飞也似的滚过，闪一片寒光砸向身后的土场，在地上剜出一个斜长的坑来。

"关老爷呀——"会首裂帛般一声长吼。

"法——水侍候！"关老爷大喊。

"在！"众人高应。

一少年抱一个新水罐飞跑进场，双手举过头顶。白发会首接了，双手高擎，膝行至关老爷跟前，虔诚地举起水罐。

关老爷看也不看，伸手接过水罐，趴上去深饮一口，猛地向众人头上喷去：

噗——

这象征着清风细雨已经在下。

"啊——"众人一片欢呼。

"快，快！让关老爷上辇安歇，以享香火！"会首又喊。

早有年轻小伙儿抬了那辇奔过来，面对关老爷站下。

关老爷眯眼不语，猛一倾水罐。银亮的瀑布真扑向会首花白的脑袋。

"啊——"白发会首万般痛苦似的一声高喊，猛抢过关老爷扔来的水罐，站直了身子，对着关老爷高唱起来：

关老爷好，关老爷灵，关老爷上辇走一程。

两天之内下大雨？下得沟满漕又平？

会首是用唱的方式询问关老爷两天内能否下雨。

关老爷不应。

会首复又高唱：

关老爷好，关老爷灵，关老爷上辇走一程。

三天之内下大雨？平地三尺一片明？

关老爷粗腔大口地“嗯——”了一声。

万分激动的会首扯起嗓子一声高喊：“关老爷应了！关老爷说三天之内必下大雨！”

众汉子听了，便情不自禁地一齐唱道：

关老爷好，关老爷灵，关老爷上辇走一程。

三天之内下大雨，平地三尺一片明！

关老爷好，关老爷灵，关老爷上辇走一程。

三天之内下大雨，三场神戏颂您的名！

众人唱着，把原来会首的问话，变成了现在肯定的语气，并许下愿来给他唱戏。

歌声中，神辇送到了关老爷跟前。两汉子上前，各抱了一条腿，把关老爷送上了紫红的八仙桌子，再一用力，就扶他上了高高耸起的罗圈椅子。众汉子一声长号，抬起关老爷往场外走去。

3

求雨的神辇走在最前，紧跟其后的是捧着空瓦罐的白发会首。空瓦罐有礼义，是备“讨水”之用。会首身后，是一群亢奋异常的光脊梁汉子。

听说关老爷下凡人间，四邻八乡的全轰动了，圪垯村一街两行站满了人。王狗跑来了，他怕挤伤了少爷。王猴可不在意，和金拴各扯了小妹一只手。秀玉也挤过来了，大声地喊着。只是人多嘈杂，啥也听不见。

美少年也不示弱，紧追着王猴不放。两个壮汉贴了身跟着。“光看不说！”老者在后边大声地提醒着。

王猴停在了村中的十字路口，“嘿嘿嘿嘿”笑起来：

“姐，一会儿我也要下马子，你们都给我好好配合……”

“你也下马子？你会下马子？”秀玉一脸吃惊地看着他。

“嘿嘿，”王猴又笑，“我跟你说……”

秀玉听了，连忙喊来王狗：“老王，少爷有话！”

王狗和金拴、小妹都过来了。

求雨的队伍又壮大了，一个鼓乐班子加入进来，一面大鼓，两面大锣，两大两小四对铙钹，一片声地敲着往前走。

王猴跑到了队伍前头，脚下不停，又一气儿跑到村街的拐角处，静等着求雨的队伍。金拴和小妹在旁边陪着，兴奋得满脸是汗。

观看的人们填街塞巷。求雨的队伍往前进，观看的队伍便往后退。求雨的队伍越来越近了，面对着喧腾的锣鼓，观看的人们像是防御的士兵，一步步退让开通行的道路。路中间的空阔处，求雨队伍的正前方，直挺挺站着个王猴。

求雨的队伍来得更近。

站着的王猴忽然浑身颤抖起来。他学着关老爷在戏剧舞台上的样子，大喊一声：

“呀——”尖细的童音直飞上天。

求雨的队伍戛然停步。

张狂的锣鼓骤然止息。

喧天的吵闹声忽然停顿，明亮的安静一下子震惊了所有的人。几乎是同时，人们引领高望，无一人不嫌自己的颈短。众人同喊出一句话：

“怎么回事？”

王猴清亮的童音回答了所有的提问：

“关某人正在空中行走，忽听见下面鼓乐喧天，吵吵嚷嚷，沸沸扬扬，闹闹腾腾，叮叮咣咣，众黎庶，你们这是为何？”

会首从后排猛冲过来，啪地跪下，大声呼号：

“小人张有事叩拜老爷，请老爷明示小人，您是何方的大仙？”

王猴眼都不睁，尖声高应：

“我本协天大帝关云长是也！你们如此闹腾张狂，却是为何？”

“关老爷呀——三年无雨，天下大旱，树梢失火，井底无泉。请关老爷下阵清风细雨，搭救黎民得安！”张会首有奶便是娘起来，一时间，求雨众人便不知下边如何是好了。

神輦上的关老爷悄悄地睁眼一看，是一个三尺童子在前边挡道，便又闭了眼，端坐辇上想主意。

“你们可有虔心？”王猴眼仍不睁，大声问着。

“有虔心！”会首自己应。

“有诚意？”

“有诚意！”众人齐应。

“法——水侍候！”王猴摇头大叫。

“法水侍候！”会首忙看着后边喊。

“慢慢！”辇上的汉子瞪圆双眼，一伸手阻住会首。

“哎哟，关老爷睁开眼了！”有人大声喊。

“关老爷睁眼，可是要杀人了！”有人接上。

“好好！斗上了！”美少年兴奋地大喊。

“有戏看了！”老者精神一振，忙往前挤。

“前边那三尺童儿，你是哪方的妖孽，敢在老爷的面前撒野！”辇上的关老爷态度傲慢，两眼冒火。

“我乃协天大帝关云长是也，你坐那么高个椅子干什么？耍猴吗？”王猴也大声喝道。

“哈哈！”那汉子一声怪叫，“你是协天大帝关云长，那老子我却是何神？难道我是假的不成？”

王猴看着他，一脸的顽皮相，也怪叫两声：“嗬哈！关某人没说你，你倒是自己认下是个假的了！既然你知道自己是假货，那关某人不追究你的罪责，快滚下椅子玩儿你的去吧！”王猴说着，对他有力地一挥手。

“啊哈！反了你了！来人！”大胖一声怪叫。

“在！”求雨的汉子们一片声地回应。

“把我的青龙偃月刀拿来！”他想把三尺童儿吓走。

“是！”立时，就有两个汉子抬来一口铡刀。

大胖接铡在手，大喝一声，从辇上跳了下来。

“你说老爷是假的，那咱就比试比试，看看究竟谁是假关云长！”大胖说着，就把那铡刀在手里舞了两下。

就在此时，人群里，这边和那边，又有两个人同时颤抖起来。

“又有人下马子了！”金拴一声尖叫。

人们往金拴身边一看，果然，一个大汉也晃荡起来。

“这里也有一个！”那边也有人喊。

一时间，祈雨的队伍全乱了套。

“啊哈！”大胖又吼一声，“难道今天都成了关云长不成！”说过，就端了铡刀，来战王猴。

众人一看，那么大个汉子拿着刀来杀王猴，一下子全挪开场地，异常紧张地看着他们。

王猴定定站着。

大胖越来越近了。

王猴大喝一声：“那不是关平吗？”

那边正颤抖的李大个子一声高应：“回爹爹话，小人正是！”

“那个可是周仓？”王猴扭脸又是一声。

另一边正颤抖的吴二斜子一声高应：“回大人话，正是末将！”

“关平！”王猴喊。

“孩儿在！”

“周仓！”

“末将在！”

王猴一声断喝：“还不快把那假关羽给我拿下！”

“是！”二人齐应着，便四下里寻找武器。

李大个子看见一个老头儿手里拿了把铁锨，就顺手抢来，攥在手里。

吴二斜子看见个汉子手里拿一根大杈，也拿来充作武器。

二人拿了家伙，就奋不顾身地上前去战大胖。

“好看好看，比看戏还过瘾！”美少年跳着脚大声叫着。

老者站在旁边，下意识地扯住少年的手，神情严肃地观看着。

大胖年轻力壮，嘴能咬得住几十斤的铡刀，现在手里又拿了厉害的家伙，便呀呀叫着，来战二人。

“且慢！”王猴一声大叫。

众人都停下来。

“既然你自称是关羽，那关某人倒要考考你，关某人温酒斩华雄，却是在何年何月何时何地？”王猴给他来了文的。

大胖虽然也知道关云长的一些故事，但那毕竟是故事。至于说，关云长斩华雄的那些细节，却是很难说得清楚。一看王猴给他来了文的，便大声说：

“这些都是关老爷我亲自做下的，难道还想考倒我不成！关云长斩华雄那是在汉朝时候，地点嘛，地点就在咱们这一带！”

“东汉还是西汉？”王猴笑着，又问。

“啥啥？啥焊？告诉你小孩，只要是焊，不管是焊茶壶还是焊盆子，都只能用‘锡焊’！绝不是像你小孩子说的‘铜’焊。”他把东听成“铜”了。

王猴忍不住哈哈地笑起来，叹道：“无知村夫，无知村夫啊！”

“真是无知村夫！”美少年也笑起来。

老者听了，禁不住嘿嘿地笑。

“嘿嘿，那我再问你，关某人过五关斩六将，都是过的哪五关斩的哪六将？”王猴看着大胖，满脸都是得意。

“过的哪五关，告诉你，洛阳关，南阳关，荥阳关，还有、还有……反正是五关，怎么着？关老爷我想过哪关就过哪关！”大胖耍赖地说。

“哈哈，说不来了吧！既然你是关云长，怎么连自己的英雄故事都说不全？可见你是个假的了！”王猴又说。

“哎，你也别装憷像！我倒要问问你这个小孩儿，过五关斩六将，你知道吗？”大胖醒过神来，看着王猴说。

“关某人自己做的事要是还说不出来，恐怕就要羞死人了。假关羽，我来告诉你！第一关，东岭关，守关将领孔秀，不让关某人通过，被我挥刀斩于马下；第二关，洛阳关，洛阳太守韩福，对关某人无理，被我连同他的一员战将一起斩杀；第三关，汜水关，我刀劈卞喜；第四关荥阳关，我怒杀王植；第五关是黄河渡，守护渡口的秦琪不自量力要挡关某，只一合，他就做了我的刀下之鬼！怎么样冒牌？关某人说的可有差错？”王猴一气儿说下去，大胖心里就有点怯了。

“说得好！”金拴听完，就大声地叫起来。

“猴哥，说得好！说得好！”小妹叫得更响。

周围的看客们都情不自禁地交头接耳称赞起来。

“看来，这个是真关羽！”一老头儿说。

“像，像！一个孩子，要不是关老爷附体，他能一口气说下来，哏都不打！”另一个老汉说。

“你这个冒牌货，我不给你耍嘴胡说，老爷要给你杀上几个回合，看看咱究竟谁是真的谁是假的！”大胖大声喊着。

“啊呀呀呀。”吴二斜子一声长号，拿了大杈就向大胖刺去。

大胖一看，岂敢怠慢，舞着铡刀迎战二斜子。

李大个子拿着铁锨上来就戳。

大胖便把那雪亮的铡刀舞得车轮般的圆。

吴二斜子的武器是杈，宜于远战，他就老是跑大圈子。

李大个子的武器是锨，也比大胖的铡刀稍长，一时稍占优势。

大胖的武器虽然短些，但锋利无比，加之体格高大，年轻气盛，又是在自家门口，状态很好，李大个子和吴二斜子一时竟奈何不得他什么。

人们一边看他们战斗，一边纷纷躲闪，给他们让出地方。

吴二斜子一不小心，木杈便被大胖削去了一个齿。

吴二斜子一惊，往后退了两步。

大胖一看，连忙就往前追。

李大个子看好，对着大胖的胳膊猛一扫，大胖那铡刀便被打落地上。

李大个子自己的铁锨也被震落在地。

两个人丢了武器，便挥拳伸脚地战在了一起。

吴二斜子用大杈轮了两下，因二人在一块打斗，他的杈也使不上劲，就干脆也丢了大杈，上前帮大个子去战大胖。

王猴看得兴起，“闪开！看关某人收拾他！”他大叫一声，猛地就冲了上去。

李大个子和吴二斜子听见王猴喊“闪开”，以为有什么武器打来，连忙后退。

王猴飞身上去，一忽儿猴拳，一忽儿醉拳，闪、展、腾、挪，光往大胖的要害处打。

大胖身材高大欠灵活，又加上打了半天，累了，动作就显得笨了许多。

“二哥，三弟来也！”秀玉看得兴起，扮作猛张飞也飞身上前。

“张翼德也下凡了，真是不得了！”有老人叹着。

“好秀气的张翼德！”美少年禁不住大喊。

“该是王茂昌的表姐吧？”老者笑微微看着。

秀玉打的是长拳，放长击远。

王猴打的是醉拳，古怪刁钻。

大胖显然不是对手，明显地处于下风了。

观看的人们看到王猴和秀玉那种半真半假、又攻击又戏耍的样子，不觉一阵阵哄堂大笑。

金拴和小妹看着这场好戏，禁不住哈哈笑着。特别是小妹，当她看到王猴和秀玉的攻击连连得手，打得大胖无处躲藏的时候，就不由得哈哈哈、嘻嘻嘻地笑着。当他看到王猴两人的攻击没有奏效，或者后退防守的时候，就不由得尖声大叫着“小心！小心！”

一个王猴，大胖尚且难敌，现在又加上一个秀玉，大胖眼看着一着不如一着，只好认了失败，一步步向后退去。

王猴不放，摇头晃脑，猴子一样，更加热闹地向大胖进攻。

秀玉紧追不放跟着打。

人们已经忘了这是一场求雨盛事，看着眼前妙趣横生的打斗，一个个乐得眉开眼笑。

“真是关老爷呀，你看看多智慧！”老汉称赞。

“不错，要不是关老爷下凡，两个大人还打不败的人，两个孩子就打得大胖无处躲藏！”另一个老汉说。

“要不，就说关老爷厉害了！”旁边一个年轻人说。

大胖彻底败了，他一个劲儿地想往外跑，无奈，人们围成了圈子，他一时还跑不出去。

王猴和秀玉在后边不依不饶地追着。

大胖便绕圈子跑。

人们看着一个大人叫两个孩子打败的狼狈样子，一个个开怀地大笑起来。

会首看追大胖的王猴到了跟前，扑通一声跪下去，挡住了王猴追赶的脚步，他大声地喊着：“关老爷，小民肉眼凡胎，被那个假关老爷骗了，幸亏关老爷您神明，及时赶来，打跑了冒牌。不然，小民肯定是难求下雨来！”

众人一看，这次还真的求着关老爷了，一个个从后边、旁边走过来，扑通、扑通，全跪在了王猴脚下。

王猴不追了，他停下来，笑微微看着众人。

“三弟，快过来！”

秀玉忙走过去，站在王猴旁边。

“关老爷，三年不雨，天下大旱呀，树梢失火，井底无泉。请您老人家下一场透雨，搭救黎民百姓吧！”张会首又说起了那段祷告词。

“法水侍候！”王猴又喊。

“法水侍候！”会首转脸又喊。

立时，就有人捧一罐子清水过来。

王猴接过来，喝一口，呼地对着空中一喷。

这一喷，没想到，一下子又使祈雨的活动进入了高潮。

“关老爷,关老爷,关老爷,关老爷！”求雨的人们开始咏叹了！

“请关老爷上神辇！”会首又喊。

众汉子把用柳棍子绑着的方桌抬来。两汉子一左一右，各抱了王猴一条腿把他举上紫红的八仙桌子，再一用力，就扶他上了高耸的罗圈椅子。

“三弟，和二哥一齐上辇！”王猴高喊一声。

“遵命！”秀玉应着，轻轻一跃，上了神辇。

众汉子一声长号，抬起神辇继续前进。

李大个子和吴二斜子分站两边，俨然关平、周仓。

金拴哈哈笑着，险些笑倒。

小妹嘻嘻乐着，高一脚低一脚走不成路。

“好玩儿！好玩儿！”美少年乐得又鼓掌又跳脚。

浩浩荡荡的祈雨队伍来到了村头的高坡之上，王猴忽然大叫一声：

“停！”

祈雨队伍便住了脚。

后边的人们也渐渐地围了上来。

人们越聚越多了。

王猴忽然站起身来了，双手往上一举。

众人全伸长脖子，鸦雀无声地看着他。

老班长和胡闹抬着轿子也从队伍的后边悄悄地跟了上来。

王猴看着辇下众人，忽然大声地说话了：

“乡民们，乡民们！大胖不是协天大圣关云长，敝人也不是关羽关老爷，大胖是个假关羽，敝人也是个假关羽，就连关平和周仓，还有张翼德也都是假的。我是谁呢？我是本县县令王茂昌！”

“啊！”

“王茂昌！”人们一片惊讶之声。

“关平、周仓是谁呢？他们是县衙里当差的李大个子和吴二斜子！”王猴继续介绍着。

李大个子和吴二斜子把身子站得更直。

“啊！”人们再表惊讶。

“好好，这些衙皂也很灵！”美少年高兴地说。

“强将手下无弱兵嘛！”老者说。

王猴继续讲：“天旱少雨，本是自然现象，大家只有齐心协力，抗旱保苗才是正道正理。装神弄鬼，求神祈雨，劳民伤财，于事无益。千百个百姓受损，一两个骗子得利！”

“对对，刚才我们在庙里听见，大胖舅不想当关老爷，他们一致推选他当！”金拴大声地接上。

“会首张有事！”

“小人在。”张有事扑通一声跪在地上。

“立即把收缴大家的小麦，各家五十斤，退还各户！”王猴威严地说。

“是是。”

“以后再也不准搞这种欺骗百姓、中饱私囊的勾当！”

“是是。”会首再磕头。

“刘理顺！”

“小的在！”刘理顺在外圈儿大声应着，就往前走。

直到这时，人们一齐扭头看的时候，大家才发现了王猴的轿子。

“真是县太爷！”人们又议论。

刘理顺来到王猴跟前听差。

“立即通知村里的地保、里长，让他们统计统计都缺什么抗旱工具，县衙里要拿出银两帮百姓打井汲水，跟土地要‘雨’！”

“是。”老班长应着。

王猴的话音刚落，一阵凉风飒然而至，紧接着，隐隐的雷声从远方传来。

4

“风是雨头。屁是屎头。”金拴喊着，“天要下雨了！”

小妹咯咯笑着，仰头看天。飞马似的乌云奔腾着，翻卷着。闪电、雷声，相继从远方奔来，一股挟裹着雨气的凉风扑面而至，铜钱大的雨点儿砸上了地面。知了的声音没有了，蛤蟆的叫声却响起来。

“雨来了——雨来了——”人们欢呼着。

王猴跳下埝。

秀玉跳下埝。

孩子们忽然一齐拍手唱起了儿歌：

风来了，雨来了，

蛤蟆背着鼓来了！

美少年侧耳听了，也跟着高唱起来：

风来了，雨来了，

和尚背着鼓来了！

“错了，你错了！不是‘和尚’，是‘蛤蟆’！”小妹纠正过，又大声地唱起来，美少年笑着，兴奋地跟着学唱：

风来了，雨来了，

蛤蟆背着鼓来了……

第七章　训父

——*——

东西大道南北走
出门碰见人咬狗
拾起狗来砸砖头
狗叫砖头咬一口
——民谣

1

金拴挨打了。

早晨起来的金拴掂一串蚂蚱，悄没声息地从磨刀霍霍的养父身边正要走过，猛地被一只大手抓了个死紧："昨天干啥去了？"养父瞪着他，恶狠狠地问。

"去俺姥娘家了！"他没说陪大老爷外出巡察。他知道，他说了爹也不会相信。

"谁让你去你姥娘家的？嗯？"爹另一只手上来了，捉了他的耳朵揪住。爹爱揪耳朵，金拴的耳朵因此都长长了。"现在是不是又想溜出去，啊？"

"我、我……"金拴疼得龇牙咧嘴，话都说不囫囵了。

"你，我让你——"爹把金拴揪到院当中，猛一下掼倒在地，弯腰脱下一只鞋，对着金拴的屁股举起来，说，"王八蛋孩子，三天不打，上房揭瓦！我要让你长个记性，今天我打你一百鞋底子。我打，你数着，只能少数不能多数！错一下，我从头再打！记住没有？”啪，就是一鞋底。

“哎哟！”金拴在下边叫了一声，屁股上立即火辣辣地疼起来。

“小妹，出来！”爹又吼一声。

小妹从屋里怯怯地走出来，绕着往外走。

“过来，跪下！”爹喊。

小妹就一点一点地走过去，一声不响地跪在哥哥身边，小嘴儿一撇，泪水储满了眼眶。

“几下了？”爹抹一把头上的汗，大声问。

金拴不应。

“几下了？”爹吼着，猛地又是一鞋底。

“两下。”金拴哭着应。

“好，我要教你知道一百究竟是多少！”爹换一个姿势，又打下去。

金拴挨到二十几下，忽然感觉不疼了，每一鞋底落下来都像是往屁股上猛砸一下。只是砸一下，有重感，但是不疼。金拴渐渐地从迷乱中清醒过来，他知道自己是跑不掉了，可给王猴逮的蚂蚱怎么着也得送去，那些麻雀还等着吃呢！他偷眼看一眼小妹。

看着哥哥挨打，小妹一个劲儿地流眼泪。她不敢看哥哥，但又忍不住想看。就在她不知道躲躲闪闪地看了多少次的时候，她忽然发现了哥哥正给她使眼色。哥哥看看她，又看看扔在地上的蚂蚱，猛往外一扭脸，眼睛紧跟着往门外看了一下。小妹明白了，他是让她逃走。小妹给哥点点头，趁爹不注意她的时候，往外爬了几下，忽然就站起来跑出门去。小妹毕竟才八岁，她没能完全理解哥哥的用意。

爹知道她跑了。但爹并没有喊她回来。金拴是老婆带来的，不知道为什么，他总感觉这小子该挨打。小妹是他亲生的女儿，有时候他也烦，但孩子没娘了，他虽然也吵也骂，但终是不忍心打她。看着小妹的背影，他又是一声高喊："多少了？"

"哎哟我忘了！"金拴大叫。金拴真忘了。他只想着给妹妹使眼色，让她跑出去给王猴送信了，哪还记得住鞋底的数目。

"忘了？忘了好！忘了那我从头打！"爹举起胳膊，啪地又打下去，这次是他自己数了：

"一！"

金拴娘终于忍不住了。从打儿子开始她就在流泪。孩子才十一。十一岁的孩子正是贪玩的时候，打几下教训教训就行了，哪有论数打的道理呢！金拴的亲爹是个木匠，两年前死于伤寒，金拴爹临死的时候哆嗦着嘱咐她，只要对孩子好，她无论嫁到哪儿他都会跟着她们保佑她娘儿俩。人死如灯灭。灭了的灯哪还会再照亮这个世界呢！当孩子忘了数从头再打的时候，做娘的再也忍不住了，她快步走出屋子，从肩膀头抽下手巾，小声对丈夫说："他爹，你上午还干活哩，别累着了。给，擦擦汗吧！"她想委婉地阻止他。

"我不累！"丈夫吼。

"再说他爹，孩子小，你打他几下长长记性也就是了。万一打坏了……"她哭了，再也说不下去。

爹住了手，斜了眼看着她："打坏了？打坏了算！十一岁的孩子了，啥活儿不干，天天瞎窜，连走亲戚都不说一声！怎么？叫我白养活你们啊！不打，我还得狠打哩！"

啪！又是一鞋底。

"他爹！"金拴娘大喊一声，"你打我吧！"娘一下子跪倒在儿子身边。

"滚！"丈夫吼着，一脚把老婆踢倒在地上。

"娘，娘！"金拴喊着，挣扎着，去拉娘。

爹把他牢牢按住，大声吼着："一百下，一下你也少不了！"

娘爬起来，伸手去抢爹手里的鞋。

"滚！"爹再一次把金拴娘推倒在地。

"四十七，四十八……"爹正打着，一个男人走了进来，看见这阵势，上前一把就拉住了，说，"咋了孙二哥，孩子犯啥罪了还得数着打！你这是衙门吗？"邻居们听见哭声，也都跑进来劝架。

"快快，孙师傅，牛牵过来了！"一个小青年跑过来喊他。

孙二余怒未消，指着金拴大声说："还剩这五十下，晚上我接着打！我告诉你小子，今天你给我好好捞着牛腿，啊！要是再不听话胡乱跑，晚上那就是一百下！"一扭头手指了老婆：

"你这个护短的东西，我看你也是欠打！"

2

小妹披头流水跑进县衙的时候，王猴正和姐姐秀玉一起练拳。

“猴哥猴哥，你快去吧，俺爹打俺哥哩！他说他要打他一百鞋底。已经打了二十多了！”小妹嘤嘤地哭。

“为什么打他？”王猴停下练功，问。

“昨天咱不是看求雨去了吗？俺爹说俺没有先跟他请假，他就打起来了。”又哭。

“你挨打没有？”王猴停下手。

“打完俺哥再打我，还没轮到我呢俺哥使眼色让我跑出来了！”小妹在脸上抹一把，小脸儿立即变成了花瓜。“你快去吧猴哥，你就说是你请我们去看求雨的，俺爹就不会打俺了！”她把“请我们”说得很强调。

“快去吧弟弟，你就说你是请他兄妹俩帮忙带路的！”秀玉嘱咐着。

“知道知道。”王猴跑屋里拿一件牙白色的汗络，跟着小妹就往外跑。出衙门，上大街，往北一拐，正看见金拴往这儿走，弯着腰，探着身，像是学老头儿走路的调皮模样。“金拴？”王猴先看见了。

“哥？哎呀就是我哥！”小妹站住脚仔细瞅一眼，忽然大喊一声，“哥——”又哭起来。

弯腰低头的金拴显然影响了他的视野，听见小妹喊，金拴愣一下，站了下来。

“哥——哥，哥！”小妹大声叫着，跑上去接他。

“金拴！”王猴也跑上来。

“王猴！”金拴喊一声，眼圈就红了。

“哥，哥。”小妹扶着他，泪水一个劲儿地流。

“一百鞋底子打完了？”王猴关切地问。

“没有。他让我拉他的牛腿，我趁他回屋拿刀的时候，就跑了出来。王猴，你给我找个差事吧，跟着老班长站堂也行，只要管饭。反正我是死也不回他家了！”金拴回过头，用指头朝着家的方向捣了一下。

“就是猴哥，我也不回了，我会洗衣服，我给你洗衣服吧！”小妹说着，又抽鼻涕。

三个孩子回到县衙，一看金拴肿起的屁股，王猴的火气就起来了：“非治治你爹不行！非得治治他不行！”他想起了自己的爹，虽然动不动就脱鞋说打，但真的打在身上的时候实在不多，哪像金拴这，一打就论百。

“也太过分了吧，打坏了怎么办！”秀玉也很气愤。

“金拴，让你拉牛腿是怎么回事啊？”王猴问。

“他今天要杀一头黄牛，那牛抵架，掉井里把腿摔折了。他想让我帮忙杀牛，他打我，还打俺娘，我坚决不帮他！”金拴斜坐在铺有绣花棉垫的椅子上，这边歪歪，那边歪歪，满眼里汪着泪水。爹打他他还能忍，最不能容忍的是打他娘。娘跪在地上说着好话，他还用脚跺她。想起娘受的委屈，禁不住又是一声：

“哼！”

“呵呵，哈哈哈哈……”王猴笑了，把正吃的粽子皮砸在盘子里，“小妹，回去看看牛杀了没有……”

“杀过了，肯定杀过了。我跑出来时，他的刀都磨好了。”金拴大声说。

“那也要回去看看。小妹，去看看！”王猴又催。

“俺爹看见要打我。”小妹有点儿怯。

“你不会躲在远边偷偷地看嘛！”王猴哄她。

小妹看看王猴，王猴给她笑。“偷偷的，就这样儿。”王猴做一个弯腰偷看的样子。小妹看看哥，哥正用眼神鼓励她。小妹使劲儿笑了一下，说：“那我去了，要是等一阵子我还不回来，你们一定要去救我！”小妹眼圈儿一红，掉了两颗眼泪。

看着小妹的背影，王猴说：“金拴，今天我可以给你出气了。”

“出气？咋出气？”金拴问。

“县里三令五申，不准宰杀耕牛。你爹他犯了禁了！”

“啊对！”金拴一拍大腿，“他违犯大老爷您的禁令了。一定要狠狠地打他！”金拴说着，猛地在椅子上一展身子。“哎哟哎哟，”他叫着，连忙扶住自己的屁股，“王猴，哎大老爷，能不能让我打他？”

“你怎么能打他，你又不是衙皂。”

“你快点儿让我当衙皂呗，小衙皂！”金拴咧着嘴跳下椅子，在屋里走了两步，做一个衙皂站堂的样子，“咋样？可以吧？”

王猴摇摇头：“就是后爹，那也是你爹呀！儿子打爹，不妥不妥！”

“他是谁爹？我不认他了！”

“嘿嘿嘿嘿，儿子打爹，天理不容。”王猴摇着头。

3

小妹送来了好消息：牛宰了！

“我看见几个大人正往墙上钉牛皮，黄色的牛皮。”

“太好了！”王猴喊一声，猛地蹿出屋子，“老班长，刘理顺——”他喊着跑进大堂。

“哎哎，老爷老爷，小的在！”老班长刘理顺正站着和潘师爷、二斜子一起说话，听见喊他，连忙答应。

“你去把后街的孙屠户找来，听说他宰杀耕牛了。”

“是。”

“斜子，你到牙行里找一个懂牲口的，叫他跟着过来。”牙行就是牲口市。牛马的年龄牛马不知道，牙行里的经纪人知道，他只要掰开牲畜的阔口看一看嘴里的牙齿，立即就明白这头牲畜的年龄了。年少的价钱高，年老的价钱低，公买公卖，这对买卖双方都很重要。

“是。”二斜子应着。

“要快啊，我在堂上等了。”扭脸对潘师爷又喊一声，“老潘，准备审案！”王猴喊过，一翻身上了椅子，大头朝下，双脚在上，拿起了大顶。

润笔，铺纸。潘师爷的准备还没有做好，打官司的来到了堂下。

“大老爷，小人要告状！”王猴从桌子下边望出去，喊话的是个老头儿，黑汗褂烂了肩头，白裤腿一个高一个低，走路还有些不利索。他后边跟了个老婆儿，一身黑衣服，头上顶一条黑头巾。老头儿喊过，加快了脚步，好像怕有人不让他跪似的。老婆儿看老头儿走得快，也跟着小跑了几步。两个人几乎是同时跪在了地上。

“大老爷，我也要告状！”这是女的。她的声音有些硬。

王猴一翻身收了功，坐在椅子上看打官司的两人：“你们谁是原告？”

两个人你看看我，我看看你，都没有回答。他们不明白啥是“原告”。

“你们是谁要告状？”王猴换了问法。

“我！”老头儿喊。

“我！”老婆儿喊。

“你们俩都要告状？”

“对！”

“对！”两人齐应。

“老先生，你先说吧！”王猴一指。

“俺叫沈傻子，俺要告她！”老头儿说着，用手一指老婆儿，又补充说，“她是俺老婆。俺要告俺老婆！”

老婆儿不愿意了：“哎呀，你们男人都向着男人啊，你才是个孩子，你咋也这样不讲道理呀！叫俺先说吧，俺要告他！”老婆儿指着丈夫。

“俺先告她！”

“俺先告他！”两人又吵起来。

“不要喧哗！一个一个说。”胡闹大声制止她。

“俺先说！”

“俺先说！”两人再吵。

王猴往堂下细看，老头儿一脸呆相，老婆儿两眼混浊，便知道这是一对没见过世面的穷夫妻。就大声说：“沈傻子，你先说吧！”

老头儿听见让他先说，就得意地看老婆一眼。

老婆儿立即就哭了：“真叫你个老东西说对了！大老爷是男人，他就向着男人，让你先说呀！我一个女人家，看来今天是不会赢了呀！”

小妹也出来看了。看审案不光是热闹，还得费不少脑筋呢，可不就是像猴哥说的猜谜！这边的说说，你听有理，那边的说说，你听着也有理。这就让人纠结了不是？乱麻似的一堆事，仇敌似的一群人，怎么让猴哥一说，立即就服服帖帖低头认错了呢？小妹喜欢看王猴审案，甚于看正月十五元宵节时城里的猜谜！小妹刚钻出人群挤到前边，就听见胡闹大声吵人：“不要哭！”

跪着的老婆儿就止了泪，嘴里唠叨着：“不哭就不哭。啥时候大老爷都换成女人了，女人就不被欺负了，就不怕男人了……”

“不要说话！”胡闹又喝她。

“不说话就不说话。哼，哼哼，要是大老爷换成女的，她会不让我说话吗？哼哼……”老婆儿鼻子不停地哼哼着，毛病还真不少。

“老爷叫你说的，你告她啥你就说吧！”胡闹催沈傻子。

“我告她啥？我啥也不告她。”老头儿说。

“不告她你来这里干什么？”王猴问。

“她不让我铺毡！”沈傻子说过，皱着眉看看四周。

“怎么着不让你铺毡？”王猴又问。

“你们想啊，我是丈夫哩，是一家之长对不对？可你们想想，大冷的天，她不让我铺羊毛新毡，她要自己铺。我是丈夫啊，是一家之长啊！”老头儿嗓门很大，他拍着胸脯子，用手背抹了抹头上的汗。

“大老爷，不是我不让他铺，我有病啊！我生孩子时落下个腰疼病，一到冬天就疼。我就说说我先铺，就这他就打我。你知道他那老拳有多重！现在我的腰还疼哩呀我！”老婆儿说着又哭了，“那擀毡的羊毛他也不捡，凭啥他要睡那毡啊他？”

“我不捡不假，可那篱笆可是我修的吧！大老爷，您是有所不知，俺家的篱笆是用毛竹扎的，篱笆的尖刺很多很长，来来往往的羊在上边蹭痒，这么一蹭，一蹭，一蹭，它那毛就挂在了篱笆上。”沈傻子很得意地学着羊蹭痒的样子，“我想，这篱笆尖多刺多了羊毛就挂得多不是，我就又往外多埋了几根毛竹，还在篱笆上拴上些枣树条子。我想等羊毛挂得多了擀块毡，冬天里铺。虽然现在是夏天，可过了秋天就是冬天了不是？就这，她不叫我铺，她要先铺！你说大老爷，这样的老婆她该不该打？”

“大老爷，大老爷！他说得不对……”老婆儿又叫。

王猴终于听出点什么了，就大声问：“沈傻子，把毡拿上来让本县看看有多宽多长。”

“回大老爷，那毡还没有擀出来。啧啧啧……”沈傻子一副对不起人的样子。

“就是，大老爷，羊毛才挂了这么多。”老婆儿说着，就从大布衫兜里掏出一团儿羊毛来。

王猴听了，禁不住哈哈地笑起来。

众人看着这对憨夫妻，不由得也跟着笑。

小妹明白了，直笑得前仰后合，把今天的不快忘了个干净。

王猴从座上走下来，低下头仔细看着这对夫妻。

傻夫妻看大老爷下堂，并没有一丝惧怕意思，也抬起头来，瞪起双眼痴痴地看着他。

王猴刚想问话，老班长带来了孙屠户，高喊了一声："老爷，孙二孙屠户带到。"

"嗯，正戏开始！刚才这算个小戏帽儿。"王猴嘟囔着，重又坐上椅子。

孙屠户腿一软，挨着沈傻子跪下来。

小妹正高兴，忽看见爹也被带到了堂上，心头猛一惊，害羞似的连忙低下小脑袋。

"哎，咱打官司哩，他跪这儿干啥？"老婆儿伸手一拍老头儿的肩。

"就是。咱再咋争，也是咱自己家。叫他二家旁人的来跟着争啥哩嘛！"老头儿说着，就大了声抗议，"大老爷，俺两口子打官司哩，谁叫他来争俺的毡哩！"

"就是大老爷，俺可不认识他。"老婆儿连忙接上。

"住嘴！人家的事情跟你不挨。"王猴大声说。

"咋不挨？你看。"老头儿向王猴示意，来者真的挨住了他的身子。

"孙二，你往外挪点儿。"王猴又喊。

孙二就往外边挪了挪。

“沈傻子，你们回去吧，等有了毡再来告！”

两人不动。

“大老爷体恤下民，不说你们戏弄朝廷命官，打你们几十板子。叫你们回去，还不快点走你们的！”胡闹大声说。

“大老爷，我们跑了十几里路，您不给俺判个是非曲直，俺咋能回去呢？俺不回去！”老头儿大叫着不起。

“就是，大老爷，您老人家总该给俺说说究竟谁赢谁输吧！”老婆儿也不起来。

“大老爷，打他们几十板子，轰下去算了！”胡闹说着，上前就要轰人。

“慢！”王猴一声断喝。

胡闹吓了一跳，立时就不动了。

“大热的天，他们走了十几里路来打官司，也委实不容易。”王猴大声说。

“是嘛是嘛，热得浑身是汗。你看，你看！”老头儿扯起衣裳。

“就是嘛，我脚都跑疼了。”老婆儿说着，伸出一双大脚让人看。

人们禁不住又笑，齐看着王猴怎么给他们判。

“拿笔来，我给他们写个判词。”王猴尖着嗓子。

旁边的潘师爷苦笑着，连忙把笔、纸递过来。

王猴展纸援笔，唰唰唰，写了一纸判决。举起来，笑着递给潘师爷：“你给他们念！”

潘师爷接了，笑一笑，高声朗读县太爷的判词：

糊涂世上糊涂事，

糊涂夫妻糊涂对。

糊涂羊毛糊涂毡，

糊糊涂涂一起睡。

“好了好了，这下你们可该回去了吧！”胡闹笑着，把“判词”递到老头手里，“县太爷亲自写的判词。满张纸就画个鼻子，脸宽得很啊！”

“大老爷说叫我们咋办？”老头儿没有听清，他从胡闹手里接了“判决书”，仰起一张汗脸。

“大老爷让你们‘一起睡’。”胡闹跟他们开玩笑。

“啊——”老头儿一副恍然大悟的样子，忙又对着王猴磕个头，“谢大老爷！”爬起来对着老婆感叹，“咱只顾争了，咋没想起来一起睡哩！”

“老东西，我不是说过一起睡？你不听，还打我！”老婆看他往外走，也忙跟着往外走。

“你说那‘一起睡’，恶狠狠的。哪比得了大老爷说的，押韵合辙的，悦耳动听！”

“谁叫他是大老爷呢！我要是也说得悦耳动听，不是也成了大老爷了！”

二人边走边笑，你拉我扯地出了大堂。

4

大堂下只剩孙屠户。

“孙二！”

“小人在。”孙二抬起头。

王猴仔细看了一眼：孙二不大，顶多也就是三十八九岁。中等身材，一身力气。大概是正干着活，披上衣裳就被带来了，所有的带（扣）子都没系上。

“知道为什么传你来吗？”王猴继续问。

“知道。老班长路上给我说了。”孙二回答着，忽然感觉见老爷应该系（扣）起带子，忙乱中，俩俩一系。谁知道，下边的带子系到了上边，上边的带子又系到了下边，歪斜的衣裳似乎把人心都衬得歪斜起来。

爹跪在地上，小妹低头不敢看。不敢看又担着心，不自觉又抬起头来。这一抬，正看见爹系歪了衣带儿，小妹嘴一撇，不觉得流下泪来。她也不知道为什么要掉泪，反正自从看见爹进来，她就想流泪。小妹不敢再看了，缩下身子低了头，悄悄地溜到了后院。

“孙二，你看过县里不让宰杀耕牛的告示吗？”王猴大声问。

“看过大老爷。告示上说，老牛，病牛，残牛可以杀。小人宰杀的就是一头老牛，残废牛。”孙二大声答。

“你说是又老又残的牛了？”王猴看着他，重复了一句。

“嗯。牛腿跌折了。我看牛怪老，恐怕很难治好。再说，就是治好了也不一定能拉犁拉耙了。”孙二解释着。

“牙行的师傅来了没有？”王猴看见二斜子正从衙门口往里走，就高声问。

“在哩在哩。”二斜子边往里走，边大声应着。在他后边，跟着六十岁开外一个老头儿。

“他就是牙行的刘强刘师傅。”二斜子站下来，忙给王猴介绍。

人们的目光一下子齐聚到刘强的身上。

刘强紧走几步，膝一软跪倒在地：“小人刘强面见大老爷！小人是牙行的行务，听老爷吩咐！”

“给刘师傅搬把椅子。”王猴大声说。

“不用不用大老爷，小人站惯了。”刘强说着站起身，大声说，“老爷，那牛腿真是折了。因为骨头碎了很多小块……”

胡闹搬来把椅子，刘强客气了一阵，在椅子上挂了半个屁股。

“牙口呢？”王猴又问。

“不瞒老爷说，牲口的牙口可是嫩得很，顶多也就是两岁多，牙刚长齐。”刘强往前探着身又补充说，“小人天天相看的就是牲口的牙，这个断不会错！”

王猴听完，转脸看着堂下的孙屠户说：“孙二，看来你只说对了一半。牛腿折了是不错，可是那牛不老啊！两岁多的牛，老吗？”

“大老爷，小人只是个屠户，不懂得牲口的老嫩。”孙二抬起头来。

“不懂老嫩，可你怎么说是一头又老又病的牛？”王猴声音高起来，“人是牛的主人，牛是人的帮手。牛，拉车拉犁，出尽苦力，人该吃的苦，人该出的力，一概由它来替。可牛，活着常挨鞭打棍击，死后又被人食肉寝皮。牛啊牛啊，善良的人都爱它、疼它，为它感到抱屈。我皇仁慈，我皇圣明，三令五申，爱护耕牛，明令非老、病、残者不得宰杀。孙二所宰之牛，虽然牛腿折断，可是牛口尚少，实属不得宰杀之列。孙二见利忘义，不惩不足以服人。孙二，你可知罪？”

“小人知罪。可小人知道的实在不详细。”孙二俯在地上，头也不敢抬。

“老潘好好记。我去解个溲，啊！”王猴喊着，跳下椅子，扭脸跑往后院。

5

小妹跑到后院，是想让哥想办法说情，千万别让爹挨打。“虽说咱爹可恶，可是、可是要是万一打坏了他，咱家就没人干活了呀！”小妹抹一把眼泪，“没人干活，全家吃啥呢？”小妹皱着眉，陷入了深深的矛盾。

金拴一听爹被带来了，禁不住就笑出声来。听小妹让他求情，禁不住又生起气来。这样的爹不挨打一顿，他能会变好吗？但他没敢说出心里的想法，他想把小妹快点儿支走，免得她一会儿再哭。小妹虽然不是他亲妹妹，但小妹依恋他，疼爱他，他不想让小妹难过。他说：“小妹，我答应你，想办法保护爹。但你也得答应我一件事。”

小妹扬起脸，无限信赖地看着他：“你说吧哥，啥事？”

金拴说：“你现在就回去告诉娘，就说我在这儿呢，很好，很安全。”

“那爹的事呢？爹的事说不说？”

“爹的事——爹的事，你就说我会帮忙！”

“好！”小妹使劲儿笑了笑，一串泪水流下来。她努力地咬住嘴唇，扭脸就往外跑。

小妹刚跑出门，王猴跳了进来：“金拴，快快，该你了！”

金拴从椅子上一跳而起，咧开嘴嘿嘿地笑起来。

王猴边脱官袍边催促他：“你快穿上，我已经审完了，你去了只判罪就行了！”

这是两人的约定。金拴要求亲自审他后爹，非让他尝尝鞋底子的滋味不可。金拴给王猴拍胸脯，许宏愿，以后一定好好干，他要是将来当了大官，一定也让王猴用他的大堂审人。王猴倒没这样想，他只是感觉应该让挨鞋底子的儿子审审用鞋底子打人的父亲。王猴认为，鞋底子打人不仅是个疼，它还是一种污辱。动不动就用鞋底子污辱人，即使他是父亲，也不能滥用权力。联想到自己父亲的臭鞋底子，哼！

金拴急着穿那个袍子，越急越穿不上：“咋弄的？你这是咋弄的？”

姐姐过来了，一时有些紧张：“嗳？你不是在外边审案的吗？嗳嗳？恁俩这是干什么？”她不知道两个孩子的秘密。

“姐，姐你别管，我们在做一个游戏！”王猴帮忙，终于把袍子套好了。

“嘿嘿，”金拴一笑，“我该咋说呢？”

“你不都见过吗？打就是了。”

“好好。”金拴应着，提着袍子就往外跑。

秀玉伸手拉住他：“你们这是要干啥？给我说说！”

王猴上前拉开姐：“叫他先去，我给你说。”

金拴歪着屁股，一扭一扭地往外走。

“不行不行。”王猴从后边追上，小声说，“挺起胸来，拉开步子。这样这样——”王猴做了个样子。

金拴就挺胸迈步，龇牙咧嘴地往前走去。王猴在后边看了，鼓着掌大笑。

6

金拴迈着大步一进大堂，看见堂下人全盯着看他，不禁吃了一惊，脚下就有点儿乱了。他怕自己露出破绽，就停一下，静了静神，一步一步走到椅子边，坐下，又故意咳嗽一声，咬牙皱眉地挺直了身子。

孙二趴在地上，头也不敢抬。

两班衙皂手拄了黑红牙棒，个个显出挺挺威风。

金拴不由得一阵得意，他抓起惊堂木，离开椅子走了两步，猛地往下一摔：

“啪！”

不想，紧张中，他砸住了砚台。

一时墨汁四溅，流得案上都是。潘师爷身上，金拴的脸上也被溅上了墨点。

窃笑的，擦拭的，堂上一时起了小小的骚乱。

“大胆孙二，你可知罪？”金拴大声喝道。他感到很惬意。

“知罪知罪，小人知罪。”孙二的头在地上不住地磕。

众衙皂发现异样，全抬起头惊诧地看着。

“知罪？那我问你，你是认打呀还是认罚呀？”金拴学着王猴的口气和声调，慢慢地进入了角色。

“打咋样，罚又咋样？”孙二抬起头来。

潘师爷虽然近视，但他很快就发现了问题，“嗯？金拴？”潘师爷擦着身上的墨，眼珠子瞪出眶外，险些收不过来。这事情太意外，他跟过五任县太爷，从未发生过今天这样的事情，这不是戏台，谁都可以当老爷过一把瘾！这是县衙，是经纶事务的庙堂。可是，既然大老爷让外人审案，想必也自有大老爷的道理。配合，还是不配合，他一时颇为忐忑。

“谁让你抬头了，低下去！”金拴大声喝道。

孙二忙又低下头去。

“认罚，那就拿二百两银子……”

“哎哟我的娘呀！”没等金拴说完，孙二禁不住小声叹了一声，随后大声应着，“要是认打呢大老爷？”

“那就打一百鞋底子！”

“嗯？”四个衙皂也看出了是金拴。这小子经常跟着玩，他的声音，他的作派，再怎么学也不像王猴。再说，这判决也太离谱了，大堂上，哪有打人论鞋底子的！“老班长？”胡闹轻喊一声，对老班长使眼色。

老班长点点头，表示知道了。一时不明白下边怎么办。

“打一百鞋底子？”孙二怕没有听清，又重复着问了一句。

“对，一百鞋底子。一下也不能少！衙皂们打着，你自己数着，只能少数不能多数！错一下，从头再打！记住没有？”挨打的记忆真是太深刻了，他想忘掉都不可能。金拴一急，不知不觉就重复了爹打他时说过的话语。

好在孙二正紧张，根本辨不出金拴的声音。“我认打，我认打大老爷！”孙二在堂下叫着，像捡了个大便宜似的。

“这、这咋办啊？”李大个子和吴二斜子也都看了出来。

“听不听？听不听老班长？”胡闹小声催。

刘理顺也着急，下意识地往外看了一眼，正看见王猴在后院和大堂的通口处给他比挥鞋的手势，老班长马上明白。他上前一步，接下了金拴的话：“大老爷，用啥样的鞋底子啊？”

“谁的鞋大用谁的鞋底子。”金拴大声又喊。

四个衙皂听了，便低下头来比鞋。

“大个子的鞋大！”胡闹说。

“还是胡闹的鞋大！”二斜子瞪着胡闹的脚。

“就是，那就胡闹的吧。”老班长发了话。

胡闹一扭脸看见了孙二的鞋，大叫一声：“瞧，孙二的鞋最大！”

众人一看，果不其然，齐唤“甚好！”

胡闹二话不说，弯腰就把孙二的鞋脱了下来。

“老班长！”金拴又喊。

“在。”

“一百鞋底啊！让孙二自己数。只许数少不许数多，数错了重打！”金拴大声说。

“是。”众衙皂齐声应答。

孙二忽然感到“大老爷”的声音有点儿耳熟，不由得抬头上望。

“啪！”胡闹打了第一鞋底。

“哎哟”一声，孙二的头低下去了。

金拴看衙皂们已经打起来了，便对着堂下大声说：“本县出去尿一泡。”强撑着官步往堂下走去。一进后院，禁不住大声喊着：“好痛快！好痛快也！”

王猴不笑。王猴说：“金拴，前边我帮你了，下边你得帮我一次！”

“帮你？你还需要帮？”金拴边说边脱官袍，“咋帮你，快说吧，上刀山也行！”

王猴笑了，趴金拴耳边说起悄悄话。

金拴皱眉摇头地不答应：“这、这这……你叫我当衙皂呗！”

王猴在他身上轻打一下说：“就这啊，这比当衙皂强多了！”

金拴犹豫了一下，“好吧！”不情愿地点了点头。

“记住，好好演啊！多好玩儿的事呀，快去吧！”王猴轻轻地一挥手。

“那——叫我想想。”金拴犹豫着，慢慢地走出了县衙大院。

王猴走进大堂，在椅子上坐定：“咳咳，多少下了？”

“哎哟四十八了。”孙二在下边应。

金拴走出县衙，踅身又拐回来，正要走进大堂，小妹从外边跑过来，轻唤一声“哥”。满脸心事的金拴停住脚。“哥，咱爹挨打没有？”本来金拴还想理她，听这一问，脖子一梗又往前走。小妹没敢吭声，紧跑两步牵住哥的手。

金拴甩掉小妹的手，撅着屁股一扭一扭，从大门外直走到正挨打的爹跟前，膝盖一软跪在地上，扯开哭腔喊了一声：“爹！”

爹猛地一惊，侧了脸看他：“金拴，你犯啥事了？”

金拴忙又往爹面前爬了爬，就抬头看着王猴，高声大叫道：

“大老爷，小人金拴，愿替俺爹挨打！”

“嗯？”王猴用鼻子嗯一声，高喊，“停！多少下了？”

“五九，六十，哎哎六十……”孙二咧着嘴说。

金拴高声又喊：“大老爷，俺家四口人，全靠俺爹挣钱过日子哩，你把他打坏了，俺家还咋过呀！小人金拴，今年十一岁了，我情愿替俺爹挨打！”

“金拴？”王猴说着，就从座上站了起来，高喊一声，“金拴！”

“小人在。”金拴抬头看着。

孙二不敢抬头，可他又想看，就低着头，偷眼看看金拴，又偷眼看看王猴。

王猴不由得走下堂来，说：“金拴，你起来。”

“我不起。”金拴跪着。

“金拴，你起来呗！”王猴又喊。

“你不答应我的请求我不起来。”金拴大声说。

“不起来你就跪那儿。”王猴自语一句，问，“你说这是你爹？”

“嗯，是我爹！”金拴点头。

“刚才打了多少了？”王猴转脸问衙皂。

“整整六十下。”老班长答。

“余下那四十下不要打了。”王猴说过，一转脸对着大伙高声说：“古有缇萦女，替父戴锁枷。今有金拴娃，要代爹挨打。事情虽然小，精神诚可嘉。既关人伦之大礼，又关道德之风化。再说，昨日我们到乡下惩治那些装神弄鬼的骗子，金拴可是出了大力的。功过相抵，也该免打了！起来吧金拴！”

“大老爷，真不打俺爹了？”金拴喊。

王猴笑了：“钦点探花郎，决不会食言。起来起来，快起来吧！”

“谢大老爷！”金拴喊过，连起两次，没能起来。

“哥，哥！”小妹两眼含泪去拉哥哥。

金拴站起来，夸张地弯腰撅腚。

“孙二，你也起来吧，看在你儿子金拴的面上，不再打你那四十鞋底了！可你记住，以后一定不能再违犯禁令乱宰乱杀了。”

“是是，是是。谢大老爷！”孙二又磕了一个头，这才在小妹的帮助下，艰难地爬起来。

王猴看金拴站不直身子，围着他转一圈儿，故意大声问：“哎金拴，你走走。”

金拴拿捏着走了两步。

“你的屁股怎么肿了？”王猴看着衙皂，声音里都是愤怒，“你们打金拴了？”

老班长忙应：“没有没有！金拴是大老爷的功臣，我们岂敢乱打！”

王猴小声问："金拴，究竟怎么回事？谁敢欺负你，本县我为你做主！"

金拴苦笑一下说："今天早上，我的屁股不小心碰了俺爹的鞋底子五十下。"金拴说着，看了看爹。

众人哈哈地笑起来。

"爹，你看俺哥对你多好，以后你可不要再打俺哥了！"小妹大声说。

"爹哪相信大老爷会叫你哥跟着做事呢！"孙二手抚着屁股叹了一口气，又转过头来对着王猴说，"大老爷，以后再遇着啥事了，别忘了多叫俺金拴伺候伺候您老人家。"

"好好，忘不了！"王猴诡笑着，扭脸又说金拴，"一大早你跑哪儿玩去了，要是早来两步，你爹不少挨几下？"

金拴撅着屁股往前走，孙二也弯腰撅腚跟着走。看着父子俩全一个走势儿，人们禁不住哧哧地笑。孙二紧走几步追上金拴，拉了他的手说："拴，金拴，来，让爹背着你吧！"说着，就艰难地蹲了下来。

金拴愣了，不知如何是好。

"哥，你快点儿上去吧，爹说背你哩！"小妹说着，就搀金拴。

金拴犹豫着。

"上来吧，爹以后再也不会打你了孩子！"孙二哧哈着嘴说。

"快点吧哥，别让咱爹老蹲着，他疼不是！"小妹也催。

"爹！"金拴喊一声，猛趴在爹背上，小声地哭起来。

第八章　听房

——*——

呼噜噜，呼噜噜
半夜起来磨豆腐
两眼熬成鸡屁股
没敢尝块热豆腐
——民谣

1

金拴的伤很快就好了，虽然肉还有些疼，但已能出来玩耍了。宋代的月亮好得惊人，柔美的光华满世界流淌，无论大人小孩儿，似乎任何一个人都能把它蹚响。每到月夜，爱美的人谁能忍心睡觉？坐着赏月的，走着踏月的，爬到高台之上的文人雅士邀月玩月、吟诗作对的，不到意兴阑珊是不会休息的。绳店里的师傅在月下捻绳，圆圆的线坠儿转出一轮儿一轮儿乳白的迷离。卖面的舍不得这省油的时光，催着磨道里的驴一圈儿一圈儿快跑，一抽一送的面罗把月光筛得纷纷扰扰。“烧饼麻花——”串街的小贩儿捏细了嗓子，努力做出歌唱的样子，惹得花树下纳着鞋底的女人们哧哧发笑。孩子们更不愿意早睡了，一个个跑到街上，肆意地吆朋唤友，大呼小叫着做游戏。

“王猴，王猴！”金拴和小妹也跑来喊他了。前天这场打，不但打出了金拴更多的自由，也打近了后爹和他的关系。当小妹一说和猴哥去玩呢，爹忙不迭地应着：“去吧去吧，好好玩儿！好好陪小爷玩儿啊！”好像和王猴玩儿成了爹派给的任务。爹在堂上喊“老爷”，一到下边就喊“小爷”，小妹喜欢爹这样喊，“小爷”比“老爷”好听多了。

王猴刚吃完饭，正要漱口，“哎——”应一声，就往外跑。

“少爷没漱口！”端着漱口水的虹彩喊着往外追，和正从门外走进来的秀玉把王猴夹在中间。“漱了口再走！”秀玉抓住了王猴的胳膊。

王猴应付着漱了两口，一扬脸说：“姐，你也去玩呗！”

秀玉摇了摇头：“姐还有事……别玩大会儿啊，明天还要早起。”

京城和定平差别不少。京城说“玩”，定平说“玩儿”，王猴觉得，定平的“玩儿”比京城的“玩”调皮。

“知道，知道！”王猴一蹿，猛地往外跑去。

“老王！”秀玉给他使个眼色，王狗点头，悄悄地跟在后边。

“我们快跑，把他甩掉！”王猴小声说着，撒开腿使劲儿跑起来。

“王猴，王猴！你们要玩什么？”清清爽爽一个少年截住他们，笑微微地看着他们。月光下看得分明，少年穿一件青色的汗褂，斜长的布带儿系得整齐。

“你是哪里人？怎么认识我？”王猴喘着，站住脚。

“我就是这里人，你是七品县令，我当然认识你了。”青衣少年笑着说。

“如果你坚持你刚才的话，那你就是个骗子了。”王猴想起来了，这不就是那个在抬杠铺前质疑老枣木胡言乱语的孩子吗？知道《论语》是孔子的弟子辑录，知道孔子周游列国时父母已亡，可见是个教育良好的孩子。教育良好的孩子肯定不是普通人家的子弟。想到这里，王猴就说："你这个身份，当骗子可不好！"

"嘻嘻。"少年笑了，歪着脑袋问，"那，你猜我是哪里人？"

"远方人。"金拴抢先说。

"就是，你的口音不是俺这里的。"小妹的声音尖细。

"京城人。"王猴肯定地回答。

"为什么？"少年又问。

王猴一笑："你和这里的人说话不一样。这里的百姓说'啥'，'干啥去'，你说'什么'，'干什么去'；这里说'俺''咱'，你说'我'……哎，语言的差别多了！再说，还有你这作派，一点儿不胆怯，根本不像小地方人。哎，老乡啊，你要想不暴露身份，最好是不要说话。像你这样爱说爱讲，还能隐藏住身份吗？你来定平干什么？做生意？"

"不错。"少年仍笑。

"做什么生意？"

"什么生意都做，只要赚钱。"少年说。

"大买卖吧？"王猴下意识看看周围，"你一走动，身边跟了这么多人！"果然，在不远的街角处，正有三个或站或走的男人。

"那，你看我是干什么的？"少年挑战似的看着他。

王猴又看他一眼，说："等等我再回答你。"

"金拴，金拴——"一群孩子喊叫着跑过来，"我们藏没吧！"

“藏没？藏没是什么？我也要来！”少年口气很满，根本不容商量的样子。

王猴说：“藏没，是敝处的孩子游戏，一方藏，一方找。因为藏起来就‘没’了，所以叫藏没。”

“那，怎么才能算输赢呢？”少年又问。

“守的一方人多，他们既要找，又要守卫墩儿。墩儿是大本营，被人攻破了就是输。藏的一方人少……”

“我知道了，藏的一方既要藏，也要攻墩儿。我们在宫里也玩，我们叫捉迷藏。”

“在哪儿玩？”

少年吱唔着：“啊，啊啊，我们那条街，叫恭里。是恭敬不如从命的‘恭’。哎哎王猴，快玩吧！”

“既然都会玩儿，那我们立即开始啊！”金拴迅速分好了班儿，他用手指点着，“满贵，大小……你们七个一班儿。我们四个，瞧，”他又点着王猴、小妹、少年，“一、二、三，我。我们藏，你们找！”

“嗳，他是谁呀？”满贵指着少年。满贵剃了个茶壶盖儿头，一扭脸，茶壶盖上的头发就闪一下。

“我家的亲戚。”金拴说。

“叫啥名字？你说了，我们好喊。”满贵又问。

“叫——叫——”金拴一时答不上来。

“金锁！”王猴大声接上。

“啊对对，就金锁！”金拴接着。

“好吧，王猴，金拴、金锁、小妹，”这小子每说一人就用指头点一下，“你们藏去吧，看我们咋把你们一个一个都揪出来！”

“吹牛吧——”金拴挑战似的喊一声，拉着众人往暗影里跑去，他怕对方偷偷跟踪，嘴里唱着调皮的歌谣：

看一看，老鳖蛋。

瞅一瞅，老黄狗……

2

王猴们还没藏好，对方的队伍已经追过来了。金拴拉着金锁，连忙躲进豆腐房里的大缸后边。“猴哥，猴哥！”小妹跑得慢，落在了最后边。王猴拐回头扯了小妹，脚不沾地往前跑。两个人刚钻进一个夹道，追兵们已经来到了门口。王猴和小妹连忙往旁边一拐，躲进夹道深处。夹道的一边是堵墙，另一边则是房子，屋里的灯光从木窗棂里透出来，把夹道照出一抹儿亮。两人缩下身子，忙躲在那一抹儿亮光下的暗影里。

“我看见你们了，快出来吧！”满贵的声音里充满着胜利的欢乐。

小妹紧抓着王猴的手，紧张得手心里都是汗。王猴趴小妹耳边：“他们没看见，瞎咋呼呢！”果然，满贵们叫喊几声，又慌着跑向前边。

金拴惦记王猴，他从藏着的缸后刚要站起，满贵们喊叫着来到豆腐店。两个人连忙又俯下身，一动不动地贴在缸后。

豆腐店的老板陈四自己推着磨。雪白的豆浆从磨缝儿中淌出，从容不迫地流进下边的大锅里。陈四有点儿瘸，一脚深一脚浅地走，总让人感觉磨道里的路高低不平似的。

“嗳？给你盛碗豆腐脑吧？”这是陈四刚娶的媳妇。陈四腿瘸。这女人有病。邻居们说，半斤八两，谁也不欠谁。可金拴看不出有啥病。新媳妇爱笑，长得也不丑。

“哎不用不用，我一点儿不饿！”男人像是被火烧了一下，“盛一碗你自己吃吧！”陈四笑着，一脸的讨好。

“我喝我喝，疼疼我呗！”满贵等几个家伙跑过来，嘻皮笑脸地逗弄新媳妇。

“给你！”新媳妇并不害羞，伸勺子做一个要打的样子。满贵们笑着跑走了。

金拴很感谢新媳妇这一勺子，要是满贵们真进了豆腐店，他和金锁非被捉住不可。“王猴，王猴！”两人走出豆腐店，一路小声喊着。

“这里，这里！”王猴走出来，对他们招手，“走，我们攻墩儿去！”

四个孩子钻出黑影正要走，忽听见隔壁屋子里的话和他们有关，就都站下来，侧了耳听：

“你别看县太爷还是个孩子哩，那可是个清官、好官！对老百姓好着哩！”瓮声瓮气的男人声音，接着有东西放在地上。

“猴哥，夸你呢！”小妹幸福地扯住王猴，仰脸儿看着他笑。人家夸王猴，她感觉比夸她还高兴呢！

“好他娘的脚！叫我看还差得远哩。”这是一个女人。这女人好像正跟谁赌着气，一说话，气哼哼的。

“咋差得远？”男的不服。

“咋差得远？咱天天推磨，累死累活的。他要是个清官、好官，就该送给咱一头小毛驴。你也不天天上床时一身臭汗了。”

金拴梗起脖子，正想制止，被王猴伸手捂了嘴，四个孩子站着又听。

“你磨豆腐过自己的日子哩，人家县太爷再好，也该不着送你头毛驴呀！打从开天辟地，你啥时候见过当官的给老百姓一家送一头驴呀？大老爷也不会变戏法，要会变，给你变一头。”男人很憨厚地说。

“瞧你说的，跟大老爷似的！你不是说他对老百姓好吗？你的腿恁不方便，他咋不管啊！”女人的声音小些了。

“腿不方便只能怪咱小时候害病害的了，咋样也不能怪人家大老爷呀！”

“那他还是没好到劲！”女人又叹了一口气。

“唉，也别说气话了，咱好好干，再过些时候咱攒了钱，买一头驴不行了！”

“你买一头？那得等鸡子扎牙猴子笑了。别忘了，你还欠着人家账哩！”

“快些睡吧，明天还得早起卖豆腐哩。”男人说过，灯就灭了，接着是一个倒在床上的沉重的声音，“要是叫县太爷听见了，咱这样背后议论他，不打板子才怪哩！”

“县太爷是驴耳朵吗？能听这么远。”女人又说。

“哎呀，你那个臭嘴干净点好不好？”男人大了声音。

“咯咯咯咯。”女人放松地笑起来，“我一看见你拐着个腿天天推磨，还心疼，还生气，我骂骂心里就好受了。”接着就是窸窸窣窣的脱衣声。

几个孩子还要再听时，屋子里没有了声音。孩子们没有了游戏的兴趣，一声不响地走出夹道。“这是谁家呀？”王猴手指着房子气呼呼地问金拴。

“磨豆腐的陈四家。俺刚才藏的地方就是他的豆腐坊。”金拴说。

“嗯。”王猴应一声。

“那个女的是他的新媳妇。”金拴气哼哼地建议，“我看那新媳妇就该打。平白无故，为啥骂人啊！”

“猴哥猴哥，你要不打她，她以后还骂你呢！”小妹说。

“老爷不送她头驴她就得骂。普天下也没有这样的道理！我看，那个男人还是很懂道理的。”金锁说。

“光那女人挨打吗？我看两口子都得打！王茂昌是朝廷命官，她想骂就骂这还得了！”王猴气哼哼的，抬腿往墙上踢了一脚，“陈四，明天我就得教训你！咋管教的媳妇啊？”

无边的月华里，街上的孩子正挑衅着大喊：“金拴，金锁，有种就出来攻墩儿吧！”

“还玩儿吗猴哥？”小妹仰脸看着王猴。

“哼！”王猴真生气了。

3

睡了一夜，王猴的气就没了。早晨起来，他练了一会儿拳，就抑扬顿挫地背起书来：

“……予观夫巴陵胜状，在洞庭一湖。衔远山，吞长江，浩浩汤汤，横无际涯。朝晖夕阴，气象万千。此则岳阳楼之大观也，前人之述备矣。然则北通巫峡，南极潇湘，迁客骚人，多会于此，览物之情，得无异乎？……不以物喜，不以己悲。居庙堂之高则忧其民，处江湖之远则忧其君。是进亦忧，退亦忧。然则何时而乐耶？其必曰，先天下之忧而忧，后天下之乐而乐欤！噫！微斯人，吾谁与归？”

这是当代大家范仲淹刚写出不久的《岳阳楼记》。巴陵郡的郡首滕子京修了座观景楼阁，没想到根本没到过现场的范仲淹凭着想象竟然写出了气象万千的《岳阳楼记》。特别是卒章显志的“先天下之忧而忧，后天下之乐而乐”，感情沉郁，气派宏阔，一时风靡全国，人人争诵。姐姐秀玉先看到了，早晨推荐给他，王猴一读，果然好文章，一时便背会了。

金拴带小妹跑进衙门，一人掂一只蛐子笼。听见王猴背书，连忙停下脚步，藏在大树后。“过来，过来吧，我看见你们了！”王猴大声喊他们。

兄妹俩跑过来。

王猴问：“嗳，你们知道我那老乡住在哪里吗？”

“我知道，他就住在咱这儿最好的地方翠花酒楼。昨天晚上我要送他他不让，可他把住的地方对我说了。他还说，咱要有啥事，一定喊上他！”金拴说。

“那你现在就去喊他！”王猴说。

“有事了？”金拴兴奋起来。

“猴哥，是不是今天要打陈四呀？”小妹皱起眉，“猴哥，陈四还是不错的，只是他媳妇……”

“金拴，你对我老乡说，王茂昌要请他猜谜。‘不以物喜，不以己悲’……”他禁不住又背起来。

“你说啥？”金拴听不懂，“不以不以啥？”

“你快去叫吧！”王猴催他，“居庙堂之高则忧其民，处江湖之远则忧其君。是进亦忧，退亦忧。然则何时而乐耶？”

“嘻嘻，哥，我也去。”小妹喊着，追着哥跑。

4

王猴高坐于大堂之上，凛凛然一身红袍。师爷潘文才打横坐在旁边，他铺开纸，拿起笔，做好了记录准备。

金拴掂着蛐子笼，和金锁一起跑进来。“哥，哥！”小妹上气不接下气地跟在后边，三个壮汉也跟着急跑。金拴正要给王猴打招呼，猛听得背后一声高喊：“禀告大老爷，陈四带到！”

金拴对着王猴举了举蛐子笼，算是打了招呼。小妹看见，也对着王猴举了举手里的蛐子笼。王猴对他们使了个眼色，金拴会意，连忙和金锁、小妹站在了旁边。

陈四果然瘸，只见他一步大一步小地走到堂下，膝盖一软就跪下了。

王猴把惊堂木啪地一摔，大声问：“你可是豆腐店的陈四？”

“是是，小人就、就是。”一脸憨厚的陈四抬起头来，吓得嘴都结巴了。

“本县王茂昌乃朝廷命官，皇上亲授，昨天夜里，平白无故，你们两口子为什么辱骂本县啊？”王猴单刀直入，一下就问到了主题。

陈四不知是忘了，还是害怕，大声回答：“大老爷清正廉明，爱护下民，小人咋敢昧了良心骂大老爷呢？”

“好好想想，你们骂了没有？难道还要我拿出证据来吗？”王猴说。

“嗯——”陈四皱起眉头，做出想的样子。

“看来，不动大刑你是不会招啊。来人！”王猴一声断喝。

“在。”堂下的四个衙皂一齐应答。

“先打陈四二十板子，让他醒醒神儿！”

“是。”

衙皂们应着，挥了板子上前要打。

“大老爷，大老爷！小人想起来了，小人想起来了！昨天推了一天磨，累得难受，小人家里因为没有驴，小人的腿脚又不方便，我那媳妇多干了点儿活，发了些牢骚。完全是绊倒骂天爷——不知道老少。小人该死小人该死！小人管教不严，万望大老爷恕罪！”陈四大叫着，头磕得咚咚直响。

“嘿嘿嘿嘿，招了吧。”王猴得意地笑了，“本县虽然没长着驴耳朵，可本县的耳朵比十只驴耳朵还长。谁在背后说我、骂我、编排我，本县都能听见！陈四，你信不信？”

“信信，我信！大老爷能让鼓说话，能让驴招供，听小民心声那只是一碟小菜！”陈四虽然老实，但还算会说话。

“嗯，这话多好听！俗话说，良言一句三冬暖，恶语伤人六月寒。多说点儿好话多让人受用啊！”王猴开心了。

“小人万望大老爷恕罪！小人的媳妇骂老爷驴耳朵，真是作孽找死！小人不懂道理，还望大老爷宽恕小人！”陈四说过，又使劲儿地磕头。

“陈四，我问你，你们磨豆腐，自己出力自己用钱，自觉自愿，自给自足，没人强，没人逼，完全是你们自己的事，有驴五八，无驴是实（四十），气势汹汹辱骂本县是何道理？”

“大老爷，小人的媳妇三岁丧母，五岁丧父，从小要饭，缺少管教，再加上有个犯羊羔风的毛病，一犯了病，口吐白沫，人事不省。小人念她从小命苦又有疾病，啥事都让她三分，谁知道，她越来越不知礼。万望大老爷宽恕小人一回，让小人回去教训她！”陈四又喊。

“这么说，你的媳妇是个苦人了？”王猴又说。

“大老爷，小人说的句句是实。”陈四说过又磕头。

“好吧，既然你已知罪，本县也就不再过多追究。只是死罪好免，活罪难饶。不打则罚，不罚则打，不然都骂起本县来，从背后骂到当面，从屋里骂上大街，朝廷的脸面还往哪儿放？不罚不打不足以服人！陈四，本县问你，究竟是认打呢还是认罚？”王猴看着陈四。

“大老爷，咋打咋罚呀？”陈四一脸苦相。

“打，是四十板子。”

“罚呢？”陈四咧了咧嘴。

“罚，是罚你到东关的仁义店里给本县称二斤小盐。”

“啥啥大老爷，罚啥——”陈四不敢信自己的耳朵。

“罚你到东关仁义店里给本县称二斤小盐。这回听清了吧？”

“听清了，听清了。小人愿罚！”陈四眼睛放出光来。

“那好，去吧！”王猴说着，向外挥了挥手。

陈四站起身，一溜烟儿向外跑去。

“哈哈哈哈，哈哈哈哈。”王猴得意地笑起来。

“怎么？罚称二斤小盐？”金锁小声问金拴。

“对，是二斤小盐。”

“定平缺盐？”

“不缺盐。”

“那为什么只罚二斤小盐？这罚太轻了吧？我去问问！”金锁正要上前，王猴猛然又说了话：

“老班长。”

“在。”

“你去找一杆秤。”

“是。”

“胡闹。”

“在。”

“你也去东关仁义店里，再给本县买二斤小盐。”

“是。”

“换换衣裳，快去快回啊！”

金拴看堂下无人了，就弯着腰跑到王猴旁边，把手中的蛐子笼递过来：“哎王猴，我刚捉了一只铁皮蛐子。瞧，可能咬了，给你吧！”

“你呢？”王猴看着他。

“嗯。”金拴从腰里一掏，又是一只蛐子笼，“我的这只是火葫芦。你知道这笼子是谁编的吗？俺爹。他说你要是喜欢，他还给你逮。俺爹说他年轻时候特会玩儿。”

王猴从椅子上跳下来，两人就蹲在地上，弯腰撅腚地玩起来。

“叫它咬咬，叫它咬咬呗！”金锁也跑来了，早忘了小盐，大声地喊着。

“走走走，放盆里让它们斗，哪一只赢了，再让它跟你的黑头斗！”金拴积极撺掇。

王猴带众伙伴跑回后院，把两只蛐子放进一只鼓腹瓷盆。这是汝瓷，豆青色的釉面，细腻滑润，像是剪一片八月的蓝天印了上去。铁皮蛐子黑，火葫芦红，在盆里只走了几圈儿，两只蛐子就起了斗性，“嚁嚁嚁嚁”，抖须摩股地叫战了。“打上了，打上了！”金锁听人说过斗蛐蛐儿，从没有听说过斗蛐子，他兴奋地叫着，外边的孩子也都跑过来，一个个伸长脖子挤着看。

“嚁嚁嚁嚁”，忽然又有声音响起来。“哪里还有？”金锁抬头又喊。“那里！那里！”小妹手指着白果树上的蛐子笼大喊，“猴哥的黑头。猴哥说，万岁爷都称赞它呢！”

“啊！‘铁盔金甲一英雄，秦关汉月任驰骋。诸葛智慧张良勇，跃上龙廷歌太平。’说的就是这只蛐子？”金锁问。

“我不知道。”小妹说过，就扯着王猴的衣裳大声喊，“猴哥，猴哥，金锁哥问你呢，这是不是——啥呀金锁哥，你说呗，你说得清！”

“这就是皇上称赞的那只蛐子？”金锁指着树上挂的蛐子笼。

王猴看了一眼：“就是。就是这只！”

“哎哎，咬上了！”金拴拉住王猴。

两只蛐子撕咬在一起。孩子们也明显地分成两班，喊着给蛐子助威：

“铁皮，下劲！铁皮，下劲！”

“火葫芦，下劲！火葫芦，下劲！”

看着圆圆的蛐子笼，金锁忽然明白了王猴在朝廷之上做的另一首诗，禁不住小声诵了出来：“‘一声廖唳出深宫，转动环宇仍嫌轻。莫说微臣身量小，四海春色在胸中。’”原来这“深宫”，原来这“环宇”，竟都是这么一只圆圆的笼子啊！

“老爷，陈四来了！”李大个子过来喊王猴。

铁皮蛐子咬住了火葫芦一条腿。火葫芦也不示弱，一扭头咬住了铁皮蛐子的须。

“老爷，陈四来了！”大个子提高了声音。

“陈四是干什么的？”王猴玩忘了。

“陈四？啊，陈四不是卖豆腐的吗……”大个子也让他弄懵了。

“快快，又咬住了，又咬住了！”金拴又叫。

“啊啊，”王猴终于想起来了，他笑一笑，说，“金拴，你和金锁把它们拿开，等会儿我回来了，让它们接着再咬！”

“哎呀，把它们抬到大堂上去不行吗？你一边审案子一边看？”金拴出了个馊主意。

“好主意！好主意！”孩子们嚷着。

“抬堂上，抬堂上！”金锁也嚷。

“好吧！”王猴说过，扭头就走。

“走走，抬着！”

“抬着，抬着！”金拴和金锁叫着。王猴前脚进来，金拴和金锁跟着就进来了。

“放哪儿？放哪儿？”金锁问。

“老爷身边！”金拴应着。豆青色的鼓腹瓷盆就放在了王猴的案台之上。两只蛐子咬得正凶，王猴伸头看了，禁不住连声赞“好！”金拴看了一眼，急忙跑下去。他不能影响审案。金锁不走，趴在盆边要看仔细。

“老爷，老爷！”潘师爷皱着眉头，小声提醒他。

“嗯嗯，”王猴应着，眼瞅蛐子喊了一声，“陈四！”

“小人在。”

“本县的盐买回来了吗？”

“遵老爷旨，整买了二斤。”

“拿上来。”

二斜子上前一步，从陈四手里接过盐包，递到王猴手里。

王猴把盐在手里掂量了掂量，大声又说：“老班长，你把这二斤盐给他称称，我看看陈四实在不实在。”

“是。”老班长应着，就上来称盐。

“快看快看，又咬上了！”趴在盆边的金锁喊了一声。

“下去！”潘师爷禁不住对着金锁喊一声。

“哼！”金锁对着他翻了一眼，竟一屁股坐在了太师椅上。本来太师椅就大，又是两个十岁孩子，坐上去竟然还不满呢！

“你你？”潘师爷还想再撵，被王猴瞪了一眼，憋住也就不敢再吭。

金拴跑上来了，他要陪着金锁看。

老班长把盐包放上秤盘，掂起来一称，大声向王猴禀报：“老爷，这盐不够啊，连纸才一斤十二两，整少了四两啊！”

“是吗？我不信陈四这么不实在。再称称！”王猴又说。

老班长又称一下，说：“来来，你们谁来称，我称的还是那样。”

众人齐看着陈四。

“叫陈四自己称。”王猴大声又说。

“陈四，你来！”老班长把秤和盐一起送到陈四面前。

陈四害怕，不敢接秤。

“你自己称吧，老爷让你称你就称。”老班长大声说。

陈四颤颤地接过秤来，秤锤“扑嗒”一声掉在地上。陈四忙按住正滚的秤锤，抖抖地穿上秤杆。

二斜子伸头看了，禁不住一声高喊：“还是一斤十二两！”

王猴正色道：“陈四，本县罚你称二斤盐，你就能昧下四两来，可见你不是个实在人啊！”

陈四听了，忙趴地上磕头，说：“大老爷，小人称的真是二斤。小人从刘麻子的杂货店称了盐，赶忙就回来了，我咋着也不会昧盐啊！”说过，禁不住又小声咕哝一声：“哎呀这人要是该倒霉了，放屁都砸脚后跟！”

“嗳？陈四，你该不会路上偷吃了吧？”王猴诡秘地笑着。

“大老爷，盐不是糖，小人咋也不能一下子吃下去四两呀！你看，这盐包都没开封，它也不会撒路上。再说，大老爷不打我，已经够小人感恩的了，我再是小人，也不会再昧老爷的四两盐啊！小人不会办事，一定是仁义店的老板刘麻子没有给够！”

“好，你说仁义店的刘麻子没有给够，本县就把他喊过来当面对质怎么样？”

“中中老爷，我愿意对质！”陈四大声应。

“好啊，又咬上了，又咬上了！”金锁和金拴无心听审，一直小声地评论着两只蛐子的赛事呢。

王猴伸了头看一眼蛐子咬斗，抬起头又喊一声：“来人！”

“在！”众衙皂挤眉弄眼地应。

“把仁义店的老板刘麻子传来。”王猴对着蛐子盆喊。

“是！”李大个子和吴二斜子应着，就往外走。

县城不大，东关不远，刘麻子很快就来到了堂下，和正跪着的陈四并排在一起。

王猴手举着那包盐大声问：“刘麻子。”

“小人在。”

“这个纸包可是你店里出的？”

刘麻子抬头看着。

“给，让他看仔细。”王猴大声说。

老班长连忙接了，拿过去让刘麻子看。

刘麻子接过来，仔细看了他自己盖在包装纸上的红印记：“是俺店里卖出来的，大老爷。”

“你再看看，刚才在你店里买了二斤盐的那个人是不是你身边的这个人啊？”王猴和气地又说。

刘麻子扭脸看了看陈四，陈四也扭过脸来看了看他。他看陈四是认人，陈四看他可就不一样了，一脸愤怒。

刘麻子不知道大老爷葫芦里卖的究竟是什么药，也就如实地说道：“大老爷，刚才在俺店里称二斤盐的人就是他。虽然俺平时见面不打招呼，但一个城里住着，谁都认识谁，他叫陈四。”刘麻子一脸讨好相。

“既然你们认识，那就好说话了。”王猴说过笑笑，又问：

“你知道陈四这二斤盐是给谁买的吗？”

“回老爷话，小人不知。”

“他是给本县买的。”

“啊啊，火葫芦跑了，火葫芦跑了！”金锁忽然大喊起来。金拴拍打他一下，意思是让他小声点儿，谁知道金锁不领情，反而声音更大。

“逮起来！”王猴忽然大叫一声。

李大个子和吴二斜子以为是说刘麻子，上前就把人按住了。

“啊，啊啊！小人该死，小人真该死！”刘麻子怕极，杀猪般大叫。

王猴知道误会了，笑了笑，对着李大个子和吴二斜子摆了摆手。

大个子和二斜子也明白自己误会了，强忍住笑，退了回去。

“大老爷，小人真的不知。小人要知道是大老爷用的，小人咋也不会要钱呀！”刘麻子抖成一团。

“怎么，你把本县看成土匪了？难道大老爷买东西就可以不给钱吗？”王猴啪地一摔惊堂木。

“哎呀大老爷，小人不是那意思。小人是说您老人家和人家不一样，您清正廉洁，英明睿智，又体恤下情，爱民如子，小人想孝敬您还找不着机会哩，好不容易碰上您来买一回盐，我敢说，不光是我，就是全县所有的生意人，也都不会要您老人家钱的！”刘麻子很会说，一副口若悬河的样子。

王猴听完，嘻嘻笑了，说：“本县没你说得那么好。本县既不想买东西不给钱，也不想买东西不够数，让人家骗一场。”

“哎呀大老爷，普天下再找不到像您这样好的人了。这二斤盐钱是个小数，可它确实表达了小民的心愿。大老爷，我回去就把钱给您送来。”刘麻子高声说着。

“哈哈哈哈，”王猴高兴地笑了，说，“刘麻子，本县问你，你们家的仁义店经营多长时间了？”

“多长时间？”刘麻子做出认真回忆的样子：

“这店是从我爷那时开始的。我爷是从他叔手里过继得来的。我爷死后，我爹经营。我爹活了七十八岁才走，接下来才由我经营……”

“这么说，你家这是百年老店了？”

“是是，是百年老店。还是大老爷说得好，‘百年老店’！明天我就叫人把大老爷这句话写出来，挂到门上。”刘麻子讨好地又说。

“好好，这话我爱听。”

金拴和金锁又在挤位置，王猴扭头看一下，把话切入正题：

“刘麻子，本县买你这二斤盐，你当着本县的面，称称看究竟有多少！”

“大老爷，小人不知是您老人家买的。小人也不要大老爷您的钱，我看就不用称了吧！”刘麻子不想称。

“来人！”王猴忽然高了声音。

“在。”众衙皂齐声高应。

“让刘麻子自己称称！”王猴厉声说。

老班长忙走上前，把秤、秤盘和那一包盐一齐拿到刘麻子的跟前，高声说：“少啰唆，老爷让你称你就快称。”

刘麻子在众目睽睽之下称了那盐，仍是一斤十二两。他的汗水就下来了。

王猴看着刘麻子，得意地又笑。

“大老爷，一定是小人刚才看错秤了。要不然，要不然——是、是断断不会错的。”刘麻子辩护说。

“啥看错秤了，你根本就没有称够数！称时还故意把秤杆往上一撅！”陈四在旁边愤怒地说。

“不是不是，本店一向讲仁义、守信誉。”刘麻子又狡辩。

“说得好！”王猴一招手，“胡闹，你称的那二斤盐，也让‘讲仁义、守信誉’的刘老板称一称！”

胡闹走上来，手托着一包盐走到刘麻子身边，说：“刘老板，刚才敝人去贵店也称了二斤盐，你还没忘吧？”

“没忘没忘。”刘麻子一头是汗。

“那你自己再称称？”胡闹冷笑着。

“好好。”刘麻子应着，抖抖地接过秤来称。

“一斤十三两！”胡闹大声报。

“看来你比陈四有面子，多给你一两啊！”王猴说。

观众们笑起来。

“刘麻子，胡闹称的二斤盐也少几两，该不会也是看错了秤吧？”

“小人有错小人有错！”

“哼哼，你当然有错了！刘麻子，本县告诉你，我刚到定平，就听说了两句歇后语，一句叫‘仁义店里的买卖——不仁不义’，另一句叫‘刘麻子的脸——坑人’。今天，本县算是对上号了。刘麻子！”

“小人在。”刘麻子跪在地上应。

“你天天操秤杆，卖东西，我问你，你知道一斤是多少两多少星吗？”

“一斤十六两，一两一个星。”刘麻子答。

“答得不错。我再问你，你知道那‘星’为什么叫‘星’？为什么刚好是一十六个星，叫十六两吗？”王猴庄严起来。

“小人不知小人不知。”刘麻子低着头。

“不知？那好，本县今天告诉你。天上有南斗北斗，南斗六星，北斗七星。北斗七星主死，南斗六星主生。所以，皇上面南而坐，求拜向北而跪。南斗六星加北斗七星，是一十三颗星，再加上福、禄、寿三星，刚好是一十六颗星。一十六颗星组成一十六两秤。它要你童叟无欺，买卖公平，执秤在手，敬若神明。少人一两，损你的福；少人二两，做不得官；少人三两，折你的寿；少人四两，北斗星君就要勾你的命了。刘麻子，你今天缺的可正好是四两啊！”

“大老爷饶命！小人不知，小人真的不知啊！”刘麻子跪在地上，浑身发抖。

“本县到你店里买盐，二斤你尚能坑下四两，要是小民百姓，你不就坑得更多？一两损福，三两折寿。刘麻子，你要再不思改悔，我看你会不得好死的呀！”王猴厉声说。

“小人改，小人一定改。”刘麻子又叫。

“刘麻子，你店里一年能卖掉多少斤盐啊？”王猴声色俱厉。

“万二八千斤吧。”刘麻子答。

“万二八千？那就按一万斤算吧。一年一万，十年十万，百年老店，那就是一百万斤啊！就按你坑本县的数量计算吧，一斤坑二两，一百万斤那就是二百万两啊！一斤十六两，二百万两呢？哎呀呀，十万斤盐还要多！”

“大老爷，小人有罪，小人有罪呀！”刘麻子又喊。

“刘麻子，一斤盐多少钱啊？”王猴还要给他算账。

“大老爷，小人有罪！”刘麻子喊。

“二十个钱。”陈四在旁边替他回答。

“一斤盐二十个钱，十万斤盐那就是二百万个钱。二百万个钱啊刘麻子，现在本县要让你如数还钱了。这叫‘零吃碎瓷片儿，打总厕盘子’。”王猴威吓他。

“哎哟大老爷,小人要改,小人坚决要改呀!”刘麻子大声叫喊。

“改?真的能改吗?”王猴走下堂来。

“大老爷，小人真的能改!”刘麻子说过，又加了一句，“小人要是不改，让老天爷下大雨打炸雷把我击死!”

“孔夫子说过，过而能改，善莫大焉。既然刘麻子信誓旦旦，说他能改，本县也就从轻发落。口说无凭，落笔为证。老潘，给他写个字据，让他按上指印才能算数。”王猴看着潘师爷说。

“好好，现在就写。”老潘应着，抓起笔来，唰唰唰唰，立时字据写完，朗声念道：

“刘麻子仁义店称斤少两，多获不义之财。店主决心改过，永不再犯。如若违约，愿由县太爷补罚二百万钱。”潘师爷念完，看看王猴，又看看刘麻子，大声问道：“咋样?”

王猴伸手指着刘麻子。

刘麻子连声高应：“中中，中!”

王猴看按过手印的刘麻子已经跪好，大声又说：“以前的二百万钱暂且封存，可今天的事情还没有了结!刘麻子，你说是愿打还是愿罚?”

刘麻子抬头看着王猴。

“要是愿打，就打一百大板；要是愿罚，就罚你一头上等毛驴。”王猴不动声色地说着。

“回大老爷话，小人身上有病，还是任罚吧!小人家经常从外边进货，别的东西没有，毛驴倒是有几头。大老爷，您老人家派个人去，看着哪头好就牵哪头不中吗？”刘麻子放松下来。

“老班长，你去挑。”王猴又点将了。

“是。”老班长答。

“还有陈四你！”王猴看着陈四高喊一声，一脸不耐烦地说，“本县让你买二斤盐你都买不好！去吧，你跟着牵，别再把驴牵少了啊！”

众人轰地笑起来。

5

火葫芦真的败了，它在盆子里一圈儿一圈儿地绕着跑。黑头不依不饶，一圈儿一圈儿跟着撵。

潘师爷把头伸进盆子里看了一会儿，抬起头来大声说：“斗败的凤凰不如鸡。快捉起来吧，别把它咬死了！”

“咬死怕啥，咬死再逮一只！”吴二斜子说。

王猴伸手进盆，把火葫芦捉出来，对金拴说：“给，放生吧！”

金拴走了两步，忽然想起事来，说：“王猴，把你的黑头拿过来吧，让它跟铁皮蛐子斗斗。”

没等王猴回答，老班长进了大堂，高喊一声：“老爷，罚刘麻子的毛驴现在衙门口等候！”

“牵进来。”王猴头也不抬。

“牵进来！”一群孩子高声喊着。

老班长一转身对着门口大喊一声：“把毛驴牵上大堂！”

陈四牵着毛驴，走到堂下，他腿一弯又跪在地上。

真是一头好驴，体健身雄，四蹄有力，两只温驯的大眼，一身缎子似的黑毛。毛驴胆小，一个劲儿地往外扯。

陈四跪着，使劲儿拉着它。

王猴给金拴示意，让他快去放生。扭过脸抓起惊堂木猛地一摔：

啪！

毛驴受惊，一尥蹶子就跑。陈四被它拉了个跟头。

众人哪忍得住，一片哈哈的笑声。

胡闹伸脚踩住驴缰绳，弯腰捡了牵紧，骂声“犟驴！”

王猴笑完了，才大声说道：

“陈四，你先是骂本县，后是少斤两，一天中惹了这么多事，虽然本县不打你，看来也不能让你轻闲。”

“小人有罪，小人有罪！”陈四趴在地上说。

“本县这头毛驴，罚你牵到家里，替本县喂养如何？”

“中中大老爷，小人一定好好喂养它，俺吃啥也让它吃啥。”

“嗳？吃草的畜生，怎么能和吃饭的人一样！你是不是想让本县我落一个重畜生轻百姓的恶名啊？该怎么喂你就怎么喂，记住了吗？”王猴边说边比画。

陈四抬起头，一脸茫然，又问：“大老爷，您说该咋喂小人就咋喂不行吗？”

“当然行了。”王猴坐不下去了，他站起身来想走。可这时陈四又问了一句：

“大老爷，您还没说小人该咋喂呢？”

王猴哭笑不得，又坐下来，说：“看来，本县得给你个‘约法三章’才行。好吧，陈四，你听着，第一，喂它草料，饮它清水，按性命待它。”

“嗯嗯嗯。”陈四使劲儿点头。

“第二，该拉磨拉磨，该鞭打鞭打，按畜生待它。”

“嗯？”陈四一抬头，看王猴正看着他，忙又点头，“嗯嗯嗯。”

“第三——第三呢，本县什么时候要用你什么时候牵过来。记住了吗？”

“小人记住了，只是小人不敢用它，更别说打它了。”陈四小心地说。

“为什么？”王猴不解地问。

“因为它是大老爷的驴。”

“哈哈哈哈，”王猴笑了，说，“大老爷的驴就不是驴了吗？该拉磨拉磨，该鞭打鞭打。如果你那媳妇再在背后骂我，本县可就决不再饶你了。去吧，牵走吧！”王猴说过，一弯腰抱起蓝天八月般的瓷盆就往后院跑。

“审完了？”金锁大声问。

“早完了。”金拴应着，拉起金锁就跑。

“陈四，大老爷赏你头驴，还不快点儿谢！”看客中一老人大声提醒。

陈四瘪瘪症症想了一会儿，对着王猴的背影，忽然高喊一声：

“谢大老爷——”

第九章　分家

—*—

喝醉了
咱咋走
买个母鸡当拉头
骑着公鸡搁劲儿走
——民谣

1

金拴和金锁打架了。

两人的打架当然和王猴有关。

这天早晨，王猴和秀玉正练功，金拴和金锁跑来了。金锁和王猴同岁，都属牛，金拴大他们一岁，属鼠。大一岁，金拴就想当哥。可金锁不认。两人争吵着，来到王猴练功的县衙后院。几天的接触，秀玉对金锁有了警惕。这孩子一口京腔，天天跟着王猴跑，既不像走亲戚也不像做生意，倒像是啥事没有，专门来玩儿似的。看见他们来，俩人就住了手。

“练，练吧！好好练，叫我看看！”金锁反客为主，语气不容置疑。

听他说话的口气，更让秀玉起了怀疑。仔细地看他一眼，又和王猴练起来。

“王猴，王猴你这不行。来，我教你一招儿！”金锁说着，就走过去，接过秀玉手中的剑，唰唰唰，舞了几下，“怎么样？”他看着王猴。

“不怎么样！”金拴只服气王猴。

“嗬，口气不小！不怎么样？你知道这是谁教的？”金锁不高兴地说。

“谁教的？卖大力丸的教的吧！”金拴说过，就拍胸顿脚地学起卖大力丸的样子，“大力丸，二力丸，”啪地往自己胸脯上猛击一掌，“狗皮膏药治风寒……”啪，又是一掌。

金拴学得太像了，逗得秀玉和王猴哈哈地笑。

金锁急了，一打金拴的手，说：“金拴，你别吹牛！来来，我让你拿剑，我什么都不拿，你只要战得胜我，我就算服你！”

“你真能吹，你属牛，我属鼠，子鼠丑牛，我还是哥呢，不相信我拿了剑还战不胜你！”

“不信就试试！金拴哥，你试试！”金锁故意把“金拴哥”说得酸溜溜的。

“既然我是哥了，那我就更不能用剑。我用棍行不行？免得伤了兄弟你！”金拴说。

“不行，就用剑！”金锁负气，把剑递过来。

“用棍用棍！”王猴大声说。

“用棍就行了。不能用剑！”秀玉行使起姐姐的权力。

“不，就用剑！”金锁不让步，说着后退一步，做出打斗的姿势。

“嗨，用剑就用剑！”金拴操起剑来，脸上立即就有了杀气。

两个壮汉进了院子，凛凛地门口一站，看着几个孩子。秀玉瞟一眼，认出他们是金锁的随从，并不是一般人进来看热闹。再看俩人的站相作派，立即就明白他们也是有功夫之人。秀玉一步跨到两人中间，大声说："要练就用棍，用剑不准练。都听姐姐的话！"

金锁犹豫一下，头一摆让了步："好吧，那就用棍。"

金拴弃剑操棍，试着对金锁舞了几下。

金锁灵活至极，金拴的棍子根本沾不上边儿。

既然打不着，金拴的胆子大了起来，对着金锁一下比一下狠。

金锁蹦蹦跳跳，躲躲闪闪，一边笑，一边狡兔望月、猴子摘桃，做出各种调皮的模样。金拴恼了，对着金锁的头使劲儿一抡，没想到被金锁怎么一弄，自己倒一个仰摔跌在地上。

"哈哈哈哈，"金锁笑起来，"怎么样金拴？服不服？"

圈外的两个壮汉也悄悄地笑了。

"好你个金锁！"金拴爬起来，抡了棍又打。金拴没路数，属于胡打乱撞的一种，金锁四两拨千斤，只一下，金拴又倒在地上。

"这个金锁是干什么的？"秀玉小声问王猴，"我怎么看他不像是一般人家的孩子啊！"

"为什么不像？"王猴故意问。

"看他这招式，可是正儿八经有师傅传授的！"

"嗯。"王猴点头。

"'嗯'什么，你们在一块儿玩了几天，可要弄清他的身份呢！"秀玉说过，又小声加一句，"我总感觉他来路不凡！"

连摔了两个跟头，金拴火了，把棍一扔，赤手空拳来搏金锁。

没想到，金锁真有几下，只两下，金拴又倒了。

“哈哈哈哈。”看着金拴的狼狈相，金锁乐得浑身直抖。

金拴连摔几跤，似乎悟出了点儿什么，他脱下小褂，光着脊梁，猛跑上去抱住金锁的腰。

金锁挣了几挣没有挣脱。

金拴抱起金锁，在地上连转了几个圈子，然后猛一撒手，金锁踉踉跄跄栽向院墙。王猴看见，忙伸手接了，才没让金锁出丑。

“哈哈哈哈。”这下轮到金拴笑了。

金锁转身，一个箭步蹿上来。金拴有了经验，东躲西闪，只与金锁近战。转了两圈儿，两人终于又抱在了一起。金拴光着脊梁，滑溜溜的，金锁抓不住。金锁长得结实，又经常练功，也不是那么容易就输，两人你想扳倒我，我想摔倒你，呼哧，呼哧，在院子里扯拽起圈子。金拴抓住金锁的上衣猛一用劲，他想把金锁拉倒，没想到金锁趁势脱掉上衣，金拴用力过猛，连退几步，坐倒在地上。

“哈哈哈哈。”金锁笑起来。

“嘿嘿嘿嘿。”金拴爬起来，也咧嘴笑。

“嘻嘻嘻嘻。”秀玉偷偷地正笑，被王猴拍了一下。顺着王猴的目光望去，她看见金锁明黄色的兜肚上，绣着两条彩线闪耀的小龙。

秀玉走上前，从金拴手里拿过上衣，轻轻地给金锁穿上，软了声音说：“该吃饭了。你们两个都在这儿吃饭吧！”

“不不，我吃过了！”金锁抹一下头上的汗。

“你们吃饭吧，我领金锁去街上逛逛，一会儿再来找王猴玩儿。

走！”金拴说着，拉起金锁跑出县衙。

2

“金锁，你啥时候学这么好的一身武艺，教教我呗！”金拴真诚地要求。

“我今年十岁，整练了十年了！”金锁很得意。

金拴没听清：“啥啥，你十岁，都练了十几年了？”

“嗳嗳！小孩，小孩！”迎面走过来几个男人，一个个伸着头，像是在地上寻找东西。其中一个年长的男人看着两人喊。

金拴看他一眼，不理。

“好没礼貌！”金锁小声说。

“啊啊，”男人显然听见了，连忙改口，“学生学生！”

两个孩子停下来。

“向您打听个事。”

“啥事？”金拴扬起脸。

“俺是乡下人，想问学生你，县老爷的衙门坐在哪里呀？”男人四十来岁，一脸实诚。

“就是就是，县老爷的衙门坐在哪儿？”另两个汉子跟着重复。

金拴仔细地看着他们，又问：“你们是来打官司的？”

“啊是是。”两个年轻些的忙点头。

“啊不是不是！”年长的那人摇着头，“我们是想请大老爷帮忙，给俺分家哩。”

“啊对对，是想请大老爷帮俺分家！”两个年轻些的忙改了口。

“分家？”金拴看着他们三人说，“你们不知道这个歇后语吗？外甥分家——找舅（照旧）！分家该找你们的舅去。大老爷忙得很，咋能管你们分家这俗事啊？”拉起金锁的手就要走。

“嗳嗳？”年长的那人认真了，说，“小孩儿，嗳学生，俺不是遇见难事了嘛，要不然，俺吃饱了撑的，没事跑这么远消遣大老爷了？”

“哎，这话听着还差不多。那——我就帮你们问问吧！”金拴往四周看了看，路旁边有一个半截石磙，下半截埋在土里了，只露出上半截。“来来。”金拴往石磙上一蹲，摆出问事的样子。

“你——”三个人一齐看着他。

“我。就我！”金拴很自信。

“驴头！”金锁小声骂一句，笑着说，“问一回官司可上瘾了！”金锁没赶上看金拴问案，但听金拴给他吹过。

年长的回头看看另外两人，小声说：“听说当今的大老爷年少得很，是不是——”

“嗯。”

“嗯嗯。”另两人忙点头。

年长者扭过脸来，他看金拴蹲在路边的石磙上，连忙走过去，蹲在石磙下。

两个年轻些的看年长的蹲下来，也就跟着蹲下来。三个人蹲成一排。

年长者一脸谦卑地问：“请问，你老人家是大老爷吗？”

金拴摇头。

“啊！”三个人一听他不是大老爷，立即松了口气，就一齐站了起来。

“蹲下蹲下！”金拴大声说。

“你又不是大老爷，我们蹲下干啥呀？”年长者说。

“是啊是啊。”两个年轻些的跟着说。

金拴笑了，他真想问一问。王猴比他还小一岁呢，多么难缠的事都能问清，一个分家，哼，金拴感觉岂在话下！说：“我是副大老爷。”

“啥啥？啥大老爷？”三个人一听“是啥大老爷”，连忙又蹲了下来。

“你是大老爷？”年轻人上前问。

“我不是大老爷……”金拴说。

那些人又站起来。

“我是副大老爷。”金拴笑微微的。

“副大老爷？噢，我知道了，是大老爷之父吧？”年长者扭过脸去小声对另两个说，“啊不对，他还太年轻！”

“你是副大老爷？”年轻人问。

“嗯。”

“你姓副？”

“不，”金拴摇头，“我姓孙。”

“那你这副大老爷是啥意思？”

“啥意思，大老爷是正的，我就是副的，副大老爷！”金拴一脸顽皮，扭脸看看金锁。

金锁扑哧一声笑出来，连声说："副的副的，就是副的！"

"没听说大老爷还有正副啊！"年长的回过头来小声嘀咕。

"新设的也说不定。"另一人说。

"啊，那我们找正的大老爷。"年轻人不客气地说。

"正的不在家。要说你们就说，不说你们就走。"金拴说过，就站起来准备走了。

"说说，走了几十里路，就是找副大老爷您问的，咋能不说哩？说！"年长的见风使舵，生怕失去了机会。

"那好，既然你们同意，那就在这儿问吧。"金拴往石磙上一坐，摆了个问事的姿势。

年长者看看地上，做一个欲跪的姿势。

"不要跪不要跪，这又不是在大堂上。"金拴宽大为怀。

"这副大老爷还不错哩！"年轻的低头小声说。三个人于是蹲成一排，给他说起分家的难事。

"俺爹死前，俺弟兄仨没想着分家。俺爹死后，俺弟兄仨想起来分家了，可是撕掰来撕掰去咋也撕掰不开了。"老大说着，向金拴摊开两手。

啊，这时候，金拴才看明白，他们这是弟兄仨。现看看三人的眉眼，还真像一个娘生的。

"房啊，地啊，都好分，就是那些牛难撕掰。俺爹死前，是二十头牛，他死了，那一头老牛也跟着他死了。这一死，分不成了。"从面相上，金拴立即分辨出，这人是老二。老二也学着哥的样子，往外摊摊手。

“叫我说，十九头牛，俺仨分，大哥年龄大，给家里干的时间长，他多分一头，是七头，剩下十二头，二哥俺俩各六头，不就行了。”年轻的是老三。口气里充满着不屑。

“别慌别慌。”金拴急了，“十九头牛，您弟兄三个分？”

“嗯。”三人齐应。

“咋分，您爹死前有啥说法没有？”金拴不会说官话。

“哎呀有！”老大又摊一下手，“就是因为老爹留有话，撕掰不开了。老爹说，老大分一半。老二分一半的一半。老三再少点儿，五份中有他一份。这不，难了！”

“嗯嗯。”老二、老三一齐点头，表明大哥说得不错。

金拴思忖着：“老大分一半？”

“嗯。”三人点头。

“老二分一半的一半？”

“嗯嗯。”三人又点头。

“老三分、分多少？”金拴想不起来了。

“五份中分一份。”老大老二齐说。

“五份中分一份，那一共是多少份啊？”金拴分糊涂了。

“俺要知道，还找副大老爷您干啥！”老大说。

“是啊是啊。还找副大老爷您干、干啥。”老二老三也说。

“看来，还真得大老爷问呢！”金拴不“牛”了，他皱着眉头，禁不住自言自语。

“嗬，原来你们在这儿啊！猴哥说，你们去翠花酒楼了。咱娘叫我找你呢，你跑到这儿了！”小妹说过，往石磙边上一坐，“累死我了！”

“干啥你，干啥你？”金拴感到失了他“副大老爷”的威严了，用屁股拱小妹。

“咋了？”小妹不解地问。

金锁对小妹开玩笑：“这是你们家的客，你哥刚刚升上副大老爷，正说要请他们吃饭呢！”

“哪里的客，我咋不认识呀？”小妹当了真，“俺家的客我都认识。”

“大老爷在不在？”金拴大声问。

“在呀。他正在草丛里逮蚂蚱呢！”小妹说。

“走吧，你们都跟着我去找正大老爷！”金拴站起来。

“驴头金拴！”金锁又骂一声。

金拴听见了，扭脸对弟兄仨说：“我这个兄弟一身武功，要不，让他给你们问问？”

三兄弟扭脸看着金锁。

“走吧走吧，我懒得问。”其实金锁很想问。金拴断不了的时候他就想问了，可是一想，活牛又不能杀，十九头的一半怎么弄，一半的一半又怎么弄，还真是个难题呢！

弟兄仨站起身，相互看着。

“走吧，咱去找正大老爷吧。你没听见，那女孩儿说大老爷正逮蚂蚱哩！”老大对两人说。

“咱去找他中不中呀？一个逮蚂蚱的孩子。我看，咱三个商量商量分了算了。大哥要七头，我和二哥各要六头不中吗？”老三看着大哥、二哥，“肉烂烂锅里，反正都是咱自己。只要俩哥没意见，我随便！”

“既然走到这儿了，中不中也得让大老爷给说说啊！”老二看着哥。

大哥叹了口气：“三，不是大哥想多分头牛，我说了多遍了，那是咱爹留下的话，咱要是不听，人家不笑话咱不孝顺吗？”

3

王猴满头是汗地在草丛里逮蚂蚱，金拴跑过来就是一嗓子：“王猴，门外有仨人请你分家哩！”

“分什么家？快快，帮我逮蚂蚱！”王猴头也不抬。

“真的，有三个人，跑几十里路来县衙，就是请你帮他们分家的。他们的家特难分！”金锁大声说。金锁也想难王猴。这个王茂昌，好像普天下都没有难办的事似的，他想看看今天这事他怎么弄。

“家有什么分！”王猴咕哝一句，举起鞋又要捂。胡闹进来了：“老爷，有人来告状了！”

左手一个蛐子笼，右手一个麻雀笼，麻雀笼下挂长长一串蚂蚱，嘴里嘟囔着老大的不快，王猴一步步进了大堂。

金拴拉着小妹跑进大堂，他很兴奋，鼻头上都是汗。他要看看王猴今天咋撕掰这事，也好学一手不是！

金锁又坐上了太师椅。这半拉是王猴，那半拉是他。金拴恼了，大声喊：“金锁，下来！金锁，你下来！”

金锁不下。金锁就坐在王猴身边。

“金锁！”金拴恼了，上前去。金锁实在不高兴，哼一声，甩掉金拴的手，悻悻地走下来。“真驴头！”他骂了一句，扭脸不理金拴。

“不是我说你金锁，你是真不该坐那儿！”金拴不退步。

啪！王猴猛拍一下惊堂木。王猴喜欢拍惊堂木，拍一下就长精神。不但吓人一跳，也吓自己一跳。不知道惊堂木是谁发明的，以后方便时得考证一下。“堂下所跪何人，一一报上姓名！”

“大老爷，刚才副大老爷没有给您说？”老大答过，看王猴没有反应，接着又说，“小人是小李庄的，姓李。这是俺弟兄仨。小人叫李金斗，老二叫李银斗，老三叫李玉斗。”老大边说边指给王猴看。

“啊啊，小人李银斗！”

“啊啊啊，小人李玉斗！”两人连忙给大老爷点头。

“你们弟兄三人，状告何事呀？”王猴又问。

“回大老爷话，俺们不是来告状哩，俺是来请大老爷帮俺分家哩！”李金斗说。

“啊啊，请大老爷帮俺分家！”银斗、玉斗一齐说。

“分家呀，那该找你们家族的族长，再不然就找你们的舅，本县不管分家。”王猴说着，扭脸就要走。

“哎哎大老爷，俺这个家麻烦啊！族长分不开，俺舅也分不开，才让俺找大老爷您哩！”老大喊着，“您看您看，俺族长还给您写了封信呢！”老大说过，从兜里掏出来，举过头顶。

“嗯？”王猴复又坐下来，说，“拿来我看！”

老班长连忙接了信，双手呈给王猴。

王猴一看，是首打油诗，不觉就念出了声：

老汉留牛十九头，

全族上下发了愁。

老大分半二再半，

老三五头分一头。

不能杀，不能售，

不能忤父不遵守。

王猴念完了：“嗯，既然不是打官司的，那就不要再跪了。老班长，搬几个凳子让他们坐，我听听该怎么办。”

几个衙皂连忙搬来凳子。

“不坐不坐大老爷，俺跪惯了，跪着舒服！”李金斗说。

“就是就是，跪比坐舒服。”银斗、玉斗跟着说。

“哈哈哈哈，”王猴一听笑起来，“跪着总没有坐着舒服。坐上说吧！”

弟兄三人各用屁股在板凳上挂住点儿边，挺了身子坐上，看那样儿真不如跪着舒服。

“大老爷，俺爹叫李满缸，一辈子省吃俭用，克勤克俭，舍不得吃舍不得穿。他有个毛病，就是好养牛……”李金斗探着身子对王猴说。

“嗯，好养牛怎么能算是毛病？”王猴大声说。

“大老爷，您听小人说。俺爹他没毛病，他老人家善良得很！他养的牛一不准杀，二不准卖，三不准犁地拉车，只能白养着。他每天喂牛、饮牛，给牛理毛、打蝇子、扫身子，那个精心啊，唉！”李金斗下意识地摇摇头，“俺爹一辈子运气不好，家里又穷，那些牛老是死——没啥喂它，您想想还不是死吗？一个月前，俺爹病重，老人家怕他死后俺弟兄仨分家不公，当着族里长辈的面，说了他的遗愿。他说，老大干的时间长，那些牛哩，叫他分一半；老二人老实，叫他分一半的一半……”

“嗯，‘老大一半二再半’，就是说恁俩哩？”王猴重复一下。

“是哩是哩。老大一半老二再半嘛。”老大说过，看一眼老三，又说，“‘老三五头得一头。’老三哩……”他说着，又看一眼老三，语气顿了顿，似有难言之处。

“不瞒大老爷您说，俺好掏个斑鸠，逮个鹌鹑，俺爹活着的时候就烦俺，说俺不正干，叫俺五份只分一份。”老三倒真干脆，一下子把话说明了。

“你好掏斑鸠？”王猴眼睛放出光来。

“嗯。贱毛病！”

“还会逮鹌鹑？”王猴又问。

“嗯。坏习惯！”

“有啥绝活没有？”王猴看着，一脸好奇。

“大老爷，你问别的啥，小人可能有所不知，你要是问鸽子斑鸠，鹌鹑麻雀，小人倒真是能给您说出个一二三四，子丑寅卯。要不，人家咋给我送了个外号叫‘李鹌鹑’哩！”李玉斗打开了话匣子。

“你就是李鹌鹑？”胡闹在旁边接上了。

“是啊是啊，您也知道？”李玉斗看着胡闹。

胡闹哈哈地笑了一阵说：“在咱县，没人不知道李鹌鹑的！”

“是吗？”李玉斗兴奋得眼直放光。

“是是。今天既然见着真人了，我就替大伙儿问问。李鹌鹑，听说您爹出殡时，一群人抬着棺材正往地里冲穴哩，忽然有只鸟被蹚起来了，抬棺材的人齐说‘鹌鹑鹌鹑！’你正哭爹哩，睁眼看看不是，就说‘不是，哎呀是我的爹呀！’”胡闹学着，禁不住又笑。

众人听了，也都哈哈大笑。

李鹌鹑也笑了，说：“我不是那样说的。我说‘不是’，随后才哭的。”

众人又笑。

李玉斗等众人笑过，屁股往里挪了挪，坐了个舒服姿势，禁不住又说起了鸟：“大老爷，您刚才问小人有啥绝活没有？小人把这些体会编了个顺口溜。”李玉斗说过，不由得把声音压低了：

“叫：长在短，短在中。丢半夜，要五更。”

王猴兴奋起来了：“这顺口溜怎么讲？”

“‘长在短，短在中’就是说，地身长的地，你要在地头上逮，地头不就是‘短’吗？要是地身短的地，你要在地中间逮，这不就是‘中’吗？‘丢半夜，要五更’就是说，半夜里不要逮，要在五更天时逮。为啥哩，半夜里容易见鬼。有一回，”李玉斗现出神秘的表情，“我蹲在地头，正‘兑兑、兑兑’地吹着鹌鹑哨。”李玉斗一摸裤腰，就摸出来个鹌鹑哨子，放嘴上“兑兑”了两声：“忽然有个声音说：‘叫我兑兑，叫我兑兑。’我一听，不好，遇见鬼了。我就壮着胆子，放粗声音，大声喊，‘想吹你来吧！’你猜那鬼他咋说？”

众人齐看着他，再无人笑了。

李玉斗尖了嗓子学鬼话：“‘我没嘴巴骨！我没嘴巴骨！’”

众人又乐了。

王猴说：“这话我这么耳熟，好像在哪儿听过啊？”

“您别在意大老爷，老三讲故事哩！”李金斗有些尴尬，扭脸截断老三的话头，“玉斗，说正经事呗。”

“正经事？这事不正经？”玉斗有些不满。

老大转脸看着王猴，满脸是笑地说：

“大老爷您不知道，这牛还有蹊跷事呢！俺爹病重时是二十头——这二十头不是很好分吗？嗨，老人家一死，他最喜欢的那一头母牛，三天不吃草料，也跟着死了。你说这牛它还通人性！村里人都说它是义牛哩！母牛死了，殡俺爹时大伙儿把它吃了。这一吃，麻烦事出来了，只剩十九头。就这十九头牛，生生把大家伙全难住了！”

“就是，大老爷，你说这牛，俺爹他不让卖，大老爷您又不让杀。再说，好好的，没病没灾，也不舍得杀呀。所以、所以连最会分家的铁算盘刘忠也给我们撕掰不清了。”老二一说，脸上的难意就出来了。

王猴也发现这场家不好分，扬头看天，皱起了眉头。

王猴哪皱过眉？这下子大家全都感到难了，禁不住小声讨论起来。

金拴看着金锁说："不好分吧，你还说好分。你分分试试？"

金锁不满地朝金拴身上打一下，不理他。

胡闹一转脸，和李大个子、吴二斜子一起，小声嘀咕着分家的办法："一道儿是一头牛吧。"他说着，就蹲在地上用指头划起来。

李大个子和吴二斜子用嘲讽的神情看着他。

"这十九头的一半就是九头半，这……这就不好弄了！"胡闹小声嘀咕着。

"大老爷还嫌麻烦呢，你一个，嗨！"李大个子和吴二斜子都歪了嘴讥笑胡闹。

王猴的目光从天上移下来，对老大李金斗说："李金斗，你是老大哩，就不能高点姿态，让恁俩兄弟一点儿？"

"哎呀大老爷，小人咋没想过让俺俩兄弟呀？一奶同胞，让又何妨？想过！可这事它经不住倒过来想，我让给俺俩兄弟，可俺俩兄弟能愿意吗？为啥哩？我让了，他们不是落下个好占便宜的名吗？再说，就是俩兄弟接受了，我也不好受啊。为啥哩？俺爹临死时吩咐的分法，我是老大哩，带头不听。我不是成了不孝之子了吗我？就是我不怕落这个名，可也为我爹难受呀，他老人家一辈子讲孝讲礼，到老了到老了，他大儿成个不孝之子了！老人家养了个不孝的儿子，还是大儿，你想想，九泉之下他也睡不安生啊！"

"是哩是哩，我也想过让。哥说得对，就是让了，谁愿意要啊！古贤伯夷、叔齐连江山都让，更何况是几头牛呢？"老二李银斗接上。

"你俩只想到让，我是连要都不想要。我只想好好养我的鹌鹑。

你想想，牛恁大，多不好侍弄啊！爹在时老烦我养鹌鹑，其实他老人家比我还好养呢！我要不怕落那个不孝的名，瞧！”老三举起个鹌鹑袋子，把话说了半截，就停下了。

“这么说，好分了，都能让！”一直站在旁边的金拴说话了。

“副大老爷，好分啥呀，难了！”李金斗叹道。

就在这时，一行四个六七十岁的老婆儿齐刷刷地来到大堂之上，其中一个满头白发的老婆儿高声喊着：

“大老爷，俺要告状！”

“俺要告状！”众老婆儿叫着，扑扑嗒嗒全跪倒在大堂之上。

李家三兄弟一看，连忙从凳子上站了起来。

王猴看看众老妪，又看看李家三兄弟，大声说：“李金斗。”

“小人在。”李金斗答。

“你兄弟三个先回去，等我想好了办法再给你们分怎么样？”王猴说。

“这——”李金斗犹豫着。

“回去把牛喂好，不能再死啊！”王猴提高了声音。

“是是，小人一定喂好！”李金斗回答。

“这也是俺爹的遗愿！”李玉斗说。

“回去吧！”王猴又说。

“这、这……”三人都有点儿遗憾，意意思思地往外走。

“哎，哥，你们先回去吧，我想看大老爷怎样审案。长这么大，我还没见过打官司咋审案呢！”李玉斗看好多人都来观看，好奇心大动，就站了下来。

“哎，真是呢！长这么大也没见过打官司的。哥，咱也看看吧！”李银斗说。

弟兄仨就都站住，扭脸要看审案。

金锁一跳，从金拴身边跑开，一溜儿烟窜到王猴身边：“王茂昌，王茂昌我跟你商量个事！”拉住王猴就往外走。

4

金锁也要审案子。

“王茂昌，把袍服脱了，给我！”金锁这小子口气很硬。

“不行。”王猴一口就回绝了，“审案是大事，怎么能谁想审就审呢？”

“嗨！”金锁急了，“我想审呢！你让我审一回呗！”

“不行。你可以为我出主意，但没有权力审案子。七品县令虽说是小官，但也是朝廷的命官，是代表朝廷行使权力的，可不是闹着玩儿的。”王猴振振有词。

“你？你能让金拴审案，为什么就不能让我审？”金锁说了金拴的秘密。

王猴盯着金锁看了一眼，说：“谁说那是审案？我是让他扮一个角色，演一出全家和睦的戏。要不然，他家会和好？”

“嗨！”金锁一跺脚，“不跟你说了！你现在就让我审，你你、怎么敢不听我的话！”

“你说什么？”王猴转脸盯着他看。

两个精壮汉子悄悄走进来，金锁一见，口气立即软下来，小声请求道："王茂昌，你让我试一试呗！"

"不行不行。"王猴说着，扭脸就往大堂走。

"王猴，就算我借你的七品县令用一回行不行？只借这一回！"金锁用了乞求的口气。

王猴犹豫着。

"嗨，你敢断定我将来就比你的官小？你借给我用一次，等以后，我做了大官，也可以借给你一次嘛！看你那小气样子。告诉你王茂昌，我最不喜欢小气的人了！"金锁真不高兴了，斜着眼看王猴。

王猴看着金锁的脸研究了一会儿，认真地问："说话算数？"

金锁一挺胸："我堂堂皇太……堂堂皇皇做人，说话一定算数！"

"好——吧！"王猴有些勉强，但终于还是同意了。

"这才是王茂昌！"金锁笑着，拍了拍王猴的肩膀，就要脱王猴的衣服，"看我给你审个清楚明白！"

"走走。"王猴拉着金锁的手，往厢房里走，"金锁，要有审不清的地方，你就说要解溲……"

"知道知道，像金拴那样。不过我告诉你王茂昌，我肯定比金拴审得漂亮，你根本不用担心！"金锁的手摇着，兴奋得小脸儿通红。

金锁一袭红袍走上大堂，抓起惊堂木猛地一摔：

啪！

"大胆！"金锁高喊一声。

"啊啊？金锁！"金拴先看出来了。王猴审案，摔过惊堂木后爱说“来人！”这一声“大胆”，不但话语不对，声音也不对。

小妹也看出来了，她拉着哥的手，小声说：“哥，哥，不是猴哥，是金锁哥！”

衙皂们当然也看出来了。胡闹咕哝了一句：“哎，咋又换了！”

老班长干脆把手中的红黑牙棒往胡闹手里悄悄一塞，扭脸去了后院，他要问问大老爷，这究竟是怎么回事，该怎样和这个新太爷配合。好在，有过前边金拴审案的经历了，衙皂们还是在配合着。

金锁大声问：“你们几个老太太，谁是原告谁是被告呀？”

几个老婆儿你看看我，我看看你，不知道原告、被告是啥意思。满头白发的老婆儿大胆接上：“大老爷，俺是来告状哩！”

“大老爷问你们，谁是告家，谁是被告家。”潘师爷瞪起无神的眼睛，大声地提醒她们。潘师爷也知道换人了，但他努力装着不知道。

“俺是告家！”白发老婆儿抢着说。

“俺是告家！”老婆儿一片声地喊。

“一个一个说！”胡闹大声地凶她们。

“大老爷，民妇叫牛马氏。”满头白发的老婆儿先说了，“民妇要告偷俺线穗子的贼！”

“是是，要告偷线穗子的贼！”其他老婆儿一齐跟着说。

“线穗子？什么线穗子？”金锁不懂。

“嗨，金锁这小子真笨，还不胜我呢！连线穗子都不懂，他咋能审案呢？”金拴摇着头，一脸的嘲讽意。

“就这样的线穗子。”高个老婆儿打开随身带的包袱，“瞧，就是这样的！”

“呈上来！”金锁大声说。

胡闹连忙接了线穗子，递到金锁手里。

趁金锁看线穗子的工夫，潘师爷也跑到了后院。“老爷。”潘师爷找过来了。

王猴看着老班长和潘师爷，一脸正经地嘱咐：“好好配合他审案，不许有丝毫的懈怠！”

“老爷放心。”老班长说。

潘师爷满脸狐疑：“老爷，这是……”

“快去吧快去吧！”王猴不耐烦地挥着手。

大堂上，金锁正审得热闹：“谁偷你们的线穗子了？”

“俺也不知道谁偷俺的线穗子了。”牛马氏说。

“就是就是。俺们要知道，还不一下子就说出来了！”几个老婆儿跟着嚷嚷。

金锁说：“这打官司，必须有原告，有被告。你们连谁偷了都不知道，怎么告状啊？”

“大老爷，您老人家平心静气，听民妇细细地给您道来。”民间常演戏，老百姓也就常常看戏，牛马氏就仿照戏中的角色说起话来，“俺四个老婆子，天天在一起纺线。昨天晚上，我说出去解个溲，她们也都说要出去解溲。您老人家知道，女人们解溲好一块儿。唉，等我们解溲回来，俺才发现俺的线笸箩里少了个线穗子。我当时一说，她们看看自己的，也都说少了个线穗子。俺院子里又没有外人，肯定是我们中间的哪个人偷了。”

“就是就是，俺们都少了一个。”其他三人跟着说。

金锁拿起手里的线穗看了看，说：“嗨嗨，一个线穗子也值得来打官司？”

“回大老爷，要说一个线穗子，是值不当跑几十里来大堂上打官司的。可是，事情虽小，名节事大。叫外人说起来，俺们中间有个贼！你说说，这贼究竟是谁呀？”牛马氏声音响亮。

“就是就是，要是找不出来是谁，俺们出去往街上一站，腰都直不起来了。谁知道人家怀疑不怀疑咱是贼呢？”另一个老婆儿说。

“你叫什么名字？”金锁看她声音高，就问。

“民妇叫刘王氏。”

“你们两个呢？”金锁又问。

“民妇叫刘张氏。”

“民女叫臭妞。”

“她是俺的老姑娘。”牛马氏指着臭妞接上。

“老姑娘是什么意思？”金锁不明白。

“老姑娘就是一辈子没有出嫁的姑娘。因为一辈子没有出嫁，所以我们叫她老姑娘。”牛马氏说。

“噢。”金锁仔细地看过她们四人，声音朗朗地说：

“要说这贼婆子，你们四个人往这儿一站，我就全知道了。本县判了那么多疑案，想必你们也都有所耳闻。这件小事，难道还非得让我审出来吗？说吧，免得把我惹恼了，给你们动大刑！”

四个老婆儿低着头，无有一人应答。

“还不快说出来！”金锁猛摔一下惊堂木。

四个老婆儿吓得一哆嗦，但是没人承认。

“来人！”金锁喊。

“在！”众衙皂一齐应。

“每人四十板子，看她们招也不招！”

“是。”衙皂们虽然应着，却没人上前执行。

潘师爷走上前，趴在金锁耳朵上咬了咬。

金锁马上领意，说：“且慢，再给她们点时间，让她们再好好想想！本县去解个溲。”

金拴笑了，小声对小妹说：“嗨，解溲！这小子也弄不明白了！”

小妹嘻嘻地笑起来：“啥时候给猴哥说说，也让我审审咋样？”

“再等两年吧，你个子还太小！”金拴哄过小妹，咂了咂嘴，又说，“叫我看，还不如让我上去审呢！”

“哥，你现在看出来没有，究竟谁是偷线穗子的贼？”小妹正说着，金锁迈着方步进了大堂，稳稳地坐上椅子，大声问：

“你们都想好没有？”

“大老爷，我们没有偷，你就是打死民妇，我们也不会承认偷了！”牛马氏大声说。

“那是那是。”其他老婆儿齐应。

“其实，你拿了人家一个线穗子，也不是什么大不了的事。平常不拿现在拿，或者遇着什么过不去的事了也说不定。自己说出来，老姐妹们一原谅不就过去了？说吧，现在说出来，还不算是偷，要是让本官查出来，那就是必偷无疑了！说吧说吧，免得本官动用大刑。”金锁边说边观察她们四人，看看仍无人应。金锁高喊一声：

“来人！”

“在！”

“拿过来一把利斧。再找四领大席。我非让这个贼婆子自己招认了不可！”

“是！”众衙皂应着。

“牛马氏！”金锁喊。

“民妇在。”牛马氏抬起头。

“刘王氏！”

“民妇在。”刘王氏抬起头来。

“刘张氏！”

“民妇在。”

“臭妞！”

“民女在。”

金锁依次喊着，老婆儿们应着，一个个都把头抬了起来。

金锁看到刘王氏目光躲闪，其他三人都现出同仇敌忾的样子。

“大老爷，斧子拿来了！”胡闹大叫着。

“好，叫她们都看看，看看这斧子够不够锋利！”

“是。”胡闹应着，就掂起那把利斧让她们一一看了。

“大老爷，席子拿来了。”老班长等人扛着席子进来了。

“本官我平生最恨的就是偷了人家东西还装着什么也没偷的样子。你偷了，只要你说出来，我可以既往不咎，从轻发落。现在，再想说也不迟。说不说？”

老婆儿们仍然不语。

“来人，把这几个老太太捆起来，一人卷一领席子里！”金锁一声高喊。

“是。”众衙皂应着，便上前拿绳子把四个老婆儿全都捆了，拿席子一卷，再在外边绑了两道。然后把她们分别卷到席子里。

“把她们放倒，只露出脚来！”金锁笑了。

老婆儿们全都被放倒在了大堂之上，四个人露出八只小脚。

金锁从堂上走下来，看着她们说：“你这个贼婆儿啊，真是不见棺材不掉泪，不到黄河不死心。说出来吧，现在还不晚呢！再停一会儿，后悔就来不及了！说不说啊？”

四个老婆儿仍无应答。

金锁忽然大声高叫：

“把这个贼婆子的脚给我砍下来！”

“是！”

就在金锁大喊砍脚的时候，刘王氏的脚一下子缩进了席筒里，一声惨叫响彻大堂：“大老爷，我招！”

“真招？”

“真招！”

“那就不要砍了。松绑！”

众衙皂松开席筒，解了绳子，只见刘王氏一脸泪痕。

李金斗弟兄仨看得真切，打心眼里佩服：“老天爷，这个老爷也够厉害的呀！”

众看客也都禁不住议论纷纷：“早就看着是她。”

刘王氏爬起来，哆嗦得说不成话：“大老爷，民妇的儿子狗娃、狗娃他得了血痨，日夜咳嗽吐血，民妇忧心如焚。前天夜里、前天夜里我给孩子拿药没钱，一时糊涂，在众姐妹线笸箩里各拿了一个线穗子顶了药账。民妇句句是真，若有半个假字，愿让大老爷把两个脚全都砍掉！”刘王氏泪如雨下。

“她说的可是实情？”金锁大声问。

“回大老爷话，是实情。她只有一个儿子，今年三十六了，还没有娶亲哩。”牛马氏回答。

“嫂子，嫂子……”刘王氏忙给牛马氏磕头。

“你要是说用穗子哩，孩子急着吃药，谁还会不愿意呢！别说一个穗子，就是十个、二十个那也不值个啥！”臭妞责备她。

“可不是，让姐妹们跑到这大堂上丢人！捆得我到现在这心里还扑通扑通惊跳个不止呢！”刘张氏也说。

“嫂子，大妹子，我对不起你们！我那儿子、狗娃……”刘王氏哽咽着，哭成一团，“我、我回去还你们一人——一人十个穗子……”

5

秀玉一直在担心，虽然金锁在王猴的指导下成功审结了案子，可她悬着的心一点儿也没有放松。照顾弟弟睡觉的时候，秀玉终于有机会表达：“弟，弟弟！”

王猴安静地坐在床上，拿着的书一页也没读。

“弟弟，你今天怎么能让那个来路不明的金锁审案呀？将来传出去了，皇上会不治咱的罪？前天你让金拴审他爹，我心里还没扑腾完呢，好，今天你又出这个事儿。明天我看，说不定你还敢叫小妹帮你审案呢！”

王猴不吭，也不争辩。

“你审过胡家的人、杨家的人、马家的人，他们背地里都恨着你呢！可不敢再出这样的事儿了！”她看王猴不说话，轻声又问，“你在想什么？分牛？”

“你真聪明姐姐，我就是在想怎么样才能给他们分好家。”丫环虹彩来送茶水，王猴接过水喝了一口。

秀玉说：“别费脑筋了！他这个家根本就没法儿分，不能杀，不能卖，十九头牛，怎么能论‘半’？”

“要不，我就作这个难了！”王猴挠了挠头。这是个下意识动作，说实话，从小到大，王茂昌啥时候挠过头呢！

“你想想，他爹死之前，正好是二十头牛。他爹并没有糊涂，所以让大儿分一半，是十头；二儿分一半的一半，是五头……”秀玉掰指头算着。

“哎！哎哎！姐不要说了，你千万不要再说！我有了办法！哈哈，我有了办法！”王猴从床上跳下来，光着脚在地上跳。

“什么办法？什么办法你给姐姐说说！”秀玉看弟弟那么兴奋，拉着他的手要他说。王猴不说。王猴太高兴了。王猴高兴得顾不上说了。

秀玉急了，说：“我看也没有什么好办法，除非你让那头牛不死！”

“姐姐，分家的办法你已经说出来了嘛！”王猴停下来，指着姐姐说，“姐，姐你真聪明！”

“我聪明？”秀玉莫名其妙地看着弟弟，“我说出来了？”

李家分牛的事已经成了全县的事情，不但县里的乡绅耆老知道了，在私下里议论纷纷，连乡下的细民百姓也都听说了。摇头的，叹气的，难坏了很多较真儿的人。“老汉留牛十九头，全族上下发了愁。老大分半二再半，老三五头分一头。不能杀，不能售，不能忤父不遵守。”街上的孩子都当成歌谣唱了。

当李氏三兄弟被通知到县里接受县太爷分家的时候，村子里的人都停下活计，一个个全跟着来看热闹了。

“王茂昌，王茂昌！”金锁听说要分家，兴冲冲地跑来了。刚审完一场案子，他正亢奋着。本来这分家的事他也想管，只是这事太难，连师傅都摇头。他多想再出一次风头啊，可是……

“金锁，你会不会蝎子倒爬墙？”王猴也正兴奋着，猛一低头，两手当脚，两脚当手，在地上走起来。

“这有什么难？”金锁不服，也跟着学。只是身子立不住，老往一边倒。

金拴摔了几个跟头，渐渐地有了点儿感觉：“看我，看我——”扑通一声倒在地上，引得人们连声哄笑。倒是小妹身子软，一立就成了。孩子们在大堂上爬来爬去，像个练武场。

李大个子和吴二斜子带着李家兄弟走进来，就在大门口高喊了一声：“禀报大老爷，李家弟兄仨全部来到！”

王猴一翻身站起来。金锁和金拴、小妹也都站了起来。

“给大老爷请安！”弟兄仨说着，便一齐跪下来。

“坐下吧坐下吧！”王猴拍了拍身上的土。

三人爬起来，又是屁股只挂住凳子的一个角坐上去。

“坐正坐正，你们那样坐我心里别扭！”

弟兄仨连忙坐正。

“李金斗，你爹给你们留下十九头牛，你分一半，银斗分一半的一半，玉斗分五份中的一份，是这样吧？”王猴性急，开门见山就说分家。

“是是大老爷。”三兄弟一齐点头。

“这十九头牛，按照你爹的遗愿，你们无论如何是不会分开的。就那个‘一半’就没法办了。”王猴说。

“那是那是。要不就得请大老爷您了！”李金斗接上。

“本县有一头驴，虽说不是牛，聊胜于无，凑合着也能拉磨拉犁，我想把那头驴给你们弟兄三个配上一齐分，你们看怎么样啊？”

李金斗一听，连忙下跪：“大老爷使不得！小人请大老爷给俺分家已经是非分之举了，哪还敢再要您老人家一头驴！”

“就是就是大老爷，小人就是不分家，也不能让大老爷您再给俺搭上头驴。”李银斗和李玉斗也都跪下了。

“给俺送头驴，那不把俺弟兄仨的寿全折了。叫俺送给大老爷一头驴当分家的酬劳还差不多！”李玉斗也说。

“哎，本县是因为有头驴，本县要是没有驴，就是想送还送不成呢！”王猴笑了，“起来起来，就这样定了啊！”

弟兄仨趴在地上，摇着头不起来。

“哪能这样分啊！”金锁给金拴小声说，“你才是个县令，你要是皇上，还不把全国都搭进去呀！”

“就是嘛。一家搭进去一头驴，这么多人家，还得了啊！”金拴也不满意，“别说话，往下再看看。”

王猴很开心：“你们不起来我怎么给你们分家呀？”

“大老爷，您要是多给小人一头驴小人就是跪死也不会起来！”李金斗说。

“就是就是，小人跪死也不起来！”银斗和玉斗跟着说。

“我要是不给你们驴呢？”王猴说。

“那我们就起来。”三人一齐答。

“那就起来吧。”

三个人你看看我，我看看你。

“大老爷，您真的不给俺驴了？”李金斗说。

“起来起来吧，我的驴怎么恁想给你们呢？难道我的驴就不是驴吗？”王猴笑了。

“那是那是，大老爷的驴还是好驴呢！”李金斗应着，先爬起来了。

银斗和玉斗看哥起来了，也都跟着爬起来。

分家继续进行。

王猴说：“本县准备给你们配上一头驴……”

三人一听，啪一下翻身又跪。

“好吧，那你们就跪着分吧！”王猴笑着说，“本县给你们配上一头驴，刚好变成了二十头牲口。”

“大老爷，俺不能要您的驴呀！”跪在地上的三兄弟齐声说。

“我也没说让你们要嘛！……你们听我讲，二十头的一半是十头。也就是说老大可以分到十头，对不对？”

“老爷，您不又把驴搭上了……”李玉斗说。

“可不就是！”另两个兄弟一齐说。

“哎呀！”王猴哭笑不得，“我只问你们，二十头的一半是十头对不对？”

三兄弟相互看看，哭丧着脸一齐点头：“对是对，可大老爷您不是又搭上一头驴吗？”

王猴不理，接着说：“一半的一半是五头。也就是说，老二可以分到五头牛，对不对？”

三兄弟又相互看看，一齐点头：“对是对，可是大老爷……”

王猴继续说：“五份中的一份是多少呢？二十头牛分成五份，一份刚好是四头。”

“对对对。”这次三人不再相互看了。

“老三分一份，那就是四头。”王猴又说。

“大老爷，您那一头驴可是没有了！”老三李玉斗感动得带了哭腔。

“就是就是啊大老爷，您老人家的那一头驴咋该分给俺弟兄仨呢！”老大老二也都带了哭腔。

“你们真是不中用。”王猴把嘴一努，看着天上，说：

“老大的十头，老二的五头，老三的四头，你们算算，这一共是多少头？”

“二十头嘛，那还用算？”老大先说了。

“就是就是二十头，根本不用算。”老二老三一齐说。

“你们再算算！如果算不好，本县就不让你们起来了！”王猴正了颜色。

“十头，五头，四头，不是二十头是多少头啊！”老大低下头咕哝着。

“就是啊，二十头分完了，还不是二十头吗？”老二也说。

“我也不算了，恁俩是老大哩，恁说多少头，那就是多少头了！我的账头儿历来不好，我跟着说就是了！”老三低头跪着。

王猴看他们一脸痛苦的样子，一翻身大头朝下，又玩起蝎子倒爬墙的游戏了。

“哎哎金拴，对了对了！”金锁使劲儿地拍着金拴的肩膀，“你看，你看刚好是十九头！”

“是吗？”金拴说着，忙算，“十头加五头，再加四头……”

秀玉明白了，禁不住拍着手，向王猴竖拇指。

老班长看三兄弟只顾跪着，并没有算账，便大声催他们：“大老爷让你们算，你们就不能算算吗？”

“算着呢算着呢。”老大应着，用指头在地上画道，“我的十头，老二五头，老三四头，加在一起，嗳？嗳嗳？咋少了一头啊！”他又咕哝了一遍，“还是十九头啊！老爷的驴跑哪儿去了呢？”

老二和老三也在算着：“十头，五头，四头，可不就是十九头！”

王猴一翻身收了功，哈哈地笑起来：

“都算明白了？本县原想送你们一头驴，你们弟兄仨硬是不要，只好，我又收回来了。你们的家分好了，站起来回去吧！”

6

李家兄弟正走着，老大李金斗忽然不走了，说：

“我至死都想不明白，明明是十九头，明明我不该分十头牛，为啥就分了十头呢？我得再算算！”说着，蹲下来，伸出粗粗的食指，在地上画起来：

“十头，五头，四头，还是十九头，怪了！”

“你别用指头画，咱用小棍摆。”李银斗说，“你看，这是二十个小棍儿……”

“别算了别算了，既然大老爷分过了，再算还有啥意思！”李玉斗不耐烦了。

“还是十九头！”李银斗站起身来。

“十九头牛的一半该是九头半，我分了十头，多出来半头；一半的一半应该是四头，多出来半头的半头。嗳？老二分五头！五份中的一份更不会到四头，老三分了四头！嗳，兄弟，你们想想，怎么叫大老爷一分就给咱分多了呢？”老大李金斗一脸困惑。

“我也一直在琢磨这个理哩。”老二说。

“那有啥琢磨哩，大老爷有福，咱跟着沾光了呗！”老三说。

“嗯，是沾光了！”老大说。

“肯定沾光了！”老二跟着说，“要不，咱咋就又分了家，又多分了呢？”

“来来，别走哩，咱再给大老爷作个揖吧！面向县城，管老爷他知道不知道哩，咱图个心里平静是不是？”老大说着，就带着两个弟弟，朝着县城的方向，深深地作起揖来。

7

定平县这以后就多了一条歇后语：

县太爷分家——多你这一头驴！

第十章　抓贼

—*—

世上怪事样样有
敬酒不吃吃罚酒
屁股撵着鞋亲嘴儿
嘴巴硬过人家的手
——民谣

1

金锁要回京城了。当他来到衙门给王猴辞行的时候，王猴正跟姐姐商量去县南看一棵千年银杏："姐，县志上说，金村有棵银杏树，是秦始皇东巡时栽的。镜穷达。洞吉凶。求签看病。灵验得很！"

秀玉不去。秀玉说她不舒服。王猴想让姐去，翻箱倒柜地给姐找药。还说要去请郎中呢！姐不让找。姐说："你找了我也不去。我只是不舒服，并不是病。"

王猴非问姐哪儿不舒服。姐姐说哪儿都不舒服。王猴皱起眉头，嘟囔了一句："女孩儿真怪！没病就是没病，不舒服什么呢？我怎么没有哪儿都不舒服过？"

秀玉笑了，说："我的不舒服是女孩儿的那些不舒服，你是男孩儿，你怎么能知道？"

王猴也笑了，说："我知道了。女孩儿是月亮的不舒服。男孩儿是太阳的不舒服。大白天的太阳怎么能知道暗夜里的月亮的不舒服呢！”

秀玉笑着，躺倒在卧榻上，拿起了《黄帝内经》。

“王茂昌，王茂昌！”走进院子的金锁大声喊着，出来迎接他的却是小妹：“金锁哥，猴哥正劝秀玉姐姐去看白果树呢！”白果就是银杏。虽然叫法俗了些，但是形象。

金拴也跑出来了：“金锁，你的大马呢，让我骑骑呗！今天咱一起去看白果爷。一千多年的大树了，能成树精了！”

“你俩都在这儿呢？王茂昌呢？”

王猴一跳蹿出屋子：“金锁！”

金锁笑了，跑上前拉住王猴的手，小声说：“我们今天要回京城……”

“这么急干什么？再玩几天呗！”王猴真诚地挽留他。

“不行。来时说好的！”金锁说过，拉着王猴又说，“你过来！”

王猴知道金锁想和他单独说话，低声说：“走，到我屋里说。”拉着他走进了自己的屋子，随手关上了门。

金锁瞅了瞅屋里的摆设，一榻，一柜，一桌，一椅，再就是两个硕大的书箱。金锁从脖子里摘下一个鸡血红卵形玉，说：“王茂昌，这个送给你，上边有我的乳名。什么时候你回京了，我带你去看上林苑。”

王猴仔细看着手里的鸡血红卵形玉，两个大篆清楚地呈现在面前：

当王猴的判断被事实证明的时候，王猴还是瞪大了眼睛："您是太子！"

自从王猴看见他和金拴戏斗时露出的那个明黄色兜肚，看到兜肚上那两条相对而舞的彩龙，王猴就判明了金锁的身份。太子为什么要来定平？是专为而来还是路过停留？只是他很快就无心再猜太子的意图，因为宏馨老跑来找他玩儿，几个孩子越来越要好。对充满友谊的人还需要猜测吗？

宏馨笑着，点了点头。

"有眼不识泰山，王猴失敬了！"说着就要下跪。

"嘘！"宏馨太子一把拉住王猴。

宏馨早就想来定平了。他来定平并不是因为定平有什么东西吸引他，而是因为有一个王猴。王猴是大宋王朝肇基以来年龄最小的进士。他被钦点探花郎的那天，太子就闹着要见王猴了。只是他的要求刚正式提出，王猴就被派到了定平。是要饭花子们的莲花落儿一次又一次累积着他的热情，当关于王猴的传言沸腾京城的时候，他的要求终于获得了父皇批准。于是，他就在这个炎热的季节里由师傅带领来到了定平。他先答应师傅，再答应父皇，只带耳朵不带嘴，一切听从安排，绝不暴露身份。

"您什么时候来到定平的？"

"我给你唱一段莲花落儿怎么样？"宏馨不回答王猴。莲花落儿是京城的要饭花子们的手艺，幽默生动，开心快乐，常博得主人的慷慨。莲花落儿反映着民心，老百姓喜欢谁，讨厌谁，莲花落儿常常能唱出来。太子说过，左手掌击着右手背，竟然小声唱了起来：

想发财，去定平，

定平的石头成了精。

一斤旧磨半钱银，

堆满了半个定平城。

石头重，重！

往水里一搁（它）就沉底儿。

石头轻，轻！

一口气儿吹得那石磨呼噜呼噜呼噜呼噜大街小巷（它）乱滚动……

“这么说，您已经来了不少天了？”王猴说。

“十天！嗳？王茂昌，我还会说一段和你有关的莲花落儿，就是它，鼓励我第二次给父皇提出来定平。愿意听吗？”没等王猴回答，宏馨太子左手拍右手，摇头晃脑又是一段：

朝天的大路明晃晃，

定平县来了个王茂昌。

王茂昌有一身好武艺，

妖魔鬼怪不敢挡。

胡总管的屁股光又光，

他屁股会喝胡辣汤。

李大歪嘴做假证，

把那屁股的沟沟坎坎、深深浅浅、一点一点地全舔光。

甜不甜？甜！

香不香？香……

“哈哈哈哈，”看着太子的开心样子，王猴忍不住一阵大笑。

“走了！”太子得意过，扭头就往外走。

“慢！”王猴想了想，说，“送您只蛐子吧？就是打败油葫芦的那只铁皮蛐子。小家伙打斗凶狠，叫声激越，是只千里挑一的好虫儿。”

“好！”宏馨笑了，接过蛐子笼举了举，到了门口又停下来：“王茂昌，有什么话要捎吗？”

王猴一乐：“一句诗！”

“说。”太子笑了。

“‘洛阳亲友如相问，一片冰心在玉壶。’”

“我也想起来杜工部的一句诗：‘两个黄鹂鸣翠柳，一行白鹭上青天。’让他们当鸣翠柳的黄鹂吧，王茂昌，你我要当白鹭，振翼高翔，直干云霄！”

“谢谢勉励！”王茂昌大声说。

“互勉！”宏馨太子竟向王猴拱了拱手。王猴看见，也连忙给他拱手。

“哎，别忘了，回去我带你看上林苑！”王猴知道，上林苑是赵宋王朝的皇家园林，栽养着天下的名贵花草。

2

胡二又来京城了。

胡二是俗叫，他的大名叫胡致能。作为当朝吏部尚书胡庸家老宅的总管，每半年都要进一次京城。一是给胡大人汇报家里的经营。二是送些家乡的时鲜。再就是向胡大人透一透乡下的民情。胡二当然知道，前两项胡大人并不关心，作为当朝的重臣，他迫切想了解的恰是最后那一项看上去并不重要的内容。所以胡二每次来，都把乡民的情况说得详细生动。从县里税收到乡间交易，从衙门判案到小民斗殴，甚至有趣的夫妇吵嘴他都要学给胡大人。当然这是想博得大人一乐。

两个家丁赶着马车走在汴京城的大街上，虽然常来，但走上这样宽阔的官道，还是感觉兴奋。胡二也喜欢来京城，要不是乡下离不了他，赖也要赖在这繁华之地。胡二下了车，忽然就感觉眼界开阔了。但他故意装做见多识广不稀罕京城热闹的样子，背了手往前走。“胡掌柜，您老来京城多少回了？”赶车的胡丁有点儿讨好。

“每年两次。我做了八年总管，你自己算算吧！”胡二有些得意。

“胡掌柜，这次来京城，您老可得带我们好好玩玩儿！”跟在车后的四孩儿笑着。

“相国寺去过吗？唱戏的女优儿能勾走你的魂！”胡二话音刚落，一群叫花子打着竹板迎上来。“嗳？哎！”衣衫褴褛、满面是灰的家伙嗓门很好：

定平的老爷王茂昌，

案子审得（他）真张狂。

听房挨骂还赏头驴，

十九头耕牛，他一半一半给分个光！

旁边一个三寸丁小矮人，猛打起手里的竹板，也“嗳？哎”两声，沙哑着嗓子接上了：

定平的老爷王茂昌，

转眼变成了关云长。

左关平，右周仓，

女张飞，大喝一声如鸣佩环如撕裂帛如金铃碰银银铃碰金叮叮当当她又叮当。

一群孩子跟在后边，叫着，笑着，鼓掌着，学唱着：“定平的老爷王茂昌……叮当叮当又叮当……”

“总管，这是王茂昌家养的人吗？”胡丁问。

胡二瞪他一眼，禁不住骂起来：“娘的，王八蛋叫花子！他怎么不说那猴子叫金拴打他爹这事啊！”胡二骂了，但他没敢大声。他知道这些叫花子不好惹，都是些穷得要死的人，跟他们犯不着怄气。

尽管忙得脚丫子朝前，胡大人还是很快接见了胡二。“那猴子……”胡二迫不及待地先说了一句。

胡大人脑子还在朝廷，一时没有明白，就问：“哪儿来的猴子？”

胡二看大人误会了，连忙换了说法：“就是王茂昌啊！”

“啊！”胡大人眼一亮，伸着头盯住了胡二。胡大人和潘文才一个毛病，眼不好，一看人就伸脖子。

“王茂昌确实聪明，可他聪明过了。他竟让一个十一岁狗屁不通的孩子穿上七品袍服，扮成县太爷，耀武扬威地审他自己的爹。还高喊着‘打，狠打！打死他这个老杂毛！’就因为这个爹不是他亲爹是后爹！前几天，有一个外地商人的孩子从这儿经过，俩人好上了，他也敢让这个野孩子帮他当老爷！审那些来衙告状的四个老婆儿，‘砍她的脚！’硬是把一个老婆儿的脚要砍下来……”胡二夸张地摇着头，“哎呀，乱套了乱套了，咱定平真是乱了大套了大人啊！”

“还有吗？”胡庸皱紧眉头，一会儿摇一摇头，一会儿又摇一摇头。

“有有。花招多着呢！他去跟乡下的野人打赌，一次赌二十两银子。人家赢了他老师，他不让人家拿走，硬把人家打一顿……”

“他老师？这小子老师多了，佛家，道家，儒家，哪一个老师突然跑到了乡下？”胡庸有了怀疑。

“嗯，他刚拜的老师，是河北大名府人，叫——什么扭筋，专门抬杠的！”

“嗯，也可能。大凡聪明绝顶之人，必有荒唐绝顶之事。还有吗？”

“有有有。他还跑到乡下装神，装关老爷。昨天小人从街上过，那些叫花子们还唱呢：左关平，右周仓，女张飞，啥啥的啥啥又叮当。一点儿不错，他那个表姐叫什么玉的，也扮作猛张飞去打人家。一个女孩子扮成张飞，你说乱套不乱套？”

“如果只是目中无人，自恃才高，那还可以原谅。”胡庸从椅子上站起来，“可是，叫两个孩子扮作老爷去审案，那就是目无法纪、儿戏朝廷的行为了。这是其一。其二，再是后爹，他也是爹。怎么能让做儿子的去打他爹。君君臣臣，父父子子，这是大宋王朝立国的纲常。如果儿子可以打父亲，那么，做臣的也可以篡权自立了！有此二条，王茂昌的前景也就堪忧了！”

“大人，小的还想，审他爹的金拴是因为和王猴好，那做买卖的孩子和王猴有什么好呢？一定是那孩子他爹给了王猴什么礼品或者银子，也未可知？”胡二又说。

“如果王茂昌真的还有受贿的事，那他就再也别想翻身了！红颜多薄命，天才难成功。王茂昌啊王茂昌，小聪明误了卿卿前程啊！”胡庸边踱边叹，一副怜惜英才的样子。

3

王猴不愿意坐轿，他嫌闷得慌。大红的官袍他当然更不愿意穿，往轿里一扔，大喊着：“小妹，小妹你坐轿！”

小妹也不想坐，可她实在跟不上两个哥哥的脚步，小嘴儿禁不住努了一下。可当她真的坐上官轿的时候，立即新鲜得笑起来。轿太大了，自己怎么都坐不满。她看见王猴的红凉帽也在轿里，就拿起来戴在头上。她真想轿子里有面镜子，这样她就可以看自己戴上官帽的威武样子了。一想到官，她就拿起了王猴的官袍。她取下帽子，比画着把大红的官袍从头上往下套，袍大人小，一下子就穿上了。她扯了扯衣襟，这才又拿起官帽，扣在头上。她多想这时候王猴过来，多想让两位哥哥称赞一番自己的漂亮呢！多情的小妮儿挑起轿帘儿，瞪大眼睛寻找两位哥哥。

哥哥没寻到，轿却被一声吆喝逼停在大路当央：

“大老爷，民妇冤枉！”

坐在轿里的小妹听见喊冤，兴奋地伸出头来。虽然坐在轿里，但她不是大老爷，自然不会把轿和自己联系在一起。

王猴和金拴已经跑远，衙皂们想追他们。“起来起来，大老爷要出去巡察，等回来了再审吧！”老班长说着，轿子一拐，绕了个弯。

“大老爷，民妇冤枉！民妇要告状！”

小妹取下头上的帽子，从轿窗里伸出头来：一个中年妇女牵着个五六岁的男孩儿拦在轿前又跪了下去。

“快来看，有人告状了！”四季青饭店的柴老板大喊着，招引得街上的人们都往这儿跑。

小妹看一眼身上的红袍，终于明白她现在的身份是“大老爷”了，禁不住大喝一声：

“落轿！”

衙皂们一看，这回真要坏事了，你看看我，我看看你，面面相觑。老班长还算清醒，只是犹豫了一下，就高应了一声：“落轿！”

犹犹豫豫的轿子缓缓落下。

“大老爷，民妇要告状！”那妇人看大老爷落下轿来，提高声音又喊。

“民妇要告状！”旁边的孩子也跟着喊，尖细的声音直刺耳朵。

小妹把头缩回轿里，重又戴上官帽，故意憋粗了嗓门大声问：“你这个妇人，有啥冤枉啊你要告状？”

当妇人喊冤的时候，王猴正和金拴站在街边的槐树下等他们。一看落轿，两人就知道有事了。当他们跑到轿边的时候，正是小妹装模作样问话的时候。王猴很想让小妹发挥，看一看这个八岁女孩儿的才气。又一想，毕竟是问案，他怕小妹胡问惹出些麻烦，昨天姐姐还担心呢！就悄悄地躲在轿后，给她提词。“小妹小妹。”他用手捅了捅小妹的后背。

“知道知道。”小妹小声应着，把身子拧来弯去地扭。她嫌痒痒，但又不敢笑。

王猴看着好玩，故意又捅她两下。小妹终于咯咯咯咯笑出声来。幸好，她笑的时候那民妇正陈述她告状的理由：

“大老爷，民妇要告我那不仁不义、昧心昧情的兄弟。”

“告那一人不义——”虽然王猴不逗她了，可她仍嫌害痒似的扭着身子。她本来就不懂审案的事，刚才又没有听清民妇的话，这会儿她就学不来了。

几个衙皂个个咧嘴，像是吃了苦瓜。

不过，小妹很快就明白过来，她大声地要求民妇：“一人不义什么？请你再说一遍！”

“不仁不义、昧心昧情的兄弟。”民妇重复着。

“‘你有状纸吗？呈上来！’说吧！”王猴在后边说着让小妹学。

“你有状纸吗？呈上来。说吧！”小妹把什么都学上了。

王猴禁不住嘻嘻地笑了。

“民妇没有。”妇人回答。

“‘路途炎热，非问案之地，回府听审吧！’说。”王猴把头伸进轿里，小声又说。

“路途炎热，非问案基地，回府听听吧。看我头上都是汗了。”小妹学不全王猴的话，似是而非地说着。

“嘻嘻嘻嘻。”王猴在后边笑了。

“哈哈哈哈。”金拴在旁边也笑了。

衙皂们听了让回府，也都露出了轻松的样子。

“谢大老爷！”妇人在地上磕了一个头。

4

王猴一上堂，那扯着孩子的妇人就跪下了：“大老爷，民妇刘翠云，俺要告状！”

“刘翠云，你究竟有何冤屈，要状告何人？”

“俺要告俺那不仁不义、没肝没肺的兄弟刘富贵！”

“告你兄弟刘富贵？”王猴问。

“嗯。”

“告他什么？快说吧。”王猴催她。

“大老爷，说起来话长啊！民妇娘家是正平县刘李村人。婆家是河北大名府上人。丈夫周有志幼丧父母，跟着叔叔成人。他二十岁上考中进士，二十一岁到正平当了县令，他跟奴家的婚姻就是那时候成的。有志啊！”刘翠云说着，泪水就出来了。

“啊，那周有志呢？”

王猴这一问，刘翠云不禁哭出声来：

“大老爷呀，有志在正平做了三年县令，后来调到兰封县，三年期满又调到雍丘。干了两年，因为积劳成疾，死在任上。这就是他仅有的骨血周顺天。”刘翠云说着，指了指身边的孩子。“奴家七岁丧母，十二岁亡父，还拉扯一个比我小六岁的兄弟。有志念我等都是孤儿，恩爱有加，举案齐眉，夫妻八年，风风雨雨，相濡以沫，未曾红过一次脸。有志啊！”刘翠云说着，又哭了起来。

“娘，娘！大老爷让您说理哩！”跪在旁边的孩子扯着娘的手，怯怯地提醒着。

“俺爹死时，奴家十二岁，我弟才六岁，是我春天种，秋天收，夏做棉，冬做单，一点儿一点儿把他拉扯大的呀。家里缺粮，他吃稠的我喝汤。身上少衣，他穿棉的我穿单。白日里，我走哪儿他跟哪儿。夜里头，他睡熟了我才合眼！奴家出嫁那年，富贵刚好是一十三岁，他又跟我到了县里。后来，有志调往兰封，才给他买了十亩好地让他独自一人在家过！有志说，正平是他的第一个仕宦之乡，也是他的第二故乡。他打算等以后弃官归田时就回到正平，所以，每有余资，他就拿给富贵，让他置田买地。没承想，等有志故去，我回家乡时，刘富贵却一概不认，说是他做生意挣下的钱，还黑了心肝要赶俺娘儿俩出门！”刘翠云说到此处，止不住又哭。

“嗨嗨嗨嗨！”王猴气得在椅子上一连转了几个圈子。

“养一只羊可以剪它的毛，喂一只狗可以得它的安，大老爷，奴家是喂了一头恶狼啊！有志，有志，他看到俺孤儿寡母无着无落，四处流浪，他的在天之灵也不会安生的啊！有志啊！”刘翠云流着泪。

“刘翠云，本县问你，你为什么不到正平县的县衙告状呢？”

“我怎么会不去告？正平县的魏县令说，既无证人，也无证言，你说这些地是你丈夫的俸禄所买，他说是他做生意赚的钱所买，空口无凭，怎么好给你们乱断呢？我一直告了两年，把有志死后剩下的一点儿余资花完了，也没告出个结果来。奴家早就听说定平县丽日青天，可我怕大老爷隔县断案，多有不便……”刘翠云虽为贫女，但毕竟丈夫为官，也是见过世面的，说起话来，句句在理。

“是啊是啊。按理说，正平县的案子，怎么样也到不了我管。可是、可是……”王猴说着，不觉地就走下了大堂，弯腰搬起个凳子，说，“刘翠云，你起来吧，本县一定为你做主！”

“谢大老爷！”刘翠云哭着给王猴磕了头。

“哎哎别磕了。不怕别人说，我和有志兄算是同僚，你该是我的嫂子哩！要不是你来告状打官司，我该管嫂子的吃住起居哩！”王猴说。

“顺天，你也替你爹给大老爷磕个头吧！”刘翠云拉了一下儿子。

那孩子也真懂事，马上站起来，向王猴郑重一揖，然后磕在地上，长跪不起。

王猴看了，禁不住就流下泪来了。他上前一步，手拉顺天说：“起来，起来吧顺天。叔叔我一定给你做主！”

那孩子爬起来，扬起小脸看着王猴问：“叔叔，你敢不敢打我舅呀？”

“顺天，只要他犯法，叔叔谁都敢打！”

“嘿嘿嘿嘿。”孩子笑了，他拉住娘的手说，“娘，娘！大老爷，不是，俺叔叔说，俺舅他也敢打！”

“嗳？你怎么想起来到这儿打官司了？”王猴忽然问。

刘翠云听了，就老老实实地把前因说了一遍：

原来她是要进京告状的，只是走到定平县没有了盘缠。是她住的四季春旅店的柴老板帮忙出主意，说定平的老爷如何聪明睿智，疾恶如仇，无论啥样的蹊跷事、离奇事都不能难住他。她也听说过老爷的传奇，让驴说话，让鼓断案，捏纸蛋儿定生死，排座位断地契……所以，她就在定平的大街上拦了老爷的轿。

王猴本就爱听表扬，又听刘翠云说他的断案故事，禁不住眉开眼笑，暗下决心一定为她娘儿俩讨个公道。

5

刘翠云母子的案子牵扯到地方衙门的管辖权，也就是说，正平县的案子定平县是管不着的。如果要管，就得有充分的理由。“十九头牛的分家我都给他办了，这个异地办案还能难住谁？”王猴很不以为然。

不以为然归不以为然，但要找到办法，还真得费点儿脑筋。

六岁的顺天喊王猴叔叔，小妹也要顺天喊她姑姑。因为王猴是她哥。小家伙嘴甜，一个劲儿地跟着小妹喊姑。做一回大老爷，小妹感觉她和猴哥更亲了，就牵着顺天的手来县衙里玩。顺天害怕，意意思思不敢走。想到自己跟着哥第一次来这里找王猴的样子，小妹就笑了。她说，不要紧顺天，猴哥可好了，虽然他一身好武功，可他从没有打过她。看着小姑姑这样自信，顺天就笑了。小妹牵着他来到王猴窗下，隔着窗棂往里瞅。顺天好奇，也跟着小妹往里瞅。

这一瞅，正碰上王猴伸了舌头吓她。“嘻嘻嘻嘻，猴哥！”小妹一歪头笑了。“叔叔！”顺天也笑了。

王猴开了门。

“猴哥，你想出办法了吗？”小妹问。这个小人精，简直没啥能瞒住她。

“这有啥办法想？派人把他抓过来就是了！”原来金拴也在屋里。

“咋抓呀？猴哥说，顺天家的事不该咱管呢！”小妹说。

“咋不该管，就该咱们管，他偷了咱县的东西咱还不能管！”金拴大声说着，像是跟谁吵架似的。

“嗯？好！他就是偷了咱的东西！”王猴一拍桌子，掏出炒豆把自己晃了个斗鸡眼，然后猛地弹进嘴里。

“哈哈哈哈。”孩子们笑了起来。

“猴哥，也让我学学呗！”小妹要求着。

“顺天，你娘还在店里住着吧？”王猴问。

“嗯。”小家伙抬起头，依然怯生生的。

“走，金拴，我们去店里！”王猴说。

在四季春旅店简陋的房间里，王猴再一次询问了刘富贵的情况：“刘富贵在县里有几处铺面？”

“两处。一处是铁匠铺，一处是个杂货铺子。他平时就住在杂货铺里，他嫌铁匠铺里吵闹。”刘翠云轻声回答。

“杂货铺子叫什么名字，在哪个地方你知道吗？”

“咋不知道？早先，那还是有志给他找的地方呢，就在县城的十字大街的东北角上。正平城里就那一个大十字街。铺面的名字也是有志给起的，叫广大杂货店。”

“他夜夜都住杂货铺里吗？”

“夜夜都住。”刘翠云又答。

王猴一乐：“好，明天我就叫他来我这儿报到。”

回到县衙，王猴立即做了安排。他指着花名册吩咐老班长：“杨三郎，打架斗殴的这个。”

“是。”老班长点头。

“任大发，偷马知府家小麦的这个。”

“是。”

“吕四小，骗人烧饼的这个。”

“是。”

“你告诉他们，完成此事，可以让他们立即回家！”

“是！”老班长又应一声。

老班长走后，王猴又喊来潘师爷：

“老潘，你到库里收拾些玉石玛瑙、丝绢细软，装成两兜……”忽想起老潘眼神不好，便又喊来了胡闹，“你帮着师爷。一会儿拿来我看！”

6

正是夏日天气，月亮朗照，虫声低吟。路两边的庄稼地像笼着蒙蒙的薄雾，而身边的叶子却片片清楚，像是刚从牛奶里捞出来的一样湿润而柔和。老班长、胡闹和李大个子、吴二斜子一行四人，押了杨三郎、任大发和吕四小三个犯人一同走着。

“我给你们交待的事你们究竟清楚不清楚？”老班长不放心。

“清楚清楚，俺三个走到刘富贵那店里，就把这俩包袱让他买……”杨三郎没有说完，任大发就接上了：

“事情办好了就让我们回家种地。老爷，您说的可不会不算数吧？”

“撅屁股骂架——净是屁话。俺说的不算数，大老爷说的还能不算数？”胡闹不耐烦地打断他。

“你们别光想着减刑回家，要是办不好了，或者偷偷地想跑，我们还要加你们的刑呢！”吴二斜子啥时候说话都不会好听。

“老爷，您怎么能这样说哩，我们跑？我们跑哪儿去？跑了和尚跑不了庙，我们还有家在县里呢！”吕四小说。

“那是那是。大老爷这样信得过我们，我们一定要立功！”杨三郎大声说。

“那就少废话，三十里路也不是说到就到的。”老班长说着，带领众人拐进庄稼地里的一条小路，在月亮西沉的时候终于来到了正平县城。县街里一派死寂。在十字大街东北角，他们准确找到了广大杂货店。院内安宁。杂货店的大门闭得正紧。

四个衙皂躲在旁边。杨三郎弯腰捡了块砖头，在杂货店的门上轻轻地敲起来：

咚咚咚咚，咚咚咚咚……

等了好一阵，才听见里边有趿拉着木屐走路的声音，接着就有微弱的光亮晃过来："谁呀？"一个男人的声音。

"我呀，找老板。"杨三郎大声说。

"老板？老板不在家，你们明天再来吧！"那人又说。

来时问过刘翠云，刘说她兄弟小时候上树摔下来，腿小有不便，走起路来一脚重一脚轻。杨三郎听得明白，于是就大声说："哎呀刘老板，你怎么连我都听不出来，我还给你送过货的。"

"啊，是呼三吧……好好好，就开就开，我真没有听出来你的声音……"端着蜡烛的刘富贵开了大门。

三个人一拥就进了屋子。

刘富贵看来者眼生，忙问："呼三呢……你们？"

"刘老板，我们都是呼三的朋友。不瞒你说，我们刚得了一批货，你瞧，都是玉石玛瑙、丝绢细软，我们想卖给你，价钱你看着给，多少都行。"杨三郎说着，就把包袱打开让刘富贵看。

"我们知道刘老板豪爽，哪儿也没去，就直奔您府上了！"任大发也说。

刘富贵趕转身把头门拴上，这才弯下腰来看货。

一片明光映入刘富贵的眼里："这……"刘富贵拿不定主意。

"你看看这，真正的湖绸。看这，独山的玉石。瞧瞧这……"杨三郎说着。

"啧啧啧啧，"吕四小也跟着赞叹。

"那好吧。价钱，我也不少给你们，那就先包起来吧……"刘富贵说着挥了挥手，让他们快包起来。

咚咚咚咚！咚咚咚咚！又是一阵敲门声。

咚咚咚咚咚咚！外边的敲门声越来越响。

“谁呀？”刘富贵故意放缓声调大声问。

“衙门的，追捕凶犯！”

刘富贵扭脸看一眼杨三郎等三人，这三个人正各人找地方藏呢，那两个包袱却还放在桌上没有拿走。

刘富贵顾不得多想，连忙拿下包袱，藏进柜台旁边的一堆脏物下面。

咚咚咚咚……

“你开不开，不开砸门了！”外边的声音更急。

刘富贵扭过脸来，他看见三个人确实都藏下了，这才装着睡眼惺忪的样子，重又趿拉着鞋子走来，拉开了门闩。

“官人，黑更半夜，你们这是……”刘富贵装作不明白。

“我们是定平县衙追捕犯人的。有三个盗贼，他们盗窃了县府里的细软物品。走到你们这儿就看不见了，我们进去搜搜！”老班长大声说。

“搜！”其他三个人应着，就往里边走。

“官人，官人，黑更半夜，小人门都没开，哪会有啥盗贼呀！先喝茶先喝茶。”刘富贵说着，想阻止他们的搜查。

李大个子忽然从一个黑影里抓住了杨三郎。

任大发光怕一时找不着他，故意弄响了声音。

“这里！”吴二斜子喊着把任大发也抓了出来。

胡闹在另一个地方把吕四小也抓到了。

几个衙皂把他们拧到灯下。

老班长嘲讽地说："咋不跑了？别以为逃到老窝里我们就抓不住你们了，法网恢恢，疏而不漏。就是逃到天边，也不会放过你们！"随后又厉声问，"东西呢！"他在杨三郎身上踢了一脚。

"哎哟哎哟，我说，我说我全说，东西给刘老板了！"杨三郎叫着。

"胡说！你们的东西我咋知道在哪里？我根本就不认识你们！"刘富贵连忙否认。

"你不认识我们，那我们的东西你咋全都要了？"任大发说。

"搜！"老班长又喊。

杨三郎给老班长使了个眼色。

"翻翻那堆脏东西！"老班长厉声说。

李大个子一翻，两个包袱赫然而出。

"啧啧，刘老板，不要赖了吧？我以为你是个奉公守法的商人，却原来你是个勾结惯匪的窝主啊！"老班长冷笑着，猛然高叫一声："拿下！"

胡闹和李大个子按倒刘富贵，拿绳子拴了。

"官人，官人！你们是定平县的，怎么能到我们正平县抓人？"刘富贵醒过神来。

"放心，我们大老爷已经给你们的县太爷打过招呼了。走！"

吴二斜子猛往刘富贵腿上踹了一脚，骂道："王八蛋，你走不走？"

"走走！"刘富贵应着。

7

当刘富贵押到定平的时候，天已大亮。一行八人，四个拿着枪棒的衙皂，四个绳捆索绑的犯人，乌云般从街上走过，扯直了众人惊奇的眼睛。四季春旅店的柴老板正打扫店铺门前的场地，怔怔地停下了手里的劳作。睡眠不好的刘翠云正坐在窗前梳着疲劳的头发，猛看见窗外被绑的兄弟，两眼不由得一亮，随即又黯淡下来，两汪泪水溢满了眼眶。

王猴正吃着米家的粽子，听报犯人拿到，立即跑上大堂，呜呜啦啦地喊了一声："带刘富贵！"这才吐掉了嘴里的枣核。

李大个子和吴二斜子押着刘富贵走上堂来。

"刘富贵，你可知罪？"王猴一脸的厌恶。

"回大老爷，小人是正平县广大杂货店的，小人一贯老实守法，不曾和盗贼有任何来往呀！"

"说得好，来人！"

"在。"

"把那三个惯盗叫出来，听听他们的供词！"王猴说。

三人来到堂下，齐齐地跪了下去。

"报上名来！"

"犯人杨三郎。"

"犯人任大发。"

"犯人吕四小。"

"杨三郎，你可认识这个人？"王猴问。

“回大老爷话，小人认识他。他是正平县十字大街东北角广大杂货店的刘富贵刘老板。”

“他是不是你们的窝主？”王猴又问。

“是是大老爷，多少年了，俺偷的东西都往他那儿放。他仨钱不值俩钱的就给俺买下来。不过哩，出手快，弟兄们偷的东西也都乐于往他那儿送。”任大发接上说。

“是哩是哩，要不是他又不比人家强到哪儿，他咋能又置庄田又开店呀！”杨三郎又说。

“就是哩，经我的手，就往他那儿卖过不下二十起东西。”吕四小也证实。

“嘿嘿嘿嘿，”刘富贵一听，哭起来了，说，“他们是诬陷小人！小人是守法的良民啊！”

“守法的良民，那我问你，昨天晚上，你明知道是他们偷的东西，为什么还要买？为什么当衙皂们去抓人时你说没看见？为什么衙皂们寻找赃物时你还要藏？嗯？你说说刘富贵，你这个‘良民’是怎样守法的？”

“大老爷，小人是一时糊涂，想占点儿小便宜。小人并不是他们的同谋！”

“这么说，是他们冤枉你了？”王猴又问。

“大老爷，小人是冤呀！小人幼丧父母，跟着我姐成人。逃荒要饭，受尽饥寒。所以小人自幼就胆小怕事，善良怯懦，从不敢做丧天害理之事，更不敢和官家作对呀！小人早就听说大老爷英明贤达，聪敏过人，还望大老爷明察，为小人明辨冤屈呀！”刘富贵嘴巴很上得来。

“哼哼，好厉害的一张利嘴！‘胆小怕事’，‘善良怯懦’。哼哼，我看，不打你是不会招的。来人！”

“在！”众衙皂一片声地应着。

“把‘善良怯懦’的刘富贵给我先打二十大板！”

衙皂上前，把刘富贵颠翻在地，一五一十地打了二十板子，直打得刘富贵杀猪样叫唤。

此时此地，刘翠云正站在观众群里，使劲儿抱起六岁的顺天，泪水禁不住往下流淌。

“娘，娘！打俺舅哩！”顺天小声提醒。

刘翠云一下把孩子揽在肩上。

“刘富贵，你还冤屈不冤屈啊？”王猴问。

“大老爷，小人真的不认识他们。”

“你不认识他们，他们可个个都认识你！”王猴嘲讽地说。

“是哩是哩。”那三个“盗贼”齐应。

“让他们三个先下去，看本县专审刘富贵！”

“是！”衙皂们应着，把三个“盗贼”拉了下去。

“刘富贵，本县问你，你现在家里有多少亩土地？”

“一百五十三亩。”

“几处铺面？”

“两处。一个是铁匠铺子，一个就是杂货铺子。”

“两处铺子能值多少两银子？”

“大老爷，小人一贯奉公守法，您、您不能……”刘富贵怕了。

“能值多少钱？”王猴啪地一摔惊堂木。

“小人想想，小人想想，嗯，嗯嗯嗯，少说也值个千儿八百两吧。”

“你说你是一个幼丧父母的孤儿，逃荒要饭，受尽饥寒，跟着你姐长大。那我问你，你是怎样从逃荒要饭变成现在这样有一百多亩土地、两处生意铺子的？”王猴要挖他的老底了。

潘师爷蘸蘸笔，不停地写下去。

“大老爷，不瞒您说，我姐姐贤慧淑丽，也是上天有眼，十九岁那年，嫁给了当时的正平县的知县周有志。有志哥也是个孤儿，由他叔叔抚养长大。后来他叔又死了，他就想在正平落脚。一有钱了，就置些地。后来，他到兰封、雍丘当官，也把银钱拿回来让我买地做生意。所以，小人才得以渐渐地富了起来。”刘富贵说了实话。

“刘富贵，你说这话，本县不信！哪有自己的家不回，偏要把钱都给内弟置地买田做生意的人呢？周有志那也是进士出身哩，难道他连钱都不会放吗？我看你是不打不说实话！”王猴又激他。

“哎呀大老爷，小人说的句句是实！周有志没有家了，他真的想在俺那儿安家哩！”刘富贵说。

“你说，周有志现在何处？本县要亲自查访。”王猴佯装不知。

“哎呀大老爷，周有志已经作古，他、他死在任上了！有志哥，他死得好苦啊！”刘富贵大叫。

“你不用给我狡辩。来人！”

“在！”

“不上大刑我看他是不会说实话的！”

“哎呀大老爷呀，小人说的句句是实，若有半句假话，大老爷把小人打死，小人都不会有一句怨言！”

王猴故意停顿一下，又问：“刘富贵，你说这些话敢纸上画押吗？”

“敢敢大老爷。我说的句句是实！”刘富贵见有了转机，大声叫着。

“好，叫他画押。”王猴笑了。

胡闹上前接了笔录，刘富贵在上边按了指印。

王猴看他按好了指印，笑一笑，又说：“刘富贵，你那窝主窝赃罪先放一放，还有人告下了你的状，我看今天就一并审理了吧！”

“还有人告？”刘富贵一愣。

“是啊，你看看这是谁告你的吧！”王猴说过，对着刘翠云一挥手。

刘翠云手牵顺天缓缓地走上前来。

“啊！”刘富贵倒吸了一口冷气，不禁喊了一声“姐！”随即慢慢地低下头去。

第十一章　金变

—*—

穿绿哩，穿蓝哩
说扁哩，说圆哩
都是为了弄钱哩
——民谣

1

这是一个快乐的夜晚。跨县断案，处理了刘翠云母子的官司，王猴很为得意："金拴，咱还去藏没吧！""好的！"金拴一答应，满贵、大小等一拨儿愣头小子立即就蹿到了大街之上。"叔叔，叔叔！"六岁的顺天追着喊。"小妹，你带顺天玩儿！"金拴做了安排。

疯狂的游戏还没有玩够，王狗跑着找来了："少爷，少爷！"

"有事？"王猴有些不快。

"有事。"王狗喘着气，"西门胡家的佃户挖红薯窖，挖出来一瓮马蹄金。他们说，这是国宝，送到府上了，让你快回去！"

"啊，这么好的事？"王猴笑了，扭脸就往回走。

"他说这是大宋王朝的祥瑞之兆！"

"马蹄金啥样呀？就像马蹄子那样吗？"小妹说。

"走，跟着看看。"金拴说过，跑两步追上王猴，"王猴，我们能去看看吗？"

“当然能看了！”王猴特别高兴。

当王猴走进衙门的时候，潘师爷正让着他们喝茶。“哎，老爷，您可回来了，他们三个就是来送宝的。”潘师爷指指三人，又指指地上的瓮说。

“老爷！”三个人都给王猴点头致意。

“老爷，他是胡府的执事胡学善。”潘师爷给王猴介绍着，“这个就是挖出马蹄金的佃农田石头，这个是……”潘师爷说不上来了。

“我在府上当差，小人姓许，许三小。”许三小自我介绍着。

“啊啊，好！”王猴应一声，走上前拍了拍地上的宝物：一只黑釉陶瓮，粗粗大大地立在地上。桌子上高燃着的两支素烛，像检查釉瓮的彩面似的，在瓮面上一晃，又一晃，闪闪亮亮的烛光像是在打造着一个梦境。

“好瓮！”王猴说着，猛一下揭去瓮盖——他原想是个很轻的陶盖呢，岂料想竟是一个颇有些份量的金属圆盘。王猴用力拿起来，逆着烛光一看，发现上面铸有大大的篆字。凑上光亮细看，脱口读出声来：“汉。”

“汉代时候的东西吗？”潘师爷也兴奋起来。

王猴扳指头算了一下，说：“从汉代到今天，少说也有一千一百年之久。就算是汉武帝送给大宋的礼物，在路上走了一千一百多年，你们说说，它是不是宝贝？”

“宝贝！宝贝！”众人应着，洋溢着一片欢乐。

“别急啊，等我拿出来大家一起看！”王猴伸手进去，“着！”猛地捉出一块金锭。

一团赤红的光照亮了大家的眼，人们禁不住齐把头凑上去。

“真像一个马蹄呢！”王猴评论着，“古人说，金无足赤，人无完人。我看这马蹄金就很足，老潘，你看，多沉！”王猴说着把金块递给潘师爷。潘师爷连忙接住，两手捧着，生怕惊着了似的，喃喃地说：“这金子，真是好东西！”

“这是汉代的金子啊！”王猴又接过来，轻轻放进瓮里，“在路上走了一千多年，就更是好东西了！”

“要不就是国之重宝了！”胡执事看着王猴的脸色说。

“这一共是多少块？”王猴问。

“不知道。”三人齐说。

“你们没点点？”

“国之重宝，小人岂敢乱点！”胡执事说。

“嗳？”王猴好奇地看着佃农，“你是怎么发现的？”

田石头看县太爷问他，立即哈下腰来，一脸的诚恳和谦卑：“小人今年种了几亩红薯，小人就在后院里挖了个红薯窖。小人挖到有半人多深时，‘吱哇吱哇’，挖不下去了，一弄出来，就是这个瓮。我怕是挖着死人骨头了，迟迟疑疑地不敢打。后来一弄开，想不到竟是一瓮金子！红彤彤的直放金光！小人没见过金子，我是后来才知道它是金子的。当时，小人摸也不敢摸，碰也不敢碰！我想，小人是胡老爷的佃户，这样大的事，还是得给府上说说。嗯，就这，就到这儿了。小人不会说话，嘿嘿，嘿嘿。”

“你们怎么想到送到县衙来？”王猴又问。

“胡总管一看就急了，说是国之重宝，岂敢儿戏，让快点儿给县衙送来，以便一级一级送给皇庭。你看，这上边还押了胡府的印记呢！”胡执事滔滔地说着。

果然，在瓮的一侧，押有一张胡府印记的纸贴。

“胡总管说，胡大人是朝中重臣，家里人只能为他老人家增光，不能为他老人家抹黑。这是为胡大人增光呢！”胡执事解释着。

“好好！”王猴说，“你回去，就说王茂昌向他致敬呢！我也会专门请示皇上表彰你们的。”

“那，我们就告辞了！”三人站起身。

“哎，你们吃饭了吗？老潘，让府上备饭！”王猴挽留着。

“不不老爷，府上总管老爷让务必回去，一定不要麻烦县衙，不要麻烦老爷您！”执事等三人说着，就往外走。

王猴和潘师爷等送出来，圆月已经升高，融融的月色里，三个人的身影渐渐模糊。

2

秀玉走出屋子，正看见小妹在门前站着：“哎，小妹！就你自己？”

“我哥在院子里呢，他说金子太贵重了，他要帮着猴哥照看金子！”

“人不是都走了吗？”秀玉虽然没有出门，但她听着外边的动静呢。当她扯着小妹走到客厅的时候，老潘正要出去喊衙皂，让他们夜里轮班儿看管这一瓮宝贝。

秀玉和小妹走进来。王狗走进来。院子里的金拴也走了进来。

“弟弟，让姐姐也开开眼，看一看老祖宗的马蹄赤金呗！”秀玉开着玩笑。

“也没什么好，一个金疙瘩子！”王猴再次掀开瓮盖，拿一块马蹄金递到秀玉手里。

“叫我看看，也叫我看看！”小妹小声喊着。

“这一共是多少块儿呀？”秀玉问。

“谁知道呢？反正就是这一瓮，你没看吗，满满的呢！”王猴说着，打了个哈欠。

“我看，还是得有个数。就是往州里送，你也得说个清楚，一共是多少块儿，每块儿有多重，一共是多少斤多少两，不能只说是一瓮呀！一瓮是多少？瓮有大有小的！”秀玉说。

“小姐说得对。”王狗说。

“嗬，姐姐，你说得真好！我将来做了大官，一定推荐您也做官……”王猴向秀玉翘起大拇指。

“行了行了，我说过多少遍了，我只做你的姐姐。我不做官！”

“好好好，现在就数！”王猴说着，伸手进瓮捉出来一个，“刚才有一个，现在是两个了。”

“嗳嗳？慢！”秀玉抓住王猴的胳膊，“咱们几个人在这儿数，不合适。应该等潘师爷来了再数，到时候我们都走。”

“是这个理，全是咱家里的人，是不合情理！”王狗也说。

“好好，那就等潘师爷们来了再数！”王猴说。

潘文才更细心，一听说让他清点数量，立即提出了具体办法：

“老爷，我往外拿，先点一遍，你码到桌上，再点一遍。等点完了，送瓮里时，咱俩再点第三遍。这事得万无一失，不能有半点儿差错。”

潘文才是个好师爷，虽然王猴聪明，处理了多少刁钻古怪的官司，可毕竟才是个十岁孩子。他感觉，他有责任加意配合王猴的工作。所以遇事他都要多操些心。

“一。”潘师爷从瓮里拿出来，小声唱着。

“一。”王猴学舌似的重复一句，把“一”放在桌上。

“二。”潘师爷再唱一句。

“二。”王猴再把“二”放桌上。

“……十二——嗯？”当潘师爷数到十二的时候，忽然感到不对劲儿了。他把手里的“不对劲儿”拿到灯下，近视眼就要凑到灯上了。

“怎么回事？”王猴眼尖，一眼看出是块石头，“扔了吧，是块石头。”

潘师爷把石头丢到地上，又到瓮里摸。“奇怪！奇了怪了！”这是潘师爷说话的特点，遇见不好办的事他常常这样感叹，把本来好好的词硬加进去不少东西。

“摸吧摸吧，古人该不会把石头当金子！”王猴催他。

潘师爷停住手，一脸狐疑：“还真的全成了石头！奇了怪了！奇了大怪了！”

“再看看，再看看！”王猴说着，把蜡烛伸进瓮里：

大大小小的红石块儿塞满涂着黑釉的陶瓮，闪亮的金子一块儿也没有了！

两人停下来，你看着我，我看着你。

“老潘，你猜猜，这个埋马蹄金的人该是什么样的人？他埋金子的目的是什么？他为什么要把几块金子搁在上边，而在下面全垫上石块儿呢？”王猴说着，一脸好奇。

潘师爷的表情和王猴截然相反，眉头紧锁，满脸阴云。他明显感到，一个可怕的事情正在发生。

“哎，你猜猜！猜猜呗老潘！”王猴用手捅捅潘文才的胳肢窝，看着老潘沉重的表情，他想弄笑他。

老潘不笑。

老潘说：“我猜不透埋马蹄金的是啥人，也不知道他埋金子的目的，我只感到，他既不会粗枝大叶地把石头当成金子，也不会故意把十一块马蹄金放在瓮口，而在瓮里边藏一堆无足轻重的石头。老爷，恕我直言，我感觉一个可怕的事情正在向我们逼进。”

“你是说，”王猴忽然感到了问题的严重性，不再嘻嘻哈哈地非要潘师爷猜了，他拿起石块儿看着，“老潘，你猜得真不错，你看，这石头还是新碴儿呢！”

“是吗？”老潘眼不好，他接过来石块儿，凑近蜡烛细细观看，额头上的疙瘩越聚越大了。老潘足看了半袋烟的工夫，抬起头说了句振聋发聩的话：

“老爷，看起来，这瓮石头里边大有蹊跷啊！”

“有道理。”王猴点一下头，在屋里走了几步，忽然趴在老潘耳边说起来。

老潘认真地听着，他的额头始终没有舒展。

“老爷，这十一块金子，先拿到你屋里放着，这一瓮石头就让衙皂们看着吧！”老潘说。

“嘻嘻，咱们也要玩玩空城记了！”王猴说过，打了一个哈欠。

“老爷，你去睡吧，明天还要劳累呢！”

“哎，别慌，我们把这些石头兑一兑怎样？看能兑出个什么样子？”王猴孩子气上来了。

老潘犹豫了一下，两个人于是就把瓮里的石头全拿出来，在长长的书案上，一块一块地兑起来。让他们惊讶的是，最后的结果，竟是一扇不差角、不少块的石磨！

3

王猴用石磨破案，用七千多盘石磨铺成县衙门前宽阔的街道，被人们称颂为磨街。人家就把砸烂的石磨抬进县衙，让他栽在带给他声誉也带给他传奇的石磨上。

这是一个阴谋！

这是一个恶毒的、怀着深深报复感的阴谋！

“我开始就感觉不对，”秀玉侧坐在弟弟的床边，“胡府送的。胡府的佃户挖出来的马蹄金他们不直接送给胡大人，由胡大人送给皇上去邀赏，反而直接送到县衙。他们什么时候看起过县衙？晚上送来，也不点数儿？就那个为了一只鸡竟敢满街撵着打孩子的胡二，他会不点数吗？胡府的人就那么守规矩？我真有点儿不放心……唉，你准备怎么办啊弟弟？”

“我准备先请他们吃饭。”王猴说过，诡谲地一笑。

衙皂们看了一夜的石头瓮，早晨醒来，李大个子打了个哈欠，懵懵懂懂地说了一句：“我做了个梦，咱们去京城献宝了。”

“见公主没有？”胡闹开着玩笑。

“见公主干啥，赏个屁吃啊。”吴二斜子说。

“斜子才想吃公主的屁呢！公主的屁，香里香气。”胡闹的闹还没完，潘师爷拿着大红的请柬过来了：

“大个，你去田家洼请挖出宝贝的田石头！”

“是。”大个子接了请柬。

“胡闹，斜子，你俩去胡府里请胡总管、胡执事和许三小。你看，这是三份请柬。”

“是是。”胡闹接了。

人很快请来了，田石头、胡执事、许三小，只差胡府的总管胡致能未能请到。

“胡总管呢？”王猴端坐在客厅。

“胡总管一早进京去了。说是怕碰见女人了晦气，四更里就走了。”吴二斜子说。

“哼哼。”王猴笑了，“老潘，我看吃饭尚早，让他们带路，咱去看看挖宝的现场？”

“中中中！”众人应着，逶迤往田家洼走去。

田石头家的荒院子里，长满了青草和刺梨。院子一角，并排有几个长方形土坑。挖出的新土泛着潮气。田石头指着最边的那个已经不再规则的土坑说：“大老爷，小人就是在这个坑里挖出来的。”

王猴问："当时是怎样弄出来的？搬出来的还是抬出来的？"

"搬不动！你想金子多重啊！我已经挖出来，就是搬不动。我喊来了我二弟，还不行，我二弟又喊来了我的两个侄子，我们用麻绳把它套起来，两人在上边拉，两人在下边抬，四个人下死劲儿才勉强把它弄出来。"田石头边说边比画，"我二弟还说，埋时候也一定不是一个人干的。"

村里人听说县太爷来看现场，也都跑过来看稀罕，其中一个小伙子走上来："重得很，就是我们后来往车上搬，也是四五个人一起才搬上去的……"

"这就是我二弟。"

"啊啊。"小伙子憨厚地笑笑。

"两个人不行吗？"王猴又问。

"啊不行不行，两个人绝对不行。"小伙子连连摇头。

"可是，你们往衙门里送时，为什么就抬得动呢？"王猴看着田石头和许三小问。

"嗯，就是！"田石头若有所思，禁不住又嘟囔一句，"咋就抬得动呢？"

"你们是什么时间挖出来的？上午还是下午？"王猴又问。

"昨天上午。还不到吃午饭的时候。"小伙子是个爱说话的人。

"他们来拉是什么时候？"王猴又问。

"这儿离县城是五里路，吃了饭不大一会儿就来了，刚过中午。"小伙子又答。

"你们打开看是什么时候？"王猴问。

“在坑里时候。我哥打开的。我们四人一把瓮拉出来，就没有敢再打开。为啥呢，怕万一出点儿啥事了俺说不清啊！”小伙子很清醒。

“你们这儿以前挖出过金子没有？”王猴问。

“挖出来过，挖出来过！”旁边的人纷纷接话。显然这是个敏感话题，果然，小伙子手指远方，讲了一个真实的故事：

“在韩家洼俺姑家，离这儿才三里路。也是挖红薯窖挖出来一瓮金银，一下子死了三口子。”

“为什么死了三口子？”王猴问。

“还不是见财眼黑，夺宝杀人呗！嘿嘿。”

4

上一次进京胡二是坐车，这一次他用的是快马。他想快点儿把好消息报告胡大人，以便大人能配合他的行动。人急马快，晚霞烧红西天的时候，他和两个随从胡跑儿、胡报儿已经赶到了胡府。

胡大人刚刚下朝，一听禀报，脱下袍服，立即召见了胡二。

“大人，小的来这么急，是有一件大事相告。大人的佃户田家洼的田石头——不知大人还记得不，他爷是个疯子，考秀才没中，疯了……”

“啊，田疯子家？”

“对对。田疯子的孙子，在他家后院里挖红薯窖挖出来一瓮马蹄赤金。小人知道这事关系重大，为了表示胡府上下对皇上的赤胆忠心，小人就自作主张贴上胡府的印记送到县衙去了。我知道，县衙也不敢留下，一定会一级一级往上送，一直送到皇庭的。小人想，要是直接由府上往上送，一下就到了皇庭，远不如这样一级一级地走，让上上下下都知道大人的忠心和大人全家的忠心……”

“嗯，好好！你的小聪明也使得够足了二小！”胡庸明贬实褒。

“嘿嘿。”胡二笑笑，忽然严肃起来，“大人，只是我听说事情有变，远没有咱想得那般简单。王茂昌一看马蹄金明晃晃，光闪闪，伸手就拿了几个。这一拿，就出了大问题。在县衙只放了一夜，第二天一看，瓮里的马蹄金全变成了红石块儿，还是新碴子石块儿！全县大哗。街谈巷议，全是‘马蹄金’。天明后我一上街，谁见我谁问。我一看，别让好事变成坏事了，就急忙赶来向大人学说。”

“你是说，马蹄金是王茂昌昧下了？”胡庸看着胡二认真地问。

“小人没有见，不敢胡说，反正，去时是满满一瓮马蹄金块儿，后来在县衙里只住一夜就变成了一瓮红石头。”

胡大人坐不住了。他在屋子里踱了几步，又使劲儿往后腰上捶打了两下，停住了脚步：

“前几天，我只说，这个猴子的官运到头了，现在看来，还不只是个官运问题，恐怕他还会有牢狱之苦呢！我马上奏明皇上，先把他的七品袍服脱了再审吧！”

胡二听了，暗暗高兴，脸上掩不住的得意。

“二小，我看你还是快些回去吧，一有啥消息，你派人来报就行了。不用你亲自跑了！”

“是是。小人连夜就回。只是，小人斗胆问一句，皇上的旨意啥时候能到呀？”胡二站起身，满脸堆笑地看着胡庸。

“快者明日，慢者后日吧！反正不会超过三天的。这是大事！”

“大人，那，小人回去了！”胡二倒退着走出屋子。

“天热，住一晚再回吧！路上小心，不要乱用了饭菜。”

“小人的事不敢劳大人操心！”胡二说着，泪水都快要出来了。

5

大磨街上一片窃窃私语的声音，像是大风要来时，前边先刮来一片细碎的乱风似的。早晨起来的金拴和小妹在跑过大街的时候，立即放慢了脚步，因为他们听见了这一片乱风的声音：

“……真挖出来一瓮马蹄金？”金拴认识，这是卖米的老南。

“那还有错？昨天晚上就抬衙门里去了，说是一早就送州府去呢。听说瓮里的金块儿少了？”这是疤瘌脸胡丁头，胡府里的狗腿子。他故意装出压低声音的样子，其实很远的人都能听见。

“是吗？”老南一脸惊奇，“谁敢到衙门里去偷呀？这人也太胆大了吧！”

“还能是谁，你？我？让咱大白天去找咱也找不到呀！”

“哦，你是说——家贼难防？”

“岂止是家贼啊！”胡丁头面现神秘，“我也是听说，不可外传啊！”

老南脸上的惊奇再也抹不掉了。不可外传！不外传他心里难受啊！这不，一扭脸他看见卖香料的老蔡过来了，立即就热情地打了声招呼："蔡哥，早啊？"

"早早，你也早？"香料蔡放下担子，擦着头上的汗。

老南转脸看看四周，面现神秘地说："你听说马蹄金的事儿没有？"

"马蹄金？要那干啥……"老蔡问过，扯开嗓门就喊起来，"有香葱，有辣姜，还有肉桂和凉姜。要想煮肉有佐料，凉拌咱有十三香……"

"听说在衙门里放一夜，丢完了……岂止是家贼难防啊！咱也是听说，不可外传啊！"

香料蔡这一早上叫卖的声音都不再亮堂了！

小妹去厕所里解溲，又听见了更邪门的传言，一个半脑袋白发的老太婆蹲在地上，大声小气地对同样蹲着的女人讲解：

"抬进去的是一瓮黄澄澄的金子，只过了一夜，竟变成了一瓮红石头蛋子。你说，这是不是出了精怪了？"

蹲在地上的女人呼地起来了，边系裤子边问："你咋知道恁清呢大嫂？你见了？"

"咱一个女人家咋能见。俺那当家的不是在胡府上做饭吗？"

当金拴和小妹来到县衙，给秀玉学说着街上风闻的时候，王狗也回来了：

"小姐，我刚才出去，听见街上人都在说马蹄金的事，有人还说是少爷贪污了呢！不过，也有人不信，说少爷根本就不是那种人。"王狗的表情严肃得像是夏天里忽然下了一层严霜。

一石激起千层浪。七十岁的冯乡绅拄着拐杖颤巍巍走进了县衙。

他拉着王茂昌十岁的小手，忽然就流下了一行热泪：

“小爷，小老知道您事情繁多，只是有一件事，小老如鲠在喉，不吐不快呀！”

“坐坐！”王猴把老人让到客房，“什么事这般严重，让您老寝卧不安？”

老人不坐。老人定定地看着王猴：“今天早上，小老外出散步，听见不少人在说马蹄赤金之事。甚至有人说，瓮已打开，里边全是红石块儿，根本不是马蹄金。小老只想问问，这瓮中真是一堆红石头块儿吗？”冯乡绅看王猴未答，又接着往下说：“这是一。二、这红石块儿是谁放进去的？又是谁拿出来的？为什么一时大街小巷都知道？难道放石块儿和拿石块儿都是当着大庭广众的面做的吗？小爷呀，恕我直言，你还太小，这里边一定有诈！”

王猴一回来就听秀玉他们学说了事情的危险。他当然知道情况的严重，只是他怎么也没有想到事情会发展得这么快。只一夜工夫，全城像串通好了似的，都知道一瓮马蹄金变成了红石头。“老人家，请先受王茂昌一拜！”王猴说着，站起来就是一揖。

“哎哎，言重了言重了！”冯乡绅连忙还礼。

王猴把冯乡绅搀到椅子旁，坐下。又致一礼，这才向老人家说出实情：

“茂昌直言相告，冯老啊，这瓮里真的是一堆石块儿，并且是一堆红石块儿，还并且是一堆新砸烂的红石块儿！谁放的？绝不是古人放的。古人不会放石块儿，更不会把今天砸烂的石块儿在一千年前就放进瓮里。也不是茂昌放的，但打开的却是本县！开瓮见石只有老潘我们两人，可知道是石头并且是红石头的却是街上无数男女，这就怪了！难道是我上街先说了不成？从昨天晚上到今天早上，老潘一刻也不曾离开公务，难道是老潘用了分身术到街上宣传了不成？哈哈哈哈。”王猴说着，笑了，“肯定是有人事先就知道这瓮里放的是石头，并且是红石头！肯定是这个放了红石头的人做贼心虚，先放出风来，让全县人都知道，然后，再嫁祸于茂昌！冯老，我说得可对？”

“小爷英明，小老过虑了，过虑了！”说过，冯乡绅笑起来。

“不过，冯老，有一条您可以放心了：再也不会有人来偷这瓮马蹄赤金了！”王猴说过也哈哈地笑起来。

6

王茂昌立即采取措施：

一、速审田石头、胡执事、许三小，做好笔录；

二、在通往京城的大路上派人监视，抓捕胡致能。

说是审，其实是询。既不在堂上，也不站衙皂。

田石头的事最清楚，一问即结。重点询问的当然是胡府上的执事胡学善和抬瓮的许三小了。

“许三小，是谁让你抬瓮的？”王猴问。

“胡执事。”

“胡执事怎么说的？”

“他说，”许三小翻眼想了想，“‘三小，你和老田把这瓮抬到县衙去！’我当时正扫院子，就、就抬了过来。”

“对这瓮马蹄金，你还知道些什么？”

“我就知道这么多。我们下人，除了干活以外，其实啥事儿也不知道。”许三小摇着头。

“好，老潘，念给三小听听。”潘师爷念过，让许三小押了手印。

“请胡执事！”王猴一声喊，胡执事应声就到了客厅。

“请坐吧！”王猴一指椅子，胡执事就坐下了。

“胡执事，你在胡府具体都管什么事儿？”王猴问。

“跑腿儿。虽然叫我胡执事，其实是个大跑腿的。”胡执事眼睛骨碌碌地转着。

“送马蹄金这事儿是谁让你来的？”王猴又问。

“还有谁，胡总管嘛！他叫谁做啥谁做啥！我是磨道里的驴，听喝。”

“到田家洼拉瓮的时候你去了吗？”

“去了去了，小人押的车。”

“那天都谁去了？”

“胡总管亲自带队，去的有我，还有两个家丁，胡跑儿、胡报儿，他两个不管到哪儿都跟着总管。还有一个，就是赶车的赵大头。一共五人。”

“你们拉了瓮回到府上，是什么时候？”

“就是大家吃完午饭正休息的时候，因为、因为我们回来的时候，胡总管还说，耽误了他睡午觉嘛！”

“回到胡府刚吃过午饭，直到傍晚这一段时间你们都到哪儿去了？”

“我回去就领着几个人催房租了，天快黑了才回来。我是给胡总管学嘴房租的事呢，他抓了我的差，派我到衙门送瓮了。他说：‘去吧，猴子哎哎……王老爷会请你们吃饭。’不过，当我们三个人抬瓮走的时候，他又嘱咐我们，‘快去快回！’”

“还有吗？”

“还有——”胡执事想了想，“没有了。”

7

监视胡二的任务被金拴兄妹抢走了。“我们又没事，我们天天到西门外等他！”能为王猴的事出力，金拴很高兴。再说，他一直有个愿望，就是跟着王猴学武艺，当随从，实在不行就当衙皂，站在堂上伸张正义。小妹更高兴，小嘴说得大家全笑了：

“哥，你吃饭时我等，我吃饭时你等，咱俩都不吃饭了，咱再一块儿等！”

一定是胡二怕热着了金拴兄妹，两个人才等了不足两天，胡二就骑着快马赶到了定平县城的西门外。

“哥，哥！”小妹先看见了，当时她正给王猴的蛐子掐豆叶，一抬头看见三匹马，仔细一看，禁不住喊了一声：“胡二！”

好在当时的胡二正唱戏，没有听见小妹的呼唤。“西门外放罢了三声大炮，伍呀伍云钊，伍云钊坐上了马鞍桥……”他唱的戏文金拴也会唱，只是没有他的声音难听罢了。

“哥，快回吧！”小妹催他。

金拴一边收拾着东西，一边观察着三匹马的动静：“哎哎，你看！”

“茶馆！”小妹轻喊一声。

“碧云茶馆！”金拴重复了一句，说，“走！”

“胡二回来了！胡二回来了！”小妹喊着跑进县衙。

王猴把两人接到内室，问：“胡二在哪儿？回家了吗？”

“胡二没回家，他在碧云茶馆里喝茶呢！”金拴抹一把头上的汗。

秀玉过来了，手里拿了两块西瓜。兄妹俩接了，却顾不上吃。

“跟着他的都有谁？”王猴问。

“两个男人。”小妹又答。

“就是胡跑儿和胡报儿。”

“他正喝茶？”王猴自语一句。

“对对，我估计他不喝好是不会立即回去的！”金拴走到王猴身边，压低声音说，“胡二和茶馆里的老板娘相好。”

“哥，你大声说呗！”小妹抗议着。

王猴笑了，小声说：“你怎么知道？”

金拴也笑了，说：“大人们都这样说。”

王猴抓起桌上的笔，龙飞凤舞签了一张传票：“通知胡二，立即到庭！”

“我去送吧？”金拴来劲了。

王猴笑了：“好，你去送给老班长！”

“唉，老班长啊！”金拴咧了咧嘴。

8

老班长带着三个衙皂来到碧云茶馆的时候，正被在外间喝茶的胡跑儿、胡报儿看见。胡跑儿先打了招呼：“哎，刘理顺，自在呀！也来喝茶？”

还没进屋，老班长就看见他们了，他故作轻松地笑了笑，说：“哪有你们自在呀？胡跑儿，胡总管呢？”

胡跑儿往里努了努嘴儿，猛看见四个衙皂一起进来，忽然就有了警惕，大声问：“找总管干啥哩，也想来胡府当差吗？”

“是啊，我想看看他要不要我。”老班长说过，就往里走。

“嗳嗳嗳？”胡跑儿上前要挡。

可是晚了。老班长和二斜子已经进了里边，猛一推里间的门，正看见胡二和老板娘调情。

胡二吓了一跳，扭脸骂了一声：“没长眼？”

老班长站在门口，笑着说：“就因为长眼了才来到您这儿！胡总管，您看，大老爷想请您去一趟，特叫我等来请二爷呢！”说着把传票递给胡二。

胡二看了一眼，冷笑着又骂：“啥球传票，不就是一张破纸吗？”刺啦刺啦撕了，往老班长脸上一摔，“滚蛋吧！没看二爷在喝茶？”

老班长生气了，他大声说：“哼哼，胡二，恐怕没有你说得这么轻巧吧！”

“咋？老子不去，还敢抓吗？”胡二很蛮横。

“胡总管，那就请您老多包涵了。当差的不自由！”老班长猛一转脸，大喊一声：

“弟兄们，上！”

“上！”三个衙皂齐应着，冲上前来。

“哼哼，反了你们！过来！”胡二一声喊。

“在——”胡跑儿、胡报儿一声长应，也跑了进来。

“咋？想抓人吗？那就抓吧！”胡二一脸蛮横。

“胡二，你知道你撕的是什么吗？那是传票！是代表皇上的传票……”老班长给他讲理。

“代表皇上？代表你们那个贪官猴子王茂昌吧？”胡二一脸轻蔑地看着众衙皂。

“你说胡二，你究竟是去也不去？”老班长恼了。

“不去！老子想喝茶，不想见你们那个鸟贪官！”

“那就只好请你走了……”

“你敢！”胡二一抬手，朝着老班长脸上打来。

老班长一闪躲过，说：“胡跑儿、胡报儿，我们可是公差，奉县太爷之命来传胡二的，你们最好还是不要介入进来，免得到时候受牵连。”

“说得轻巧，不介入进来，我看他们敢不敢不介入进来！胡跑儿胡报儿，只要他们敢抓本爷，你们就给我狠狠地打！”胡二十分骄横。

老班长一使眼色，吴二斜子猛地扑上去抓了胡二的胳膊，李大个子也不怠慢，抓了他另一只胳膊。

胡二挣了两挣，没有挣脱：“还不快上！”

胡跑儿、胡报儿一齐上前来抢，胡闹和老班长挺身顶住，七个男人在小茶馆里打了起来。

当王猴带着众人赶到的时候，七个男人还没有打完。

“住手！”王猴一声断喝。

交战的双方停下手来。老班长脸面破了，二斜子鼻子烂了，大个子眉头青了，胡闹更惨，耳朵险些被撕了下来。胡家三人也没有全胜，胡二的眼乌了，胡跑儿的脸肿了，胡报儿的嘴被撕烂了。显然，打斗的空间太小，各种拳脚都施展不开，才导致短兵相接的战果。

“出来！”王猴大喝一声。

四个衙皂先走出房间。

胡家三人哼哼着，不情愿地跟了出来。

王猴瞅一眼地上的狼藉，厉声说：“大胆胡二，竟敢撕毁传票，蔑视皇权，殴打公差，真是反了你了！走，跟我去县衙，本县有话问你！”

胡二横横地还想抵抗。

王猴看着两个家丁又说：“这是本县在办公案，和你们胡家的私事没有关系。你们两个还是退远一点儿，免得一会儿新账旧账一起算，把你们一块儿办了知道吗？”

两个家丁急忙往后退。

“绑了！”王猴一声断喝。

四衙皂一齐上前，把胡二掼倒在地，狠狠地绑了起来。

“王茂昌，哼哼，你——”

“啪！啪！”吴二斜子上前就是两个嘴巴。

胡二被押上大堂。

王猴一挥手：“胡二无视皇权，蔑视朝廷命官，殴打公差，先打二十板子！”

“是！”四个衙皂刚挨了胡二的侮辱和打骂，个个有气，一听叫打，齐操了板子上前就是狠狠地一顿。

“胡二，知道本县为什么传你吗？”

“知道！还不是为你们偷了马蹄金要找个替死鬼吗？”

“哈哈哈哈，太好了太好了！真是不打自招！”王猴在座上转个圈子：

“我们偷马蹄金，你怎么知道？”

“我咋知道？全县百姓谁不知道，你们偷了马蹄金块儿，没办法了，往瓮里放石块儿……”

“哈哈哈哈，石块儿！红石块儿？是吧？”王猴看着他笑。

“我不知道是青石块儿红石块儿，反正你们放了石块儿！哼哼，现在倒审起我来了！”胡二大声抗议着。

“胡二，我问你，你听谁说的，瓮里放了石块儿？”

“全县人谁都知道，还用我听人说吗？”

“本县的调查表明，全县人都是听一个人说的，那个人就是一个偷换了马蹄金却又贼喊捉贼的坏蛋！这个人，远在天边近在眼前，就是曾经为了下酒而强夺穷孩子一只鸡，让本县泼了一屁股胡辣汤的胡二胡致能！胡总管，本县说得可对？”

“不对！是自以为得意的王茂昌王猴子！”

“既然你说是本县偷了马蹄金，那本县倒想听听，你为什么说本县偷了马蹄金？”

“为什么？从胡庸胡大人的胡府抬出去时是满满一瓮马蹄金，到你们县衙过了一夜就成了一瓮石头，不是你王茂昌偷了还能有谁？”

“你为什么知道是满满一瓮马蹄金？”

“啊，啊啊！我就是知道。”

“你当然知道了！你趁这瓮马蹄金在胡府的一个多时辰里，砸一副石磨偷换下瓮里的马蹄金块儿。然后，故意在傍晚时分抬到县府，造成在县府过夜的事实，最后嫁祸于本县。我说得可对？”

“不对！”

“胡二，既然你说本县说得不对，那你说说你的对的！”

“我不说，反正是你偷的！”

“哼哼，嘴怪硬！只是你的脑子太笨了！你在送到县衙的第二天四更天里，只带胡跑儿、胡报儿两人悄悄离开县城到京城去报信。古人云，恶人先告状。就是说的你这种人。不过善有善报，恶有恶报，不是不报，时候不到。时候一到，一切都报。现在，就是要报的时候了！”

胡二不语。

“哈哈哈哈，你第二天四更离开县城，却知道‘瓮里放着石块儿’！我问你，不是你放的，你怎么知道？”

胡二看王猴一眼，仍不语。

“你说全县百姓都知道瓮里放了石块儿，可是本县的调查表明，散布‘石头换金子’的就是你胡府上的胡丁头、胡闰年等人。这有本县审得的笔录，怎么样，让本县给你读读？”

胡二抬起头来，大喊着：“胡说，都是胡说！”

“胡说！哼哼，胡二，本县再问你，是石头重还是金子重？”

“当然是金子重了，这还用问。”

“哈哈哈哈，经过和不经过就是不一样啊！金子重，所以，你从田家洼搬瓮上车，需要五个人才能抬上去。到你们送往县衙的时候，两个人就抬了过来，可不就是石头轻吗？”

胡二露出害怕的神色。但他很快又镇定下来。

“胡二，本县再问你，一块马蹄金有多重，你称了没有？”

“没有。”胡二脱口而出。

“哈哈哈哈，还没来得及称，是吧？”

众衙皂听了，也都笑起来。

“你没有称，本县可称了。我告诉你，每块马蹄金是一斤十二两。这只大瓮装满金块时重达五百多斤，而装石头却只有一百多斤，自然往车上抬需要五个人，往县衙抬只需两个人了！”

胡二头上浸出汗来。

“胡二，本县审过会叫的驴、不会叫的鼓，难道就审不了你这个会说话的人吗？胡总管，趁早说出马蹄金放在哪儿了，本县保证减你的罪。若是让我找出来了，任是什么人也帮不了你的忙，减不了你欺君之罪的极刑！胡致能，那些马蹄金块儿放到哪儿了？”王猴大声问。

“我没有偷！”

“好嘴硬！不动大刑，量你是不会招的。来人！”

“在！”

“把拶子架起来！让胡二尝尝拶指的味道！”

“是。”

“王茂昌，我告诉你，你也要为自己考虑考虑。胡大人已经奏明皇上，即日就要免你的职。我说了实话吧，就在我走出京城大门的时候，皇宫的蔡公公已经启程。你、你你，你这七品乌纱今天就要掉了……”

“好好，我正不想干呢，掉了好！可是，趁现在没掉之前，我还是要让你尝尝拶指的味道。拶架拿过来了吗？”

“拿过来了！”众衙皂齐应。

“好，大家努力，好好伺候胡总管啊！”

老班长和吴二斜子走上前，抓起胡二的手，就往拶架上放。

“老爷，老爷我招！”

“停！”王猴喊一声。

“能不能让我回府一趟？我带着你们亲自去找？”胡二转动小眼。

王猴想了一下，说：“行！押胡二去找！”

9

王猴准确判断了胡二的招供。他明说要回家取宝，其实是想趁回到胡府的时候让府里众人救下自己。既然朝中的蔡公公已经启程，既然自己的七品袍服他认为即将脱下，胡二是无论如何也不会招供的。胡二不招供，黄金找不着，这案子就会有麻烦。

潘师爷也看到了这一步，但他一时还想不出办法来。“老爷，咋办？”他紧紧地皱着眉头。

“好办！”王猴笑了，对着门外喊一声，“老王！”

王狗应声进来。

“你在衙门里等着蔡公公，好生招待。他要问，你就说我下乡办案了……”

“明白。”王狗应。

王猴和潘师爷及衙皂们押着胡二出了城门。“嗳，嗳嗳？老爷，你们怎么往城外走了？”胡二大声喊。

果如王猴的判断，当蔡公公带着如狼似虎的一群公差尖叫着“王茂昌接旨的时候”，王茂昌正带着众人在田家洼挖出马蹄金的现场痛审胡二。当蔡公公要王狗带着他们追到田家洼挖宝现场的时候，王茂昌正带着胡二行走在回县的路上。当蔡公公追在回县路上的时候，王猴又回到了县衙大堂。

王茂昌端坐于大堂之上，四个身上有伤的衙皂分站两旁。师爷潘文才正做笔录。

“胡二，本县来到第一天，就让你的屁股喝了胡辣汤。看来，今天还得让你再喝一回了！来人！”

“在！”

“脱了胡二的衣服，一碗一碗地浇他，直到他说出皇上要的马蹄金了才放他！”王猴这小子也够狠的，他真的买过来一罐子冒着热气的胡辣汤。

“是！”胡闹应着，舀了一碗胡辣汤，哩哩啦啦走过来。

“老爷，老爷别泼，我全说，我全说吧！金子在俺家的石榴树下埋着呢！”

“一共多少？”王猴问。

“一共三百块儿！”

“还有吗？”

“没有了，小人说的句句是实，若有半句虚言，情愿让大老爷扔进汤锅！”

“好，老班长，你带着大个子、二斜子去挖，少一块儿回来浇他！”

“是。”

10

三百块马蹄金一块儿不少。

当老班长租辆车子把马蹄赤金拉到大堂，清点完数目的时候，气急败坏的蔡公公一行恰好赶回县城。

当潘文才当众念完胡二的供词，让其画押的时候，蔡公公一行来到了衙门之外。蔡公公端坐马上，尖着嗓子一声高喊：

“王茂昌接旨——”

王猴不理，大喝一声：“胡二，画押！”

胡二犹豫着，不想画。

“胡闹，端来碗胡辣汤……三百块马蹄金都拉回来了，我看你还能翻得了！”王猴大恼。

“我画，我画！”胡二终于在上边按了指印。

“王茂昌，你小子是不是想抗旨啊？”蔡公公急了，大骂。

“大胆胡二，欺君惘上，目无王法。用偷梁换柱之法，盗国宝马蹄赤金三百块，罪大当诛。现打入死囚牢中关押。”王猴终于审完了案子。

潘师爷应着，飞快地写完判词。

“老潘，放好胡二的供词，我去也！”王猴整了整七品袍服，一溜小跑出了大堂：

“定平县令王茂昌接旨，吾皇万岁万岁万万岁！”膝盖一软，跪了下来。

蔡公公大恼：“王茂昌，你好大胆，你敢怠慢皇上的圣旨！”

“蔡公公息怒，王茂昌不是来了吗？一会儿我请你吃西瓜！”

“哼！”蔡公公哼一声，打开圣旨匣，抽出诏书：

“奉天承运，皇帝诏曰：王茂昌回京面君，即日启程。钦此！”

“谢皇上！吾皇万岁万岁万万岁！”王猴接旨在手，一转脸，对王狗说，“老王，整理行装，即日启程。”

“是。”

“老潘，把三百块马蹄赤金装进大瓮，封上印鉴！”

“是。”

“老班长，让兄弟们饱餐一顿，随本县进京献宝！”

“是。”众衙皂一片声地应着。

“唉——”蔡公公的随从一个个累得东倒西歪。

“王县令，王县令！我看还是明日启程吧，天黑路远，又带着重宝……”蔡公公也是一脸疲倦，他走上前，一改来时的神情。

“那就听蔡公公的。”王猴说过，转脸高声吩咐，“老潘，备饭，宴请蔡公公！”

11

又是一个彩霞满天的早晨。当定平县衙的大门徐徐洞开的时候，穿戴整齐的王茂昌骑一头毛驴走出来，在他后边，一身便装的秀玉和虹彩骑了一匹马。另一匹马上驮着王狗的老婆和两个箱子。

蔡公公一行也从县衙里出来了，他们没有了昨天的嚣张，看上去平和了许多。

县衙外，早已等候着的乡绅耆老们唰地跪下一片，为首的冯乡绅手举着一张大纸，高声喊着：

“老爷来定平数月，积讼得平，百姓称颂，政通人和，百业大兴。老百姓多年沉冤得伸，大老爷却受不白之诬呀！这不公平！蔡公公，这是我们写给皇上的信，还望蔡公公下情上达，为民请命！”

更多的人跪下来，堵塞了道路。这是由七千多块石磨铺成的路啊，哪一块磨上都有人跪着。孙芒种、刘黑子等等的都来了。

“起来，起来！乡绅们起来！百姓们起来！”王猴下了驴，一个个地搀大家。“皇上只是让我‘回京面君’！”

“真的？不是说皇上把您免了吗？”冯乡绅站起来。

“是回京向万岁爷述职！”王猴咬文嚼字地说。

“乡亲们，乡亲们！”冯乡绅伸开胳膊，“大家让开道，王老爷回京面君，就是向万岁爷汇报工作！”

众人闪开道路。

“让我们送送小爷！”有人高喊。

“对，我们要送小爷！”众人高声应着。

“小爷，您一定要回来啊！”冯乡绅大声说。

更多的人从四面八方涌过来，人们喊着：

“王老爷，您可一定要回来！”

“王老爷，我们等着您！”

王猴在前边走着，后边是满街送行的人群。

卖鸡的孩子忽然从人群里挤出来，手里举着一兜红鸡蛋，大喊着：“老爷，大老爷！”

王猴停下来。

“这是俺娘专给您煮的红鸡蛋。俺娘说红鸡蛋辟邪！路上拿着吃，啥样的坏蛋都不敢欺负老爷！”

“谢谢！谢谢你母亲！”王猴接过红鸡蛋，忍不住抱住卖鸡孩儿亲了一下。

“猴哥，猴哥！”小妹和金拴追过来了。昨天太累，早晨起晚了。

金拴举着他的蛐子笼，气喘吁吁地说：“你、你的蛐子！”

王猴接过来看看，又递给了金拴，说：“专门留给你的，你养着吧！”

“他是黑头啊！皇上喜欢的黑头！”金拴有些不解。

“皇上表扬过的蛐子，会给你带来好运的！”王猴笑了一下。

王猴走着，越来越多的人们追出来，跟着，走着，到了城下，王猴拱手请大家留步：

“送君千里，终有一别。我王茂昌还会回来的！”

人们被阻下来，便都争着爬上了高高的城墙。

王猴的队伍越走越远了。城墙上送行人的喊声越来越小了。通往京城的官道要在这里拐弯了，走着的王猴忽然停下了脚步。

秀玉和虹彩从马上下来了。

王狗把老婆梁氏也从马上抱了下来。

看着城墙上玩偶般大小的百姓，王猴高高地举起手，只轻轻地挥了一下，泪水忽然流了下来。

“猴哥！猴哥！”一直跟在身边的小妹也哭了。王猴弯下腰，抱住小妹亲一下，直起身来猛地又抱了一下金拴。

“金拴，小妹，不要送了。我们还会相见的！”

“嗯，我们等你！”

“猴哥，我们等着你回来！”

“一定！”王猴一点头，眼前的世界陡然模糊，春雨般一派迷蒙。